情殇

沈秋涛 著

北京日报出版社

图书在版编目（CIP）数据

情殇 / 沈秋涛著. -- 北京：北京日报出版社，
2018.10
ISBN 978-7-5477-3153-6

Ⅰ.①情… Ⅱ.①沈… Ⅲ.①中篇小说-中国-当代
Ⅳ.①I247.5

中国版本图书馆CIP数据核字(2018)第199922号

情殇

出版发行	：	北京日报出版社
地　　址	：	北京市东城区东单三条 8-16 号东方广场东配楼四层
邮　　编	：	100005
电　　话	：	发行部：（010）65255876
		总编室：（010）65252135
印　　刷	：	郑州创维彩印制作有限公司
经　　销	：	各地新华书店
版　　次	：	2018 年 10 月第 1 版
		2018 年 10 月第 1 次印刷
开　　本	：	787 毫米×1092 毫米　　1/16
印　　张	：	12.25
字　　数	：	181 千字
定　　价	：	36 元

版权所有，侵权必究，未经许可，不得转载

目录

第一篇　楚朝云　　　　　001

第二篇　姨妈的眼泪　　　049

第三篇　信仰危机　　　　091

第四篇　醉酒　　　　　　145

第五篇　蝴蝶坟　　　　　187

第六篇　鲜花店　　　　　189

第七篇　温情　　　　　　191

第一篇 楚朝云

一

楚朝云躺在床上，辗转反侧，难以入睡。明天就要与马伦去街道办事处办理结婚登记了。结婚，是件终身大事儿。虽有一波三折，一拖再拖，这次总算敲定了。楚朝云心里很高兴，当然，也踏实了。楚朝云心想：我已经是他的人了，腹中的孩子是他的，结婚之后，我就能给孩子一个名正言顺的合法身份。一旦有了孩子，肯定会有各种各样的困难和问题。到时候，再大的困难也要一件一件解决，不用担心……不过，结婚这样的大喜事，要不要广邀亲朋好友前来庆贺？这倒需要跟小姐妹一起好好商议商议……

楚朝云思考这些问题，很上心，搞得她一夜没有睡好。凌晨时分，她才迷迷糊糊地睡着。就在此时，窗外楝树上，飞来了两只喜鹊，一大清早，喳喳叫个不停，搅了朝云的美梦。楚朝云非常生气，心里老大的不高兴，想立刻起身把两只喜鹊赶走……可这个念头刚刚在心中一闪，猛又想起，她今天要与马伦去街道办事处办理结婚登记，这是一件大喜事！耽误不得的啊！哦，这么说，喜鹊是来报喜的！喜鹊，这鸟儿有灵性。它们在楝树上喳喳叫个不停，是在提醒我："不要忘记……不要忘记啊……"喜鹊的善举，我应该感谢才对啊！怎么可以生气呢！还责怪它们！罪过啊，罪过……楚朝云一骨碌从床上爬起来，走到窗前，推开窗户，笑眯眯冲楝树上的喜鹊喊了一声："知道啦，谢谢你们啊！"

树上的喜鹊，听到楚朝云的一声喊，吓了一跳，扑棱一声，展翅飞了……

楚朝云望着惊飞了的喜鹊，笑了："怎么飞走了呢！"

她下意识摸了摸自己的下腹，心中想道：还好月份未到，鼓起的肚子不太显眼……接着，她便漫想开了：看来，我肚子里的孩子跟他妈妈一样，有风流、浪漫的遗传因子……原来，楚朝云的怀孕，有一段浪漫故事，比起她名字的来历还要精彩！

楚朝云名字的来历，确实有一段机缘巧合的故事。

这故事，与楚朝云的妈妈楚湘莲有密切关联。楚湘莲最爱听她老公讲故事了。楚湘莲怀胎十月，就在她要生还没生的时候，突然心血来潮，非要老公讲个故事给她听。

老公疼爱老婆，满足了楚湘莲的要求，讲了一个楚襄王游高唐的神话故事："话说有一天，楚襄王游高唐累了，正午睡呢，忽然感觉，有一股摄人魂魄、沁人心脾的香风向他徐徐袭来。襄王一跃而起，光着脚丫，四下里寻找香风从何而来，抬头一看，有位绝代佳人正从巫山之巅向他缓缓飘来。心想：这股迷人的香气或许就是从她身上飘过来的。呀！她是天帝的女儿——瑶姬啊！楚襄王喜出望外，立刻迎了过去。二人一见钟情，楚襄王深深爱上了这位巫山仙女。瑶姬牵着楚襄王的手，边走边说：'妾是天帝之女，住在巫山之巅。忽听侍女前来禀报，君王今日游高唐。妾听了，万分惊喜，特此前来迎驾。君王有所不知，妾与君王有前缘。今朝妾来，愿与君王在鸳鸯帐中共枕席之欢，以了心愿。'楚襄王正求之不得呢，高兴极了。两个立刻进入鸳鸯帐中，兴风作浪，无比兴奋，无比快乐。一阵雷电交加、狂风暴雨之后，就分手了。临别之时，瑶姬拉着楚襄王的手，依依不舍。此时，楚襄王也早已经成了一个泪人儿。瑶姬流着眼泪对楚襄王说：'妾在巫山之阳，高丘之阴。旦为朝云，暮为行雨。朝朝暮暮，阳台之下。'襄王梦中哭醒。之后，他天天站在云梦台上，向高唐眺望，果然，一切如梦中瑶姬所言。因此，下令建了一座庙，名曰'朝云'。"

故事刚刚讲完，朝云妈妈的肚子就疼了起来，生下了一个女孩……妈妈就给女儿起名叫"朝云"。这就是楚朝云名字的起源与由来。

楚朝云记住了这段故事，每当她想起或者讲起这段故事的时候，心里总

第一篇　楚朝云

有一种莫名的快乐……

遵照事前的约定，早上八点半，楚朝云准时来到了马伦家。马伦家的门开着。楚朝云没有吱声，径直奔向二楼，在二楼书房门口停住了脚步。书房门关着，楚朝云轻轻叩了叩书房的门，而后含笑侧耳倾听，可等了好一会儿，听不到屋里有任何动静。推开门，见书房内空无一人。

楚朝云非常生气，很不高兴，心想：说好了今天一起去街道办事处办理结婚登记，他不在书房等我，去哪里了？

楚朝云气呼呼进了书房，在写字台前的一张椅子上坐了下来。发现写字台上有一封已经拆开的信，便顺手拿了起来，见信封、信纸上都是女人的字迹，不由得起了疑心：会是什么样的女子给他写信呢？写了些什么？难道马伦在外面真有相好的……楚朝云心中嘀咕，目光也不由自主地投向了信纸。

马伦：

亲爱的，我的小乖乖，你保密工作做得可真棒啊！听说，你把楚朝云小姐的肚子搞大了？她怀上了你的孩子，已经四个多月了。宝贝，你够能耐的啊！我还听说，你们两个就要登记结婚了，是真的吗？宝贝，你可不要净做美梦，却忘记了你在我枕头边、在我肚子上对天发过的盟誓！我警告你，你若昧着良心、坏了肠子甩掉我，迎娶楚朝云，别怪我对你不客气！当心你的小命！当心你家老头子头上的那顶乌纱帽！你若把我惹急了，我可什么事都做得出来。我不相信你这只小猴子能翻出我的手掌心。放聪明点儿，只要你听话，只要你乖，只要你忠心耿耿，一心一意地爱着大姐，与大姐恩爱到老，大姐保你平安，保你快活。否则，我就要你的好看！

宝贝，你应该知道，我是多么爱你啊！我不能没有你，我要你永远在我身边。宝贝啊，你能理解大姐爱你的这颗心吗？理解吗？

我想你，非常非常想你。我的车停在老地方，希望你见到我的信之后，马上就来。

爱你的蔷薇姐
×年×月×日

楚朝云气得脸色煞白。

原来，她手中拿着的竟然是一封不堪入目的情书。这样的情书，她长这么大，从来不曾见过，今天是头一回。

楚朝云以前也曾听说马伦与一位官太太有染，常在一起鬼混。官太太叫蔷薇，老公是马伦父亲的顶头上司。他们之间，关系微妙，且有一些不可告人的勾当。只是，当初楚朝云听到了这些消息，并没有往心里去。眼下，她看完这封情书之后，立刻意识到，马伦与官太太的关系远比风传的严重。

一般家庭，妻子倘若发现自己男人在外面与别的女人偷情，肯定不答应，夫妻间不打得人仰马翻，也会闹个天翻地覆、鸡犬不宁。楚朝云虽不会这样，可她也不可能眼瞧着就要跟自己结婚在一起过日子的男人在外面跟别人的妻子胡闹！更何况，她已经怀上了他的孩子……

马伦辜负了她对他的信任，辜负了她对他的爱。她把她全部的爱都给了他，可他心里没有她。他把她当成了傻子，当成了呆子……

马伦欺骗了她，事事瞒着她，她被蒙在了鼓里，什么都不知道。马伦这样待她，她怎可容忍！不能，绝对不能！

楚朝云气得浑身发抖。

突然，楚朝云感到肚子里的胎儿动了一下。她轻轻抚摩着已经鼓起的肚子，想起了那桩让她脸红、让她心跳、让她现在追悔莫及的往事。

故事发生在一天午后。马伦来电，约她去他家幽会。不知是何原因，楚朝云自接了马伦的幽会电话之后，体内便开始春潮涌动，欲火燃烧，闹得她浑身极不自在。马伦是情场老手，通晓女人心思。三杯酒后，趁着酒兴，马伦拥抱了楚朝云。干柴烈火，一点就着。楚朝云半推半就，快快活活地偷吃了禁果。哪知晓，风雨过后，马伦跪倒在了楚朝云面前，含着眼泪坦白交代：他欺骗了她，他在红酒里掺了春药。他流着眼泪对楚朝云盟誓：他爱她，永远爱她，永远对她好，永远不变心，决不辜负她……

其实，楚朝云杯酒下肚，已经感觉到了。

她是医生，平日里和朋友聚会，常饮红酒，知道红酒的烈度。时下，马伦递给她的这杯红酒，饮过之后很快感到心跳加快、浑身燥热、异常兴奋，

第一篇　楚朝云

接踵而来的，便是不可克制的、强烈的性冲动。她立刻知道，马伦定在酒中动了手脚。她妩媚一笑，瞄了马伦一眼，没有说话，也没有揭穿。因为马伦让她第一次体验到了一个女人在与男人相拥相爱时的那种幸福与快乐。楚朝云原谅了他，投入了他的怀抱。她把她那颗温柔的心以及她的爱，统统献给了马伦。

她依偎在马伦怀里，幸福地微笑着……

眼下，马伦的面具破了，露出了真面目。她生气，她愤怒！该怎么办？楚朝云眼前一片茫然，她不知道该怎么办！

还能挽回吗？不知道。没有人给她答案。

可肚子里的孩子，不能生下来就没有父亲啊！孩子啊，我可怜的孩子，你的命好苦啊！楚朝云的眼圈红了……

楚朝云站起身，透过二楼的窗口朝外望去，她想找到官太太等候情人的那辆车。巧了，她一眼就找到了。她看见马伦站在一辆宝蓝色轿车旁边，正在与一位浓妆艳抹的俏丽妇人说话呢。想必这位浓妆艳抹的贵妇人就是官太太了。楚朝云只觉一股怒火直冲脑门，她拿起桌上的情书，决定下楼找他们两个，要当面问个明白。

其实，蔷薇当年也是一个既美丽又善良的小姑娘，后来在社会环境的逼迫下、在坏人的引诱与蛊惑下，才逐渐演变成为一个极度淫荡的坏女人。她的行为，常人难以启齿，也难以描摹，世人也不敢相信。

但是，如今的蔷薇，有钱有势，人们不能无视她的存在。她触角很长，能到处伸手，财源滚滚，日进万金。

蔷薇的老公在滨州是位大官，年纪虽然大了些，但能呼风唤雨，一手遮天，没有什么棘手的事儿能难倒他。当地人也都知道，这位大官爱财、好色，见了漂亮的女人走不动道。然而，自从他娶了年轻漂亮的蔷薇之后，没过多久，便力不从心了，见到蔷薇就害怕——他惧内了。年轻的媳妇又有几个甘心寂寞的？很快，蔷薇就给大官戴上了绿帽子。大官心里很不是滋味。能怪谁？只能怪自己无能！心里别扭，却又不敢声张。害怕一旦声张，会闹出乱子。到时候，除却难堪，还丢了颜面，更难弥补。如若再惹恼了漂亮的小媳妇，一赌气跟人跑了，不更加丢人啊！莫奈何，他心想：还是识相点儿吧。于是乎，他正了正戴着的绿帽子，不哼不哈地自己在心中做了一个似乎不怎么困难的决定：顺着小媳妇，宠着小媳妇，哄着小媳妇，假装着什么都不知道……大老官想得开，自有他的算盘、他的逻辑，他觉得：胳膊肘上挎一个年轻漂亮的小媳妇，总比挎上一个黄脸婆强——老夫少妻，挎着胳膊，走在大街上，一迈步便是一道亮丽的风景——这样的官儿才当得气派、当得有味道……

　　蔷薇的淫荡，超乎寻常。她的心思，简直让人不可思议。她好像看透了天下的男人和女人，在她眼里，现在的男人和女人都一样，他们喜欢的东西就两样：一是金钱，二是权力。有了这两样东西，他们便能横行于天下。当然，男人喜欢漂亮妞，女人喜欢小白脸，这是天性，是常规，也是常情。她认为现时代的女人比男人更强些，更能耐些。在她看来，现在一些个男人，既没有钱又没有能耐，既不肯吃苦又不肯卖力气，面对穷日子，他们牢骚满腹、怨天尤人，天天梦想挣大钱、发大财。穷日子让他们挠心、难受！怎么办？为了发财、发大财，他们冥思苦想，想出了歪点子，打起了如意算盘，不走正道走邪道，豁出命了！铤而走险，杀人越货，走私贩毒……十恶不赦，走了一条不归路。到最后，他们一个个都被绑上了断头台，成了无头鬼。

　　"然而，女人就不同了，她们比那些个男人强，"蔷薇这样对人说，"女人身上有白白嫩嫩的鲜肉团，这是专迷男人好色的迷魂香！好色的男人见了，就会晕头转向，神魂颠倒；那些有钱、有势又好色的男人，见了这些女人，必定垂涎三尺，心甘情愿地拜倒在她们的石榴裙下……女人单凭这一手，就可以舒舒服服、快快活活地挣大钱。俗话说：'女人不坏，男人不爱。'她们牢牢记住了这句'千古名言'。现在，这句话，已经成了风流女子的口头禅。可是，话又说回来了，当今社会，有哪个靓丽的风流女子，不是为了金钱才向那些个大佬投怀送抱的？为了金钱，那些个鼎鼎有名的大明星，不但能光着身子在有钱有势的中国大佬们怀中游戏，而且能光着身子陪洋人在海滩睡觉。甚至，裸身往上献媚！为了金钱，她们推陈出新，无所不能，不知羞耻地换着花样，哄男人在她们的石榴裙下玩耍。这样的女人，现在到处都有，比比皆是。然而，有谁责问过？又有谁问罪过？时间长了，大家屡见不鲜，

第一篇　楚朝云

见怪不怪了，也就不足为怪了啊！好些女孩子还羡慕着呢！因此，只要女人有心计，凭借一张粉嫩漂亮的脸蛋、迷人的身段、性感的大腿，便可让腰缠万贯的大老板或者能够捞钱的大老官乖乖地将大把大把的钞票塞过来。只要美人儿你能陪他上床，到时候，这大把大把的钞票不要都不行呢！如若这样的男人迷上了你，就更好办了。只要你张口伸手向他要，要什么，他就会给什么。这时候的男人，特别痛快，特别大方，甚至于你要他的命，他都能给了你。"

蔷薇吃透了女人色赢（淫）天下的通达道理。她常对投缘的姐妹说："既然男人可以包二奶、养情妇，为什么女人就不可以养汉子、包小白脸呢？男人和女人，不都是为了自己的私欲和快活吗？"

这位官太太已经到了肆无忌惮、色胆包天、为所欲为的荒唐地步。这一次，她给小情人马伦发飙、写信，便是典型例子。她写好了信也不邮寄，直接登门入室，把信压在了马伦的写字台上，然后返回车中，打电话告知马伦，逼迫马伦就范。

马伦怕她，接到蔷薇的电话便犹如接到了女王的圣旨，极度紧张。看完蔷薇的信，吓出一身冷汗。没想到，他与楚朝云相爱，蔷薇知道得一清二楚，怎么办？想起楚朝云，马伦是满心的疼爱啊！可眼下，蔷薇的旨意，他不敢违抗。怎么办？怎么办？马伦着急啊！着急得脑袋都快爆炸了！他慌忙把信扔在了写字台上，匆匆下楼，去见蔷薇……

马伦见到蔷薇，耐心解释。可蔷薇虎着脸，一句不听。急得马伦心里火烧火燎，可又不敢给蔷薇耍态度、发脾气。

突然间，马伦想起，一会儿楚朝云就要来找他。他俩事先约好今天要去街道办事处办理结婚登记的，这件大事耽误不得。他看了看表，心想楚朝云可能快要到了。随即，马伦又想起了另一桩非常重要的事情：他刚才因为要见蔷薇，慌忙中把蔷薇写的信随手扔在了写字台上，没有收藏起来。如若此信落在了楚朝云手里，麻烦就大了……

此刻，马伦心里犹如火上浇油，无比着急。他约蔷薇改日见面，不等蔷薇回答，急忙转身往家跑……

马伦的脑袋在嗡嗡作响，进了家门，他头也不抬，加快脚步直往楼上冲，在二楼楼梯口与正要下楼的楚朝云撞了个满怀……

马伦见是楚朝云，忙问："你去哪儿？"随即瞥见楚朝云手里拿着一封信——正是蔷薇写给他的那封信。

马伦心中叫苦不迭：完了，完了，这下全完了！

楚朝云问马伦："你怎么回来了？你们两个聊得不是很开心的吗？"不等马伦回答，楚朝云又绷着脸道："不过，还得劳你驾，跟我再走一趟，一起去见见那个女人。咱们当面鼓，对面锣，把所有的事都说清楚。免得你们两个人不人、鬼不鬼的，偷偷摸摸地乱写信，偷偷摸摸地乱约会！心里犯嘀咕，怪不踏实的！"

"胡说什么呀！我心里只有你，哪有什么不踏实的。快跟我回屋去，我有话对你说……"马伦强作镇静，脸上的表情似笑非笑。

"马伦啊马伦，你还想骗我到几时？你能不能对我说句掏心窝的实话？让我也好再相信你一次，"楚朝云忍无可忍，最后还是发怒了，"看来，我对你多好都白搭！走，找那女人去！我要你们两个把所有的肮脏事儿当了我的面说清楚！"

楚朝云怒冲冲地拽着马伦，要他跟她一起下楼去找蔷薇。马伦不肯，反手去抢夺楚朝云手里的那封信，虎着脸说："把信给我！"

楚朝云知道她拗不过马伦，若与他这般纠缠，纯属浪费时间。她把马伦从身边推开，正色说："马伦，你听着，我手中的信可以给你。但是，现在不行。咱们两个必须一起先见了那个女人，把各自要说的话面对面地都说清楚了，之后，我便立刻把信还给你。"楚朝云举起手中的信，又说："我才不要这龌龊信——一张满是污言秽语的擦屎纸，恶心透了。只有你，才把它当成了宝贝！"见马伦站在那里不动，楚朝云强忍眼中泪，厉声道："马伦，你到底去不去？你若不去，我去！我倒要看看这不要脸的官太太脸皮有多厚！我要问问她，她准备给她家老公的绿帽子戴多高？我还准备去市府党政监察部门问上一问，像她这样的伤天害理、违法乱纪、祸及社稷，党和国家有没有一个说法？"

第一篇　楚朝云

楚朝云转身要下楼。

马伦非常害怕：她这一去，天就塌下来了，那还得了！一旦她们两人对上，必定大祸临头。到那时，多米诺骨牌一倒全倒，谁都跑不了，其后果不堪设想，太可怕啦！

马伦一把揪住楚朝云，不让她下楼，大声吼道："你不能去，把信给我，给我！"

马伦试图抢夺楚朝云手中的那封信，楚朝云死活不给，两个人在楼梯口扭在了一起。

楚朝云涨红了脸，冲马伦嚷嚷道："放开我，放开我！啊……"楚朝云为了挣脱马伦的纠缠，用力过猛，脚下蹬空，一声惨叫，一连几个跟头从楼上翻了下去，重重地摔在了大理石地面上，昏了过去。

马伦吓坏了，三两步蹦跳到楼下，急忙扶起楚朝云，大声惊呼："朝云！朝云！你怎么啦？醒醒，快醒醒呀！"这时候，马伦发现楚朝云下身在流血，血越流越多，淌了一地。惊魂未定的马伦吓得拼命号叫："啊呀！不好了，血，有血！你流血了呀！这可怎么办，这可怎么办！"马伦惊呆了，傻了，他除了号叫，完全不知所措。

马伦的号叫惊醒了昏迷中的楚朝云。她慢慢睁开眼睛，感觉肚子一阵阵抽搐般的疼痛。她是医生，知道这样的疼痛对一个孕妇来说不是好征兆。她下意识抬起右手，看见那个女人写给马伦的信依旧紧紧握在自己手中，不过信纸在滴血；她侧转头，向下身望去，看见身体下边已经有一大摊血，自己躺在血泊里……

楚朝云脑海里立刻闪出了一个痛苦的判断：流产了，腹中的孩子夭折了。她咕哝了一句："罪孽啊……我的孩子啊！你就这样走了！妈妈对不起你啊……"楚朝云眼中流出了伤心的泪水。

马伦听到了这句话，痛苦地说："朝云，我不是故意的，我真的不是故意。都是我不好，都是我不好啊！朝云，我对不起你。原谅我吧！我这就去开车，咱们马上去医院，或许……"

"没用的，一切都晚了，"楚朝云吃力地说，"快呼叫市医院的急救车吧。"

"嗯。"

马伦拨通了市医院急救站的电话,将手机递给楚朝云。急救站值班医生刚巧是妇科的主治医生谭英,她与楚朝云平日里是最要好的小姐妹。楚朝云忍着疼痛,把自己的危急状况向谭英简单扼要地说了说,请她赶快带上急救器械和药品前来救她。

打完电话,楚朝云流着眼泪,把手中还在滴血的那封信还给了马伦,说道:"结束了。一切都结束了。马伦,你好自为之吧。"

"不,不!朝云,我爱你,我真的爱你呀!我对天发誓,我真的爱你啊!请相信我,"马伦哭丧着低吼道,"你若早一点把信给了我,哪会发生这样的意外。都怪我,都怪我啊!你骂我吧,打我吧。"

楚朝云心中无比悔恨,悔恨当初没有能够识破马伦,把握住自己的命运与归宿。诚然,也怪她自己一时的放纵与冲动,上了贼船,投进了马伦的怀抱,背离了妈妈临终前的嘱咐,背叛了曾经两度救她于危难之中的田恺哥。一失足成千古恨啊!她在爱情的旋涡里晕了头,转了向。好悔啊!现在醒了,可是,一切也都晚了。怪不得别人,自己酿成的苦酒,只能自己饮。

楚朝云闭上眼睛,不再理睬马伦,悔恨的泪水挂满了她的脸颊。

二

谭英领着急救车,一路鸣笛开道,风驰电掣般来到了马伦家门前。车子还没有停稳,谭英与护士便抄起担架,跳下急救车,冲进了马伦家。

此刻,马伦哭丧着脸一声不吭,木呆呆地、一动不动地搂着楚朝云,蹲在那里,楚朝云双目紧闭,靠在马伦身上,下半身仍然躺在血泊里,苍白的脸上露出了痛苦与无助。谭英见了,心里非常难过,骂道:"你是死人啊!怎么还让她躺在血泊里啊!滚开!"边骂边犯嘀咕:朝云这样一个温柔多情、如花似玉的娇美人,怎么就爱上了他这么个无情无义、中看不中用的汉子了?难道就因为他长得比田恺哥帅气?奇怪了……"

马伦遭了谭英的骂,一声不吭地站起身,闪到了一边。他不怪谭英,楚

第一篇　楚朝云

朝云的灾难和不幸都是他造成的,他是一个不可饶恕的罪人,他亲手杀死了一个渴望来到人世间的小生命——那是他们的孩子,是亲骨肉啊!他马伦不但杀死了自己的孩子,而且毁掉了一个本该属于他的美满婚姻。他爱楚朝云,可他的放荡与好色,不但累及了蔷薇,也坑害了楚朝云。他罪孽深重啊……

楚朝云听到了谭英的声音,慢慢睁开眼睛,含着眼泪,虚弱地说:"谭英,快帮我止住内出血!快!要快!"

"好的。"

谭英招呼护士把楚朝云抬上急救车,随即开始进行抢救。可楚朝云伤势太重了,谭英再三努力也无法止住她腹腔中的出血,必须速回医院,马上手术……

谭英十分焦急,为了抢时间,她让司机将急救车开得快些,快些,再快些……

谭英朝车外望去,路上行人如织,车辆拥堵,极不通畅,急救车的车速已经是最快的了。司机好脾气,他对谭英的催促没有丁点儿气急,眼睛紧盯着车的正前方,平和地回应道:"好的!再快些!再快些!谭医生,照看好病人。您放宽心,我一定加速到达医院,不耽误您救治病人。"

谭英没有忘记把楚朝云出事的事儿在最短时间内、以最快的速度告诉田家三兄妹,以及她姐姐谭颖。她给他们每人发了一条短信:

楚朝云不幸出了意外事故,脏腑受伤,伤势严重,出血不止,十分危险,必须马上手术,进行抢救。请速到医院,协同救助。谭英。

楚朝云与他们几个从小一起长大,现在又同在滨州工作,都是最要好的朋友。谭英知道,他们接到短信,不会耽搁,会立刻赶到医院的。

谭英一边注意着楚朝云的生命体征,一边在想:田恺见到短信,会是什么样呢?没准儿急得肠子都快要断了。他肯定会把手头的事儿统统扔在一边,驾车飞奔医院。谭英知道,楚朝云在田恺心中分量最重,不知为什么,一想起田恺,自己心里总是酸酸的……

她叹了一口气，摇了摇头：别瞎想了，真情暖人心，情意深了，必定会有回报……谭英在心里自我解嘲、自我圆场。

年轻小姐妹在一起，为了争夺心中爱慕的同一个小伙子，她们明面不说，却喜欢暗中较劲儿。她们吃醋，她们赌气，她们发脾气，有时候，她们嘴里还嘟嘟囔囔……

谭英、楚朝云和谭颖三个就是这个样子。她们三个都深爱着田恺，可她们的爱又都藏在了心底，不说出来。不是因为害羞，而是害怕一旦说了出来，会伤害她们小姐妹之间的友谊和情感。久而久之，她们的心态发生了扭曲，产生了微妙变化，波及了她们三个之间的感情。说起来有些饶舌，细想起来也确实让人感叹：天在变，地在变，人在变，人与人之间的关系也在变，一切都在变啊……

这么说吧，自从谭颖当上了华申电器公司的董事长，她与田恺之间发生的故事就越发让人深思、耐人寻味了。

谭英父亲健在的时候，田家三兄妹在她父亲创建的华申电器公司做高管。父亲去世，姐姐弃医继承父业，坐上了华申电器公司董事长的宝座，田家三兄妹成了她的属下。新官上任三把火，可谭颖这把火却烧出了她的独门心思：一上任，她立刻把田家三兄妹中的老大——时任公司营销部经理的田恺——擢升为华申电器公司的总经理，把公司原来的总经理调任为公司董事长的助理。

工作伊始，新任董事长对公司关键岗位上的管理干部进行必要的调整，也在情理之中，公司的股东和董事对此无可挑剔。然而，擢升田恺做总经理，田恺本人有看法，他认为公司原来的总经理管理水平高，口碑好，人品也好，业务精湛，工作兢兢业业，任劳任怨，自己远不如他。这样的高管，现如今少之又少。公司不应更换，应该重用。他认为谭颖对他的擢升有点儿唐突，又有点儿蹊跷。事前毫无告示，谭颖既没有跟他谈，也没有征求他的意见。作为朋友，不该这样横行独断，这样做让他心里不豁亮，不舒畅。他感到不安，感到别扭。

然而，田凯的这些感觉，偏偏合了谭颖的心意。她这么做，就是要在田

第一篇 楚朝云

恺的心坎上，烙下一个深深的印记！她要让田恺牢牢记住，三姐妹中，只有她最在乎他，也只有她最爱他。希望他不要忘恩负义，要知恩图报。谭颖觉得，她的这一招非常高明。她的高明，在于能够掌握时机，充分利用手中的权力，不费吹灰之力，一伸手就把她暗恋多年的白马王子握在了手中。她够狠！这样的狠招，往后，谭英即使猜到了，也拿她毫无办法。为此，她高兴极了！

田恺开始苦恼。他意识到，自己已被深深地卷入爱情的旋涡……

谭英不傻，心如明镜，早看出来了，只不说罢了。她对姐姐的行为嗤之以鼻，非常反感：姐姐明明知道我爱田恺，却似强盗一般，利用手中的权力，明火执仗强抢我的田恺，岂有此理！她这是异想天开！可能吗？田恺是个活人，不是死人！他是一个有思想、有追求的好小伙子，不可能任你捏弄，任人摆布。再者说，我也不一定就会输给你……

俗话说：天有不测风云，人有旦夕祸福。

现在好了，谁也不用想那么多了……谭英心想：楚朝云出事了，她受了伤，肚子里的孩子掉了，她与马伦的婚事，肯定摧枯拉朽，一风吹了。明摆着，田恺归楚朝云了，铁定的。谁也别想争，想争也争不过。这是命，天注定……谭英朝躺着打吊针的楚朝云瞟了一眼，心里反倒踏实了，也坦然了。

楚朝云挂着吊针，静静地躺在那儿。她眨巴着两只有点儿疲倦但依然美丽的大眼睛，时不时地瞅着正在忙碌的谭英，心里似乎有话想对谭英说。谭英虽然在忙，但已经注意到楚朝云的眼睛在瞅她。而且，她也早已经猜到楚朝云此时的心思，因为她对这位朝云妹妹太了解了。

谭英犯坏，假装什么都没看见，故意加快脚步从楚朝云身边擦过，离楚朝云更远了一点儿，让楚朝云心里着急。过一会儿，谭英又走了回来，接着，又要离去……

楚朝云赶忙伸手拽住谭英的白大褂，不好意思地小声说："谭英，拜托，麻烦你赶快给田恺哥发一条短信，我想见他。"

"早猜到了。我真不明白，天底下怎么会有这样的怪事儿！只要遇到难事了、烦事了，你就会立刻想起田恺哥。等烦事儿、难事儿过去了，你又会立刻把人家给忘了。难道田恺前辈子欠你的？这辈子总也还不完！"谭英为田恺抱不平，生气说道。

"谁说的？我心里总惦记着恺哥的，我不会忘记他的。瞧你，求你办点事儿，真难啊！"楚朝云苦笑道。

楚朝云嘴上虽在辩解，可心里承认，谭英说得对，说得在理。她辜负了田恺哥的一片真情，继而又背叛了田恺哥。她应该受到诅咒，受到惩罚。她感到无比愧疚……

此时，此刻，她思念田恺。她想见他。

她要向他忏悔，向他赎罪，向他承认错误。

她要恳请田恺原谅她的无知，宽恕她对他的背叛。

她要告诉田恺，她是一个不值得他喜欢、不值得他爱的女人。

她要恳请田恺，从记忆中把她抹去……

她还要告诉田恺，病好之后，他俩不会再见面。到那时，希望田恺哥不要再牵挂她……

谭英瞧了楚朝云一眼，笑道："看你，眼泪汪汪，可怜巴巴的，像个小可怜。我说一个'不'字了吗？告诉你吧，我已经给田家三兄妹和谭颖发了短信了。放心吧！"接着，谭英又问："朝云，你能不能告诉我到底发生什么事了？前几天你对我说，你跟马伦要结婚了。我和我姐真为你们高兴，还商议着送什么礼才好呢。可现在你们又这样了……"

楚朝云见谭英在追问，鼻子一酸，眼中的泪水控制不住了，潸潸往外流。面对好姐妹，有苦难言，只能流泪了……

急救车通过一段拥挤不堪的道路之后，开始加速，不大工夫就开进了医院。等车子停稳，谭英和护士们迅速把楚朝云抬下急救车，上了手术室的手推车，即刻推进了医院的手术室。

楚朝云失血太多，为了避免手术中出现危险，术前必须输血。好在谭英事前已经考虑到这个问题。她知道楚朝云的血型是 Rh 型的。Rh 血型国内稀少，朋友中只有田家三兄妹与楚朝云的血型相同。楚朝云曾经两次遇险，命悬一线，都是田恺舍命相救。这一次，楚朝云又遇上事儿了，谭英算定田恺不会不管，他肯定会再次舍命相救。楚朝云是田恺心中的最爱，别人无法替代。田恺的

第一篇 楚朝云

弟弟妹妹也不会为朝云献血,尽管他们两个视楚朝云如同自己的亲姐姐,可他们识趣得很……

谭英知道,别瞧田恺平时与她们三个在一起的时候总是友谊至上,宛如童年时代,相互之间没有厚薄、不分远近,可到了关键时刻,就突显出来了。谭英心如明镜,清楚极了:田恺对楚朝云的心思,比对她们重多了!幸好田恺最近没有出差,没有远离滨州,若他出差在外,知道朝云妹妹受了伤,非把他急出个好歹不可。她们姐妹在一起时常说朝云妹妹的命好,祥云齐天,命中注定,是个有福之人。

可谭英心有不甘。她不相信男人的心思永远那么坚定……

不管别人怎么看,又怎么说,马伦是知道自己深爱着楚朝云的,他爱楚朝云远胜过蔷薇。马伦知道,因为蔷薇,楚朝云与他已经彻底决裂,可即便如此,他心中依旧牵挂着楚朝云的安危……

楚朝云被谭英救走了。马伦站在原地,木呆呆地愣了好久,才慢慢地回过神来。他清理了地上的血污,换了件干净衣服,开车去了医院。

进了医院,马伦直奔手术室。相距手术室还老远呢,马伦看见谭英的姐姐谭颖、田恺的母亲陈素梅、田恺的弟弟田刚以及妹妹田芳都来了。他们正在走廊里,焦急地等候楚朝云术后的消息。没有看见田恺,马伦心中起了疑惑:田恺怎么没有来?他去了哪里?难道……哦……马伦醋心大作,他的心好像被尖刀扎了似的,痛极了。他哪里知道,为了救朝云,此刻的田恺正在手术室为朝云输血……

既然碰见了熟人,无法回避,再难也只好厚着脸皮迎上前去,与大家见面。马伦满脸堆笑,还想跟大家套近乎、打招呼,话还没有出口,脸颊便挨了重重的一拳,一个趔趄,倒退了好几步,差点儿摔倒。站稳脚步,摸了摸被打的脸颊,随后从兜里掏出手帕,擦去嘴角的血丝,正待发作,再一看,打他的人竟然是田刚。对方正瞪着一双虎眼,凶巴巴地怒视着自己,好像要将自己撕碎了吃掉似的,吓得打了一个寒战。马伦知道,田刚脾气暴烈,好打抱不平,今天挨了他的打,看样子只能认倒霉了!话虽如此,马伦可不想弱了自己的气势,含混着低吼道:"你敢打我!"

"打的就是你！知不知道我为什么要打你？"田刚涨红了脸，怒气冲冲地反问道。

"我倒是要听听，你凭什么无缘无故地打我？"马伦壮着胆子说。

"岂有此理！我会无缘无故地打你吗？我问你，朝云姐怎么你啦？你为什么要伤害她？"

"我没有，我没有伤害她，是她……"

田刚只觉得要气疯了，直接打断了马伦下面的话："你还嘴硬！朝云姐怎么你了？难道是她伤害了你？"

"不不不，不……不是的，不是这样的……"马伦看见田刚发火，害怕起来，想解释清楚，可一着急就结结巴巴，越发说不清楚了。

"不什么不！油嘴滑舌，没有一句真话，谁能信你？你个大骗子！大流氓！你把朝云姐骗到了手，就这样待她？今天我岂能饶你！"田刚两眼喷火，举拳又要打。

马伦吓得往后倒退，机灵地躲到了陈素梅的身后，口中连连喊道："伯母你看，伯母你看……"

"你以为你是谁呀，你不过是只癞皮狗！今天我若揍不扁你给朝云姐出气，也太对不起我这双拳头了！"

谭颖见田刚要粗，忙上前制止："田刚，你冷静点儿，这儿是医院，不能鲁莽。朝云还在手术呢。"

谭颖是公司的董事长，她的话田刚得听。虽说他们从小一起长大，关系不错，可谭颖爱面子，现在她是自己的上司，对她必须尊重。田刚只好强压心头怒火，不再作声。

田芳一旁见了，抱不平道："董事长，其实我二哥说得在理。也就是大哥心胸宽厚，换了别人，早把这混账小子揍扁了！"继而毫不客气地对马伦怒道："你还有脸站在这儿？还不快滚！"

陈素梅制止田芳道："芳芳，不得无礼。若要就事论事，你朝云姐也有错，是她挑花了眼，看错了人了。"陈素梅回转身，对马伦说："马伦，朝云昨天对我说你们两个今天要去街道办事处办理结婚登记，怎么，变卦了？即便

第一篇　楚朝云

有变，你也不该动手打人啊！"陈素梅到底忍不住板起了脸，训斥起马伦来。

"冤枉啊伯母，我冤枉啊！我哪能够打朝云呢！我没有啊，是她……"

马伦正要向陈素梅解释，蔷薇不知什么时候突然出现，一把拽了马伦往外就跑，口中连连说道："解释什么呀！现在你跳进黄河也洗不清了，还不快跟我走……"

马伦看见蔷薇出现在医院，大脑彻底死机了，行尸走肉一般被蔷薇拽出了医院，全然忘记了挣扎反抗。

这位浓妆艳抹的官太太还真是出奇的胆大，光天化日之下，当了众人的面，毫无顾忌地一把拽了小情人就走，着实叫人吃惊、让人感叹！如今这世道，确确实实地变了。

原来，马伦走后，蔷薇没有马上离开，心中的一股醋劲儿让她滞留在了原地。正在她懊丧发呆之际，忽然看见医院的急救车一路鸣笛呼啸而来，停在了马伦家的门口。紧接着，医院的医生和护士用担架把满身是血的楚朝云抬出马伦家，送上了急救车，而后急救车又一路鸣笛飞驰而去。蔷薇断定，马伦家出事了，出了大事了！冥冥中，她觉得，这事儿可能与自己有关。她决定先不回家，而是驾车尾随急救车来到了医院，想在一旁看个究竟。她倒希望马伦能将风波闹大，闹得越大越好，她希望楚朝云与马伦从此翻脸，分道扬镳。到那时，她就可以把马伦当宠物养在家中，供她随意玩乐，尽情享受，岂不善哉，美哉……

突然，她看见马伦被人打了，之后又遭到众人围攻，蔷薇的心一下子提到了嗓子眼。情况紧急，拯救小情人最要紧！她顾不得自己的颜面，豁出去了！她扭动身躯，直冲上前，一把拽住马伦就往医院外面跑，演了一场"风骚官太太舍命搭救情人"的精彩闹剧，人人见了无不瞠目结舌，惊叹万分！

三

蔷薇拽着马伦一溜烟跑出了医院，气喘吁吁地上了她的宝蓝色小轿车。一踩油门，小轿车如箭一般向市郊桃花溪别墅飞去。这时候，蔷薇嘴角露出了微笑，心里踏实了。

可当蔷薇的轿车徐徐开进别墅小院的时候，马伦看见他父亲的黑色奔驰也停在了院中，心头一惊！

怎么老头子也在这里？蔷薇为什么不事先和我说一声？父子两个碰在一起，共用一个女人，总有点儿不合适！马伦心里不高兴。

蔷薇斜睨了马伦一眼，看出了他的心思，抿嘴笑道："怎么，不高兴了？瞧你的嘴，噘得可以挂油瓶了。怕什么呀？这可不是当年强扒我裤子的那个马少爷了！"

"当年是当年，现在是现在，不能混为一谈。你怎么也得事先告诉我一声。你说，父子两个碰到一块儿，共享一个女人，合适吗？"马伦生气道。

蔷薇哈哈大笑："谁说我要跟你们父子两个一起在床上快活啦？"

"这还用说，你这架势不明摆着吗！我最了解你了。你若疯狂起来，十个男人都得败下阵来！"

"瞧你说的，我有那么厉害吗？你把我当成什么人啦？不过，我倒很想听听我情郎口中的女人是怎样的一个疯狂法，你要细细地给我讲一讲，描绘描绘，形容形容，我爱听……"蔷薇两只媚眼露出了淫荡的微笑，瞧着马伦说道。

"不！这种事儿不能从口中说出来，太牙碜，太低俗，没有诗意。"

"扯臊！你在我身上像条疯狗似的，一上手就强扒我的裤子，一条真丝裤子被你撕成了两大片外加一长条，'哒'一声，'哒'又一声，确实有撕（诗）意呢……"

"好了好了，说来劲儿你就来劲儿了。还是进屋再说吧。"马伦打断了蔷薇的话。

蔷薇瞟了马伦一眼，笑着把车停稳。"别紧张。今天我叫你家老头子来这里，不是想跟他上床，而是要他帮咱俩办一件大事。办完事，我就让他走。放心好了，我不会扒光你们父子俩的，我还没那么贱！不过，"蔷薇瞟了马伦一眼，笑着说，"不过，假如你不听话，那就没准了！到时候，你可别怪我淫荡出了圈。"

第一篇　楚朝云

蔷薇拉着马伦的手，嬉笑着走进别墅会客厅。会客厅里，乌亮乌亮的八仙桌上摆着一盆尚未盛开的紫色郁金香。蔷薇见了，微微一笑，知道马家驹在她房间里等她，心道：老头子够准时的，看样子他已经按捺不住了，可他今天必须轮空，我不能答应他……

八仙桌上的郁金香，早已不是什么秘密。马伦知道父亲在蔷薇房间里等她，这让他很不高兴。尽管蔷薇是他从老头子手里抢来的，可他想独占她，不愿意与老头子共享。

"你休想让我与老头子见面。"马伦不耐烦地说道。

"紧张什么？我不会让你们父子见面的。我真要是那么做了，你们父子两个面对着面的，该多不好意思啊！"蔷薇笑着说，"我要让你知道，我是如何与你父亲做交易的。我所做的这一切，都是为了咱们两个的将来。马伦，我只要有了足够多的钱，就能带着你远走高飞。去美国，去加拿大，去澳大利亚，去欧洲，去日本，去马来西亚……一句话，我只要有了钱，想去哪儿，就去哪儿！只要你爱我，不变心，不做陈世美，我绝不会抛弃你，绝不会亏待你，绝不会让你受苦。马伦，我的心肝宝贝，自从你爬上了我的床，闯进了我的生活，我就爱上你了！我爱你！我爱你爱得都快要发疯了！马伦，我这辈子不能没有你，这是真心话。我的宝贝……"

蔷薇说了一大堆叫人听了都肉麻的话之后，把马伦领进了楼下一间经过特别布置的房间。她打开了电视机，对马伦说："现在，你老老实实坐在这儿看电视，不准出去。"她指了指电视机屏上出现的人说道："瞧见没有，你父亲着急了……马伦，你知道的，但凡进了我的别墅，未经我的允许，谁都别想偷偷溜走。这屋里，这楼上楼下，都有我的眼睛……"

"我知道。你放心，我不会逃走。"马伦一脸的不高兴。

马伦知道，蔷薇在别墅内安装了一些监控器，组成了一个闭路网络，他的一举一动都在蔷薇的掌控中。当今社会，只要有钱，设置这样的网络不难办到。不过，弄这套闭路网络，蔷薇还是下了一番功夫的。

蔷薇瞧着马伦无可奈何的样子，笑了。

"知道就好，就怕你不知道，或者假装不知道，"蔷薇在马伦的脸上亲了一口,"我知道,你心里惦记着楚朝云,你忘不了她。"蔷薇说着眼圈红了。不可否认,她对马伦是有真情的。"好了,我要去见你父亲了,"蔷薇很快又恢复了常态,笑着说,"你在这儿通过电视可以看到我的一举一动,听到我与你父亲说的每一句话。当然,你父亲的一举一动你也都能看得清清楚楚。"临走之前,蔷薇又紧紧搂住马伦深深地接了一个吻,而后拿起随身带来的皮包离开了房间。

蔷薇走出房间,进入楼道,爬楼梯,登二楼,进入二楼的楼道,而后拐了一个弯,走进她的卧室……电子监控器捕捉到的每个细节,电视屏上都无一遗漏,看得清清楚楚,明明白白。

马家驹看见蔷薇来了,非常高兴,立刻扑上前去将她紧紧抱住,又是亲,又是摸,又是啃,一时间老头子简直忙不过来了。马伦坐在电视机前,看见父亲这个样子,十分生气!伸手想把电视机关掉,可蔷薇早已经做了防范,横竖切不断电源、关不了机,马伦不想看也得看,非看不可……

此时的蔷薇像一只小羔羊,温柔地顺从马家驹的热烈拥抱,任由老头子骚弄。老头子性欲陡增,觉得拥抱不过瘾,开始动手撕扯蔷薇的衣裙。蔷薇见势不妙,立刻将他一把推开。

"等等,你先把科技园开发区的2000亩土地签批了之后再说别的,好不好!"蔷薇微笑着从皮包里拿出四本早已准备好了的文本,递给马家驹。

马家驹接过文本,见文本的签字栏里就差他这位主管副市长的签字了。只要他大笔一挥签了字,蔷薇这笔大买卖也就算是尘埃落地。马家驹看了蔷薇一眼,心想:这个女人真的不简单,既风骚又大胆,什么买卖她都敢做,什么钱她都敢赚!胆子越来越大……不知道这笔交易做成之后,我能得到多少好处?马家驹心里在盘算。

蔷薇是个精明人,冲老头子嫣然一笑,说道:"你不用勾着眼睛看我,到时候自然少不了你的好处,包你满意就是了。"

"不,不不!今天我想先要些好处,然后再签字。行不行?我求你啦!"马家驹像只骚公鸡,见了蔷薇,早已急不可耐、按捺不住了,借着说话的工夫,上手又要撕扯蔷薇的衣裙。

第一篇　楚朝云

"家驹,刚才我已经说过了,请你先签批科技园的2000亩土地,然后咱们再谈别的,你难道没听见?"蔷薇有点儿生气。

马家驹最怕蔷薇生气,她若真的生气,自己会倒霉的。马家驹看着蔷薇虎起的脸,立刻堆笑说:"好好好,我签,我签。咱俩说好了,签字之后,你可不能耍赖。"马家驹取笔,翻开四个文本,唰唰唰,只一会儿工夫,签完了。

蔷薇将签批好了的文本收进保险柜,加密锁好。然后冲马家驹一笑,说了一声:"谢谢。"

"说一声谢谢就完了?下文呢?"马家驹盯住蔷薇问道。

"下文怎样?你想怎样?"蔷薇又是一笑。

"刚才不是说好了,怎么眨眼工夫就变卦了?不行!"老头子不答应。

"行不行,不是我说了算。你得下楼去问问你儿子,问他答不答应。"蔷薇依旧笑着说。

"你把马伦带来了?你在耍我!"马家驹生气道。

蔷薇听老头子这么说,立刻暴跳起来,瞪圆了眼珠子,手指着马家驹的鼻子变脸骂道:"你说什么?我在耍你?要不要我把你儿子叫上楼来,听听他怎么讲?"蔷薇想起了伤心事,浑身哆嗦:"当初,你跪在我面前,流着眼泪对天盟誓,苦苦哀求,说只要我顺从你,答应与你上床,你就跟家中的老婆离婚,言正名顺地娶我进门,请亲朋好友前来吃酒、祝贺,举行结婚仪式。那时候,我太年轻,太幼稚,竟然相信了你,答应了你,与你上了床……"

"可是,当你把我骗到手,你就背叛了誓言,撕毁了承诺。不久之后,你的宝贝儿子趁你外出,爬上了我的床,霸占了我。我成了你们父子两个共同的玩物,性发泄的工具。没过多久,你为了升官,讨好你的上司,又把我当礼物送给了他。从那时候起,你爬上了副市长的宝座,可我却同时要周旋在你们父子和他三个人之间,供你们玩耍,供你们享乐,供你们发泄,你说,是不是这样?你说,你说呀!是不是这样!"蔷薇突然发威,"你说,说呀!这到底谁在耍弄谁?今天你若不说清楚,我跟你没完!"

"你,什么意思?这都已经是过去的事了,说多了有啥意思。再说了,我已经给了你非常可观的补偿，难道你还不满足？"马家驹板起了脸，很不高兴。

"马家驹，听着！你今后还少用'补偿'二字来糊弄我，"蔷薇越发愤怒道，"你以为用一点点小恩小惠就可以把我打发了？真乃天大的笑话，你们也太小瞧我蔷薇了。是啊，想当初，你们以为，我一个小小的弱女子，一个不起眼的小女孩儿，能有多大见识？好对付，好欺负，太好欺负啦！是不是？是啊，那时候的苍天是那么的不公！它眼睁睁瞧着一个美丽而纯洁的弱小女孩儿掉进了狼窝，任狼撕咬、任狼蹂躏、任狼践踏而不加阻拦、不肯救助。可是，天有不测风云，人有旦夕祸福！你们万万没有想到，悲惨的命运，非人的境遇，逼迫我，同时也教会了我不得不进行反抗和自我保护……等到你们栽跟头的时候，才发现竟然栽在了一个你们曾经认为最不起眼的小女孩儿手里。于是，你们就想杀人灭口，你们下决心要除掉我。可惜，你们晚了一步。那时候，我的羽翼已经丰满，你们下不了手了。你们发现，倘若我的安全出了问题，或者受到了威胁，你们的罪恶就会立刻曝光。万般无奈，你们不得不与我讲和，不得不乖乖地就范，听从我的指令，接受我的安排。与此同时，我的人身安全你们也开始关心起来了，你们害怕节外生枝，给你们带来麻烦。

"没错，我接受了你们的条件，也答应了你们给予的补偿，但绝不是当下的这一点点。这一点点远远不够，远远满足不了我的心愿与欲望。我要更多！这绝不是奢求！现实告诉我，必须这么做！

"我想，你应该知道，我已经爱上了马伦。我不恨他，我爱他。我真的很爱他。我们两个结为夫妻，蛮般配的。中间虽然夹了一个所谓的前夫和一个做公公的老情人，可我的感觉还蛮不错。

"不过，话又得说回来，像我这样的女人，若要与马伦好下去，必须有钱，必须有大把大把的钱。在滨州这块土地上，没有钱，寸步难行。我需要钱，只要是钱，我都要，而且都敢要，我不怕烫手。你可能觉得，像我这样的捞钱，是不是太贪了？不，绝对不！与你们这帮贪官比，不过是小巫见大巫，差远了！差得实在太远、太远了！我所捞的钱，抵不过你们贪污的冰山一角。所以说，我现在所捞的钱，远远满足不了我的需求和欲望。我需要很多很多的钱，越多越好……

"喂,马家驹,我说的话你听懂了吗?"

"哦,听懂了,都听懂了……"

"听懂了就好,"蔷薇大笑,"算你们聪明!你们两个不笨,一点儿都不笨,你们两个能明白我的心思,这就对了!总的来说,咱们之间的交易还算公平,能够互惠互利,配合得很不错……其实,我早看透你们了。你们这些个当官的,既贪财,又好色,见了漂亮女人,口水能流二里半。我说得对不对?哈哈哈……"

马家驹打断了蔷薇的话,说道:"姑奶奶,别说那么多了好不好。你啰里吧唆地说那么多,到底想怎样?"

"咦!这话怎讲?不是我想怎样,而是你想怎样。事儿是你挑起来的,是你非要我陪你上床,否则你不干呀!"蔷薇冷冷地说。

"那可是你同意了的呀!你怎么能说话不算数呢。"马家驹想与蔷薇上床的兴头一点儿都没减。

蔷薇笑了:"一开始我就对你说等等,请把科技园开发区的2000亩土地签批了,然后咱们再说别的,对不对?"

"对,那又怎样?"

"那么,请问,我同意陪你上床了吗?"

"岂有此理,你不和我上床,叫我来干什么?"马家驹光火道。

"很简单,叫你来为我服务,为我服务!懂吗?"蔷薇严肃道。

马家驹气得浑身发抖,吼道:"你也配!妈的,真气死我了!气死我了!"

蔷薇对气得发抖的马家驹冷笑道:"好,好,好!我不配!你配!"突然一拍桌子,双目怒瞪,指着马家驹的鼻子骂道:"你这个狗娘养的杂种!你以为你是什么东西!也敢在老娘面前说三道四!你他娘的狗杂种!我不配,你配!"

马家驹立刻意识到自己说错话了,马上赔笑道:"别生气,刚才我一着急说错话了,得罪姑奶奶了,请原谅。"

蔷薇瞟了老头子一眼,放下指着马家驹鼻子的手,懒懒地说:"我才不生气呢,再说了,哪有那么多气好生呀。我累了。明天你亲自去一趟科技园开发区，把今天的结果告诉那儿的负责人。听着，你必须亲自去！"

这是蔷薇的命令，没有商量余地。

蔷薇又浅浅一笑，"本来这事儿该我去，我身体不舒服，待会儿还要陪马伦上床玩游戏，太累了，我就不去了。"

"蔷薇，你别再折磨我了，好不好？以前我都听你的，这一回你就行个方便吧，我求你啦。"马家驹放下身段哀求道。

蔷薇笑了，鄙视道："你吃了几粒？吃得太多，药性发作，受不了了？是不是？会伤身体的！"话锋一转，又道，"我已经答应马伦，今天不跟你上床，我必须言而有信。"

"答应了又怎样？我是他爹我优先！他想怎么着！"马家驹毫无羞耻，理直气壮地说。

面对这种无耻的好色之徒，蔷薇只能惨笑："家驹，我已经怀上了马伦的血脉，你快当爷爷了。我准备和马伦结婚，你高不高兴？"

马家驹听了，犹如晴天霹雳，把他劈倒在了椅子上……

四

楚朝云梦中醒来，看见田恺头枕双臂，趴在她病床边上睡着了。手术之后，田恺一直守护在她病榻前，这已经是第七个日夜了。瞧着自己的救命恩人，无数往事又一齐涌上了心头，纠缠在一起，难解难分……她自觉无以为报，心里十分愧疚、十分难过，眼泪止不住地潸潸往外流。

楚朝云抬起她那纤弱的小手，把田恺头上支棱起来的头发慢慢抚平……

记得妈妈曾经对自己说："朝云啊，你与田恺从小青梅竹马，两小无猜，咱们家与他们家知根知底。妈妈看着你们从小一块儿读书，一块儿长大，田恺是真心对你好啊，妈妈希望你珍惜这份感情。妈知道马伦喜欢你，你对他也有好感。马伦长得比田恺帅气，也更精神些。男孩子长得帅，招女孩子喜欢，是优势，但绝不是女孩子一生追求的主题啊！女孩子追求的恋人，品德第一要好，非常重要！马伦是官宦子弟，现在的官宦子弟有几个是正经的？朝云，

第一篇　楚朝云

你是妈的女儿，妈与女儿最贴心，心连着心哪。妈妈明白告诉你，妈喜欢田恺，不喜欢马伦。妈总觉得马伦不可靠。朝云啊，你心地善良，可你太痴情，太柔弱。妈说的话，希望你三思。"

　　妈妈的话语重心长，可自己没有听。现在后悔了，晚了。楚朝云睁着泪眼望着趴在她病床边上沉睡的田恺，心中感到一阵阵悲凉。她知道田恺爱自己，他对自己一往情深，可曾几何时，她错把马伦当成了白马王子，一失足成千古恨啊！她辜负了妈妈的期望，辜负了田恺哥的一片真情，她应该受到良知的谴责、老天的惩罚。眼下，她期待着病愈出院之后，有那么一天，她能够当面向田恺忏悔，恳请他的原谅。楚朝云流着眼泪，咀嚼着爱情的苦涩与伤痛。她爱田恺，可她不能爱，永远不能爱了。她不能因为马伦欺骗了她、伤害了她，就掉转身重新投向田恺的怀抱。她不能，绝对不能。做人要有德行，要有人格，要有尊严！做人要自爱，要有自知之明，不能水性杨花……

　　楚朝云流着眼泪，心中默默诉说着：田恺哥，忘了我吧，我不值得你爱，不值得你这般痴情。你或许还不知道吧，眼下我虽然保住了性命，却失去了生育能力。你怎么可以爱一个曾经背叛你、如今又不能生育的女人呢！谭家姐妹既美丽又漂亮，她们的容貌、她们的身材都不比我差，她们的人品、她们的修养都比我好。她们不像我会背叛你，她们爱你，爱得很深、很深啊！田恺哥，你可不要糊涂啊！……

　　楚朝云心潮起伏，一失神，她抚摩田恺头发的那只手啪嗒一下落在了田恺的头上，把刚刚睡熟的田恺惊吓了一个激灵。田恺醒了。

　　田恺抬起头，见楚朝云醒了，微笑道："哦！你醒了？怎么？哭了？哪儿不舒服？"

　　"对不起,我把你吵醒了，"楚朝云含着眼泪说道，"我挺好的,没有不舒服。我这一病，苦了你了。为了我，你太辛苦了。真不好意思。"楚朝云眼中的泪水止不住地往外流。

　　"快别哭了，我愿意陪你，你知道的，我是心甘情愿的啊！其实我觉得一点儿都不辛苦，能陪在你身边，我觉得挺幸福的，"田恺笑着说，"噢，忘记告诉你一件事了，我该回公司上班了。公司有件要紧的事儿需要我去处理，过一会儿我就走。从明天起，我不能在这儿陪伴你了。谭英说你术后病情稳定，恢复得很好，她说我走之后，她会来照顾你的……噢，你想吃点什么？我去给你买。"田恺呆呆地望着楚朝云，像是在等待她的回答。可楚朝云知道，田恺心里在想着别的事情。她也在思考，如何才能把心里的话对他说明白……

记得前几天他对她说，他要陪着她，一直陪到她病好了出院为止。可刚才他忽然又改变主意了，他要走了，楚朝云心里立刻感到空落落的，很不是滋味，挺难受的。她睁大了泪眼凝望着田恺，想从他脸上找到要走的理由和答案。

可当他们两个的目光碰到一起的时候，又谁都不说话，只是默默地看着对方。楚朝云望着田恺，在不断地落泪……

这一幕恰巧被谭英撞见了。"怎么？白天黑夜地看，已经整整看了七天七夜了，还没看够啊？"谭英双手抱着病历走进病房，笑嘻嘻调侃道，"朝云，你的眼泪也太多了呀，快成林妹妹了！你恺哥哥不就守在你身边吗？干吗还要眼泪汪汪的啊？是不是恺哥哥欺负你了？快告诉我，我帮你出气。"谭英瞟了田恺一眼，心道：田恺呀田恺，你对朝云要痴情到几时？我哪点比不上你这位朝云妹妹？一股酸酸的滋味又涌上了她的心头。

"谭英，对人说话不要这样尖酸刻薄。别忘了，我是你的病人，你是我的医生，"楚朝云见谭英调侃她，当即止住了眼泪回击道，"一个医生虐待病人，那可是犯罪的行为！"楚朝云接着又说，："你若待我好一点儿，我会感激你的，用得着的时候，或许我能帮帮你。你这样子待我，我又如何感谢你啊！"

"啊呀呀！你瞧瞧……"谭英知道楚朝云说的是什么意思。刚想反击，可话到嘴边又止住了，因为有些话当着田恺的面她不能说，让田恺听了去不好。她支吾了一下，改口说道："好一个尖嘴刁钻的朝云妹妹，说话还兴带埋伏的。好了，我说不过你，不说了，算了，快试表吧。"

楚朝云接过谭英递给她的体温表，说道："什么叫'尖嘴刁钻'呀，又什么叫'算了'呀，接着说嘛，我听着呢。"

谭英没有接茬，她知道接茬没好话。见楚朝云已将体温表夹在了腋下，她便笑眯眯地对田恺说："田总，今天一大早，你的董事长又打电话来了，

第一篇 楚朝云

说公司离不开你，要你尽快回公司上班呢。你呀，快回公司上班吧，省得丢了魂的董事长老往这儿打电话。你走了，我们这里也就清静了。你的朝云妹妹由我来照顾，还有什么不放心的呢？放心吧，她跑不了。"

谭英的话尾，别人听来很平常，可楚朝云听了满脸发烧，心里很不舒服，立刻回击道："谭英，你吃错药了，替你姐传话，还带拐了弯儿算计人的！我怎么得罪你啦？恺哥问你了吗？有这样说话的吗？"

谭英笑了："呀，天大的冤枉！皇帝没急，太后急了！这算哪门子事儿啊……"

田恺听谭英故意把"太监"说成了"太后"，觉得谭英说话不着调，针对性太强了，让人听了很不是滋味。他害怕谭英再胡说，伤着了朝云的自尊，赶忙用话拦截："小鹦鹉，你说话能不能温柔点儿啊！干吗总要含沙射影带点刺儿呢？这不，小刺儿扎着自己了吧。今天我有件挺要紧的事儿，必须马上去办，刚才我对朝云说过了。"说着，他看了看腕上的手表："时间不早了，我该走了。朝云，你好好养病，过两天我再来看你。"

话毕，田恺站起身，匆匆离开病房，走了。

"哎哎，怎么说走就走啊，我还有话对你说呢。"谭英想留住田恺。田恺不但没有停留，反倒加快了脚步。

谭英非常生气，对楚朝云说："我姐说，一会儿她到医院来看望你，另外她有要紧的事儿找田恺谈。"

"那你刚才为什么不早说呀。"

"你都瞧见啦，还没容我说呢，他就走了。我叫他，他理都不理，气死人了。我，我……我一定要找机会报复他。好像我求着他似的，早晚有他跪下来求我的时候。"谭英喘着粗气说。

楚朝云笑着安慰谭英："别生气，当心气坏了身子。身子气坏了，到时候想拜堂也拜不成了，不就便宜了别人了。"

"他走了，你又来气我。快说，便宜了谁？"谭英噘起嘴问道。

"不要着急，他跑不了。"楚朝云莞尔一笑。

"别打岔，他当然跑不了。快说，到底便宜了谁？"谭英很想知道楚朝云说的与自己想的是不是一样。

楚朝云瞟了谭英一眼，谭英明明知道自己说的是谁，她只是想做一个验证，这又何必呢。她们姐妹都是她的好朋友，她不愿意得罪两个中的任何一个。她刚才说漏了嘴，此刻想收也收不回来了，只好圆场道："说到底，还不都便宜了小鹦鹉！还能便宜谁呀？"

"好啊！说来说去你和田恺两个都在拿我开涮，真不够朋友，"谭英说道，"刚才田恺说我是鹦鹉、不够温柔，你又说我尖酸刻薄。我哪比得上你朝云妹妹啊！你的一举一动，都能挠着他的心窝。你带着温柔，透着深情，说出来的话宛如春天的雨露、秋天的和风，抚摸着他的脸庞，滋润着他的心田，让他精神恍惚、神魂颠倒，忘了东西南北……可话又得说回来，我可从来没有鹦鹉学舌、搬弄是非，做人要凭良心，不能信口开河！"

楚朝云觉得谭英今天有点儿小气，想得太多了，瞎生气。这会儿，她又把刚才的话茬捡了回来，让人好笑。

"谁说你搬嘴弄舌啦？鹦鹉嘛，嗯，鹦鹉是个精灵，它很漂亮，很美丽，人人都喜欢，未必都是搬弄是非、学舌的呀，"说到这里，楚朝云忍不住笑了，"是你自己在无事生非、多心瞎想。好啦，别生气啦，说着玩的，你不也说我了吗！咱俩是好朋友，何必当真呢。"

"贫嘴，我又不傻，田恺说的是文明话，你以为我听不出来呀！他怕我生气，可他再文明也是在指桑骂槐呀！即使他无意骂槐，却也是在说槐呀！你护着他干吗？"谭英气鼓鼓地说，"我不当真，可他当真了。要不然，我叫他，他为什么装听不见？为什么不理我？他分明想尽快离开这里，离我远远的，躲开我。我还是傻呀，没有你朝云机灵啊！"

"瞧你，又来了。你比谁傻呀？你身上没长毛，长了毛比猴儿还精灵呢！"楚朝云含笑说。

"比来比去，这时候又把我比作小毛猴了，真该打。"谭英笑了。

"说正经的，依我看，田恺想躲的不是你，应该另有其人，"楚朝云说，"你想想，你们两个前两天在一起时还有说有笑的，他躲你了吗？今天他肯定有事，才急匆匆走了。你别因为吃多了醋，冤枉好人。"

第一篇　楚朝云

"什么叫'别因为吃多了醋，冤枉好人'！我吃谁的醋啦？你这才叫拐了弯儿糟践人呢！"

楚朝云瞥了谭英一眼，没理她。

谭英想了想，突然醒过味来，点点头，说道："说的也是，田恺是在躲我姐呢。啊呀，我对你说了，你可不能对我姐说啊。"

"你姐又怎么啦？"楚朝云装糊涂。

"你不知道啊？我姐想逼田恺既成事实……这几天，我姐追他追得可紧啦！"谭英说。

"什么既成事实？难道他们两个已经……已经发生了？"楚朝云心中疑惑，但她很快又否定了，"我觉得田恺不会，决不会。我相信田恺，他不会干出那种事来。"

"这可不好说。干柴烈火的，一旦上了床，那还老实得了？"谭英着急道，"他们两个真要有了那种事，就糟了。"

"事儿还不清楚呢，你急什么呀。爱情是自私的。两个人的姻缘要看缘分，有缘分，当然好；没有缘分，追得再紧也没用。逼急了，还会适得其反。"

"说得也是，"谭英想了想，笑了，"嗯，没错。有缘分的人，不愁没人疼，即使她生了病，躺在医院的病床上，多情郎也会赶着巴结她，讨她的喜欢。这倒是真的。我们的病西施不就被多情郎君搞得左右为难了吗，急得她直掉泪……唉，现在的世道，真叫人猜不透。"

谭英只管说，她嘴上痛快了，可楚朝云却闭上了眼睛，不再理她了。谭英见了笑道："你以为闭上眼睛我就不说了，我照说……"

"你爱说不说，你狗咬吕洞宾不识好赖人。"朝云生气道。

"我怎么不识好赖人啦？我是在跟你逗闷子呢，你还真生气呀！"

"我才不呢，气坏了，还不是我自己倒霉。"楚朝云说。

"这就对了，"谭英眼珠一转，忽然单刀直入逼问道，"你是不是在作秀？我就不相信你能忍心把田恺拒之门外！"

"我干吗要作秀？我什么时候骗过你？我对你说过多少遍了，我爱田恺，但我不能爱！难道你还不相信？我是一个有人格、有自尊的女人，我不能因为儿女私情而辱没了自己的人格、毁了做人的尊严。田恺也绝不能因为我断了香火、绝了后代，田家必须后继有人，兴旺发达。谭英，现在你该明白了吧。说句心里话，我希望你与田恺能喜结良缘。我觉得田恺喜欢的是你，而不是你姐。"

谭英惊喜道："真的吗？"

"当然是真的。我猜我的话一准说到你心坎里去了。"楚朝云微笑道。

"朝云，我若能与恺哥喜结良缘，那就美梦成真了！我此生没有白活！"谭英脸颊绯红，热泪盈眶。她低声对楚朝云说："我告诉你一个秘密，我爱田恺已经很久很久了，读初中的时候，我就暗恋上恺哥哥了。不过，那时候，我把对他的爱藏在了心底，不说出来。我盼望有一天，能当着恺哥哥的面对他亲口说：我爱你，我非常非常地爱你！然后，我吻他，他也吻我……"这时候，谭英闭上了眼睛不说话，刹那间，她好像已经沉浸在幸福之中了。过了一会儿，她才睁开眼，问朝云："你能理解吗？别笑话我吗？"

"我能理解。不笑话，"楚朝云听完谭英讲的一段爱情隐史之后，脸上泛起了一片红晕，微笑道，"我知道，还有你姐姐谭颖，咱们三个都爱上了田恺，相互间谁都不说，好像有多保密似的。其实，就隔着一层窗户纸，大家心里都清楚，一捅就破！"

"你说，田恺他知道吗？"谭英问。

"他又不傻，当然知道喽。"

"唉！"谭英叹气道，"说的是呀，他又不傻，三个年轻轻的漂亮姑娘任由他一人挑选，太不公平了。可他挑来选去，最终挑选的还是你啊！我们不过是陪衬。"

"现在还是陪衬吗？病房里可没有卖醋的啊！"楚朝云取出腋下的体温计，看了一眼，交给谭英，笑着说，"36.7度。你该满意了吧？我对你真心实意太过了点了，显得有点儿偏心了！"

"嗯，36.7度，还行。你只偏了一点点，不算偏，正可好。别忘了，咱俩是好姐妹，"谭英笑着说，"就是不知道你的归宿落在哪里，能告诉我吗？"

"我考虑过了，到时候，你会知道的。我不能马上告诉你。"楚朝云眼

第一篇 楚朝云

中很快又充满了泪花。

谭英见了懊悔道:"怪我,怪我!对不起,我又捅了你的伤心处了。"

"唉,这是命,命中注定我该有此劫难。"楚朝云叹气道。

"这么说,你对马伦依旧抱着幻想?"谭英用疑惑的眼光看向楚朝云。

"怎么可能。对他,我已经彻底失望,不会再有幻想。一切都已经结束,成了过去了,烟消云散了。"楚朝云眼中的泪水再也控制不住,潸潸地流了下来。

"既然是这样,你又何必如此伤心呢?"谭英不解地问。

楚朝云睁着泪眼望着谭英说道:"我伤心落泪,不是为马伦,而是为了田恺。你想想,他待我一往情深、恩重如山,可我却无以为报。扪心自问,我愧对恺哥啊,怎能不伤心呢!"

谭英点点头,深表同情:"我知道。朝云,从外表看,你是个弱不禁风的柔弱女子,其实你是个铁骨铮铮的女强人!只可惜,痴情害了你!要不然……"

"别说了,"楚朝云打断了谭英的话,"我认命了,你不要再说了……"话说到这里再也说不下去,楚朝云泣不成声。

她这一哭,把谭英吓一跳:"好了好了,我不说了,不说了。你别哭,我不说还不行嘛!"

过了好一会儿,楚朝云才停止哭泣,慢慢平静下来。她擦了擦泪水,对谭英歉意地说:"对不起,刚才我心里实在太难过了……"说着,楚朝云眼中的泪水又止不住往外流。

"我知道,可我还是要说,朝云,你嘴不对心,你根本就忘不了他到现在,你心里依旧深深地爱着他,放不下他,可你又不愿意接受他。这是何苦呢?咱俩自小一起长大,情同手足,我怎能忍心看你这样痛苦地折磨自己。有什么话你尽管说出来,不要憋在心里,会憋出病来的。"谭英心里也跟着难过了起来。

"我又怎么嘴不对心了?"楚朝云见谭英这么说她,反问道,"难道你非逼着我跟田恺说'我爱你,你也爱我,咱俩结婚吧'?这样我的嘴就对着心了,就重情重义了,就是真心话了,就不是伪君子了,你就相信了,是不是?"

"不不不，我不是这个意思。"谭英赶忙解释。

"不是这个意思，那是什么意思？"楚朝云生气道。

"我没有别的意思，刚才见你难过，我心里也不好受，想多了，仅此而已。你别抓住蛤蟆不撒手，非要捏出尿来才罢休！"谭英说到这里笑了。

"你才抓住蛤蟆不撒手呢！"楚朝云也笑了。

两个人一场口舌之战，总算在笑语声中结束了。

病房里立刻恢复了平静。

谭颖来了。

谭颖捧了一束鲜花，拎了一篮子水果，由护士帮着拿进了病房。进门看见楚朝云与谭英两个脸上都挂着笑容，便说："朝云，你好啊！我看望你来啦。看样子，你的心情很不错，身体恢复得可好？"

谭英接过水果篮，放在了床头柜上。

楚朝云接过鲜花，道了一声："谢谢谭颖姐。"

谭颖没有看见田恺，问道："朝云，恺哥怎么没在这儿陪你？他去哪里了？"

"恺哥听说你找他，回公司去了。"

楚朝云见谭颖问起田恺的时候，脸上和眼中都流露出一种少有的不安与焦虑，心里不由得也为她的焦虑而难过。

"噢。"谭颖轻轻应了一声。沉思片刻，她对楚朝云苦笑道："我找田恺有事要商量……我这就回公司去。你好好休息，过几天我再来看你。"

"公司事多，你忙你的吧，我这里有谭英照管，不用担心。"楚朝云说。

"谭英，好好照顾朝云，我走了。"

"怎么，你这就走啊？"谭英用疑惑的眼光看着姐姐。

"嗯。朝云，好好养病。我走了。"谭颖勉强笑了笑，匆匆离开病房，走了。

谭颖刚走，外边来了一位年轻少妇，被护士挡在了病房门外，不让进来。可这位少妇嚷嚷着，非进病房不可。

"小姐，你怎么不讲理啊！你进病房要探视谁呀？"一名护士问。

"我说过了，我不是来探视的，我是来找人的。"年轻少妇不耐烦道。

"你找谁？"护士问。

第一篇　楚朝云

"我找一个姓马的小子,他来了这儿。"年轻少妇说。

"我们这儿没有姓马的小子。"另一位护士回答。

"他肯定在这儿。除了这儿,他不可能到别的地方去。"年轻少妇斩钉截铁地说。

"那也不一定,"说话的是谭英,"蔷薇,官太太,姓马的既然能找一个不守妇道的有夫之妇同床共枕,为什么他就不能到别处去再找一个相好的逍遥自在呢?再者说了,你不是把姓马的小子抓回去死死地看住了吗?怎么,他逃啦?"

"你是谁?你怎么知道这些事儿?"蔷薇十分惊讶。

"你甭问我是谁!我告诉你,你也不会知道,"谭英不屑说,"回答我的问题,如果你的回答能让我满意,我便让你进病房,亲眼看一看马伦在不在。"谭英逼蔷薇回答她的问话。

蔷薇只想立刻见到马伦。这些日子,她为科技园开发区2000亩土地的交易跑前忙后,现在巨款已经到手,她和马伦去加拿大的护照也办妥了,这下她就可以带着马伦去国外生活了。蔷薇满心欢喜。可她回到家发现马伦逃了,当时脑袋嗡的一声,脚下发软,一个趔趄晕倒在了房门口。蔷薇哭了,伤心的泪水夺眶而出。她辛辛苦苦、跑前忙后都是为了他!可他一点儿不领情,逃跑了!一定是到医院找楚朝云去了!蔷薇既伤心又着急,她怎能不着急呢。她爱马伦,她不能没有马伦!她害怕失去他,她必须抓住他,只要到了国外,她就能够牢牢地控制住马伦了……

现在,面对谭英的苛求,蔷薇也只能忍了!她苦着脸,很不情愿地回答道:"我把马伦锁在了房中,一时疏忽让他溜了。我知道他来了这里,请你告诉楚朝云,我们已经办妥了出国护照,我要带马伦去加拿大,不再回来了。马伦是我的,她别想得到他。"

"看来,马伦在你眼中确实还是块宝。好吧,既然你回答了我的问题,那就随我进病房吧,"谭英笑着说,"不过我得先给你讲清楚,假若马伦不在,你必须立刻离开,这里是病房,不是游乐场,容不得你胡闹,记住啦?"

蔷薇迫于无奈,只得委曲求全地答应:"嗯,记住了。"

谭英这才让蔷薇进入病房。

"蔷薇，你可要前前后后、左左右右、上上下下看仔细了，说不定你的情人就藏在床底下。"谭英调侃说。

蔷薇跨进病房，最先映入她眼帘的是楚朝云。楚朝云天生丽质，虽然卧病在床，却依然楚楚动人。这时候，蔷薇才真正意识到马伦对楚朝云一往情深的真实原因。见病房里没有马伦，蔷薇非常失望，心中有种说不出的苦涩。她下意识低下头，朝楚朝云床底下看了一眼，心想：马伦不会真的藏在楚朝云床底下吧？结果依然让人失望。她哭丧着脸，深深地叹了一口气，在地上狠狠地跺了一脚，什么话都没说，离开病房，走了。

看着蔷薇离去的背影，谭英鄙夷地说道："天下之大，无奇不有。一个有夫之妇敢明目张胆地跑到医院抓情人，这世道太可悲，实在太可悲了呀！"

不曾想，蔷薇刚走，一个戴着大口罩、身穿白大褂的年轻男子又闯进了病房。谭英十分吃惊，刚要开口，只见来人扯下口罩，露出了真面貌——马伦来了。

蔷薇说得没有错，马伦确实来了医院。马伦心中还惦记着楚朝云，他爱她，这是真的。这些日子，马伦惴惴不安，心中思念着楚朝云，牵挂着楚朝云。他天天祈祷，盼望楚朝云能够转危为安。

马伦想到医院去探望楚朝云，哪怕能看她一眼，他都知足了。可他被蔷薇锁在了她二楼的房间里出不去，他心急如焚、度日如年，然又毫无办法。

这天蔷薇告诉他，说她要出趟远门，希望他老老实实地待在家里，不要胡思乱想。蔷薇开车走后，马伦心想机会来了，他决定逃出牢笼，去看望楚朝云。

马伦从蔷薇床上扯下了一条床单，又在她衣柜里找到了两条，而后把三条床单对半撕开，再打结连接起来，弄成了一条长长的、结结实实的布带子。马伦把布带的一头拴牢在窗框上，另一头从二楼窗口甩向了楼下的地面。最后，他用双手抓住布带滑落到了楼下，幸运地逃了出去。

马伦回到家中，拿上存折，去银行取了10万元现金，即刻奔向医院。他在医院一处没人的地方穿上了白大褂，戴上了医用帽，挂上了大口罩，乔装打扮成医院的医生，在医院耐心地等待蔷薇露面。

第一篇 楚朝云

马伦料定，蔷薇回家，发现他逃走之后，会立刻追到医院来找他，因此自己必须要等蔷薇追到医院一无所获，走了之后才能现身，只有那时候，他才安能确保不会撞上蔷薇。

果然，一切如他所料，分毫不差。

楚朝云见了马伦，脸蛋涨得通红，生气道："你来干什么？"

"我来看看你。我知道你不会原谅我。朝云，我知道我错了，但是，"马伦声音哽咽，眼泪在眼眶里直转悠，"我是真心爱你的，我想你，我想你！我牵挂你！我总想见见你的笑脸，所以我来了。"

"别说了，我不想听。"楚朝云流着眼泪说。

"朝云，别生气，不要气坏了身子。都是我不好！我知道你住院治病花销大，我给你带来了10万元现金，你先花着。今天我来得太仓促，过两天我再给你送些钱来。"马伦将装着10万元人民币的皮包放在了床头柜上。

"谁要你的钱，快拿走！"楚朝云生气地说。

"干吗呀？把钱收下。"谭英看不下去了，"他伤害了你，慰劳和补偿是应该的。再说了，这点儿钱，单就支付医药费、手术费、住院费和膳食营养费还不够呢，还有精神创伤费、陪护费，都应该由他来支付。马伦该付的钱还多着呢。咱们公事公办，又不是讹诈他，该他付的钱，他必须付，一分都不能少。朝云，别对他客气。他的钱，不花白不花！"

马伦见谭英替朝云做主把钱收下了，心里别提有多高兴了，立刻附和道："对对对，不花白不花！不花白不花啊！谢谢谭英，谢谢谭英。"

谭英又说："不过，马伦，我还得问一句，你的这些钱干不干净？若是不干净，楚朝云不会收。不能因为你的几个臭钱，再弄脏了楚朝云的手……"

"不不不！这些钱都是我一点一点积攒起来的血汗钱，凭我自己的本事挣来的血汗钱，绝对干净。不龌龊！不龌龊！我保证。"马伦急忙解释。

"那就好。"谭英说。

"放心好了，不会错，我不骗你们。过一两天，我再送些钱来，保证都是干净钱！"马伦说。

"你不用来了，把钱统统拿走，我不要你的钱，"楚朝云冷冷地说，"马伦，你应该知晓，人心和真情，金钱是买不来的。你对我的伤害，不是用金钱就可以弥补、就可以平复的。你走吧，我不想再见到你，你好自为之吧。"

"朝云，我知错了。原谅我吧，请再给我一次机会。朝云，我爱你啊！我真的爱你啊！再给我一次机会吧，我求你啦！"马伦双腿一屈，扑通一声，跪在了地上，泪如雨下。

楚朝云将头别过，对双膝跪地的马伦不屑一顾："马伦，我与你相识，犹如一场噩梦。当我梦醒时，才知道已经付出了惨痛的代价……马伦，一切都过去了，一切也都结束了，不复存在了。你走吧，去找你的蔷薇，她在焦急地等着你呢。从今往后，我不想再见到你……你走吧，你走啊！"楚朝云说到最后吼叫了起来，把一旁的谭英吓一跳。

"朝云，你息怒，别生气，都是我不好。我欺骗了你。我伤害了你。我知错了。我请求你原谅。求求你，千万不要抛弃我，再给我一次机会吧！"马伦伏地痛哭。

"谭英，快让他拿了钱离开这儿，快点儿！"楚朝云将心一横，大喊道。

她害怕自己的柔弱，害怕见了马伦的下跪与哭泣，自己的心又会软下来……

马伦千辛万苦来医院看望楚朝云，原本想获得楚朝云的宽大和谅解，重归于好，没想到楚朝云铁了心肠，再无回旋余地，只好拿着钱灰溜溜地离开了医院。

五

谭颖离开医院匆匆回到公司，可依旧没有见到田恺。打手机，田恺的手机关着。谭颖心想：这是怎么啦？我什么地方得罪他了？没有啊！那他为何要这样待我？他去哪儿了？难道他心里压根儿就没有我，所以他才处处躲着我？我提拔他做公司的总经理，事后也暗示过他，难道他心里不明白？他怎么可以这样待我……

忽然她想起了一件事。此前她曾给田恺打过一个电话，约他回公司谈点儿私事，电话里的语气有点儿轻佻，还夹杂了些许媚态，没了以往的庄重。

田恺听后,沉吟了好久,才回答她:"噢,我知道了。正好我也有点儿私事想跟你说。可眼下楚朝云刚做完手术离不开人,过几天我回公司,咱俩再面谈,你看行吗?"

想到这里,谭颖这才刚回过味来,原来田恺对她早有看法了。她轻轻敲打自己的脑壳,埋怨自己糊涂:田恺虽然为人敦厚,但却机敏过人,绝顶聪明,什么事能瞒过他了?她心里的那点事儿,田恺早看透了。谭颖只觉脸颊一阵阵发热。她自以为已经捉住了白马王子,现在看来,想捉住田恺,不那么容易。可事到如今,总不能眼睁睁看着自己喜欢的男人跑了啊!无论如何,她今天也要把田恺找到,抓住他。她不相信自己对田恺的一片痴情,换不回他的真情;她不相信自己提拔了他,他会毫无反应;她不相信自己的一番努力,会输给楚朝云……

谭颖想了想,拨通了田芳的电话,把田芳叫了来。田芳是田恺的妹妹,她想从田芳这儿找到突破口。

"董事长,您找我?"田芳进门就问道。

"是的,请坐。"

"董事长,您脸色好难看啊!是不是病了?"田芳关心地问。

"没有,我没病,"谭颖下意识摸了摸自己的脸,"这些日子,可能睡眠不足。"

"噢,睡眠不好可伤身体啦!董事长,别太累喽,要注意休息。"田芳说。

"嗯。喂,田芳,你怎么一口一个董事长啊?叫得我浑身不自在。从小到大都你叫我谭颖姐,现在却叫起我董事长来了,不觉得生分了吗?你能不能跟从前一样,叫我谭颖姐,或者叫我谭颖,不好吗?"谭颖越说越激动,"田芳妹妹,现在我是你姐姐,将来我也是你姐姐,我永远都是你的谭颖姐。说心里话,我喜欢你叫我谭颖姐。我不想变,不想。田芳妹妹,能理解吗?我想你应该理解……"这时候,谭颖的眼里已满是泪花。

田芳知道谭颖痴情于大哥已经好些年了,她猜今天大哥一定有什么事儿让谭颖心里不痛快了,不然谭颖至于这么反常。她一面安慰谭颖,一面腹诽大哥真的交上桃花运了,三个如花似玉的姑娘都爱上了他关系都那么好,感情又都那么深，割舍谁都不行啊！大哥啊，看你怎么办！你瞧啊，这里的一个，因为痴情于你失眠了都，神情恍惚，茶饭不思，到处找你呢。现在她要我永远称呼她姐姐呢，大哥呀，谭颖说的姐姐可和嫂子是一个意思啊……谭颖这会儿找我，一准是想问你去哪里了，大哥呀，别怪我出卖了你。你们爱窝窝里的那些事儿，我搞不清楚，也不想搞清楚。为了不让谭颖怪罪我，我只能把你去了哪里如实告诉她了。"

把许多事儿在脑海里转悠了一圈之后，田芳笑眯眯说道："谭颖姐，我记住啦。将来说不准我还得改口叫你一声嫂子呢，是吧？"田芳索兴一语将谜底点破。

谭颖听了破涕为笑："死丫头，小心我撕了你的嘴？"

"那我就找大哥告状去！"田芳玩笑道。转而又问："谭颖姐，你找我什么事？"

"哦，你知不知道你大哥回公司之后又去了哪里？"

"谭颖姐，算你问对人了。今天是楚阿姨逝世一周年的祭日，我大哥替朝云姐给楚阿姨扫墓去了。临走的时候他对我说：'董事长要问我去哪儿了，你就说我明天回公司上班。'"

"就说了这些？没有说别的？"谭颖问。

"噢，大哥去了那里，他不让我告诉别人，连朝云姐他都没告诉。"田芳不好意思地笑了笑。

"可你对我说了呀？"

"总经理还得听董事长的呢，我嘛，当然得听董事长的喽。谭颖姐，你说是不是呀？"田芳笑着说道。

谭颖也笑了："好一张利嘴。"

田芳走后，谭颖即刻命秘书上街为她购来了香烛和祭祀供品，而后驱车直奔楚朝云母亲的墓地。一路上，她心里格外泛酸。她想不通：我哪点比不上楚朝云？田恺对她怎就那么痴情、那么一往情深，连她母亲的周年祭日都不忘！可他对我呢？我在他心中又算个什么？我对他一片痴情，从没见过他有一丝回报。恺哥啊，你为何要躲我？你这样待我，公平吗？你太让我伤心了。

第一篇　楚朝云

你躲得了今天也躲不过明天，你不信咱走着瞧，我决不会放过你的……谭颖决心穷追到底，她准备当着田恺的面，说出她心中已经隐藏了许多年的相思之情——她爱他啊！

以前的她太守旧了，受传统思想的束缚，到了关键时刻，总不好意思，羞羞答答，犹犹豫豫不敢闯。这一次，她豁出去了，下决心抓住田恺不松手……

谭颖扶正方向盘，眼睛看着前方，心中继续在想：这次，我能抓住田恺吗？心里还是没有底，她叹了一口气，叹出了心中的委屈与无奈。

谭颖的车驶出了滨州城，上了高速路，向北以每小时120公里的速度直扎下去，25分钟之后，轿车在高速公路东北路口驶出，拐上了与高速相邻的另一条L形柏油路，向前又行驶了10分钟的路程，便到了楚朝云母亲的墓地。可就在这时候，她接到了田恺的一条短信：

董事长，中午我在福顺楼饭庄请客，敬请光临。田恺。

谭颖将车靠边停住，瞧着手机屏上的短信，心里琢磨：田恺今天怎么了？难道天上的太阳从西边升起来了？自他当上公司的总经理，每次都是我请他，他从没有请过我一次，而且每次请他他都推三阻四，一点儿不爽快，好像我……唉，真是冤家啊，谁让我爱上你了呢。田恺，今天不管你搞什么鬼，我都要穷追到底，我一定要抓住你，决不会再放过你。谭颖看了看表，心想：时间还早，既然已经到了这里，我还是应该先去楚阿姨墓前祭祀一番，然后再去赴约。

六

福顺楼饭庄。

服务员小姐领田恺进了预定的包间。

田恺刚刚坐定，紧跟着，谭英也笑眯眯地推门进来了。她见大圆桌上的酒菜已经摆好，屋内只有田恺一人眼珠儿一转，宛如一只快活的小鸟，一下子蹦跳到了田恺的跟前，还没等田恺反应过来呢，她的嘴唇与田恺的嘴唇已经吻在了一起。谭英这突如其来的一啄，搞得田恺措手不及，不知所措，心说：这丫头，也不看看这是什么地方，怎么能这样不知深浅地胡闹啊！他满脸绯红，想责怪谭英，可又难以开口，吭哧了半天才说出三个字："谭英，你……"

谭英这回占了先，双臂紧紧搂住田恺的脖颈，难得撒了一回娇，快活得咯咯地笑。

"田恺哥，今天你请客，我第一个来占了先，抢到了一个甜蜜的吻。值啊，非常的值！这样一个甜蜜的吻我已经梦想了很久很久了，今天终于实现了！我非常开心！本小姐与风度翩翩的田总经理拥抱在一起，嘴对着嘴来上一吻，实在太难得了！太难得啦！千金难买啊！田恺哥，从今往后，你就属于我啦。田恺哥，我爱你，我爱你啊！我……"今天，谭英终于鼓足勇气，当着田恺的面，说出憋在她心中已经很久很久的心里话。

可谭英的勇敢却把田恺吓了一跳。他要谭英松开搂住他脖颈的双臂，紧张地说道："谭英，你疯啦！尽说些疯话。这儿是疯闹的地方吗？你说的这些疯话，万一被别人听了去，会闹笑话的。"

"我不管！我没疯，我爱你！恺哥，我爱你，我就是爱你！我不怕别人听了去，"谭英越说越激动，表情也越来越冲动，"我的这些话，已经憋在心里许多年了。为了姐妹间的情谊，为了我对你的爱，以前我不敢说，也不敢向你表白，只能憋着，深深地埋藏在心底，这些年都快要把我给憋疯了。今天，我终于冲破束缚，解放了。我不但吻了你，而且说出了在我心中已经憋了许多年的心里话。恺哥，我爱你，我非常非常地爱你！恺哥，我要嫁给你，我要和你结婚，做你的好妻子，为你生儿育女，做孩子的好母亲。"

"谭英，你真的疯了！我再说一遍，这里不是你发疯的地方，你这些疯话一旦让别人听了去，会惹事的。"田恺真的急了。

"我不怕！我说了，我没疯，我爱你，非常非常地爱你，我不怕别人听了去。"谭英见田恺着急的样子，笑得更加开心，她一点儿都不让步，反将田恺的脖颈搂得更紧了。搞得田恺十分尴尬，不知如何是好。

这时候，田芳推门进来，笑着说道："救驾来迟，救驾来迟！请多原谅。

不过，有什么贴心话，你们两个尽管说。反正我在门外，什么都听到了，什么也都看到了，我不会说出去的。大哥，你不用怕，尽管放心。"

"这……"田恺见妹妹这么说，支吾着说不出话来了。

谭英并不领情，依旧笑道："田芳妹妹，你不用为我们两个保密，尽管宣扬好了，我不怕。"

"你不怕，可我大哥怕呀！谭英姐，你是不是太自私了啊？！"田芳说。

"你说我自私？"谭英的神经好像被针尖刺了一下，立刻冷静下来，刚才的那股子疯狂劲儿一下子消失了。

"是的，自私！"田芳肯定道，"谭英姐，你应该知道，我和我大哥在你姐姐手下做事，充其量不过是她的高级打工仔，我们受雇于她，命运掌握在你姐姐手里。平时我们工作、说话，处处都留着小心，生怕哪句话犯了忌，触痛了她的神经。你知道的，她会六亲不认、翻脸不认人的！到时候她会砸碎我们的饭碗，把我们解雇。我们给公司服务了这么些年，等于白辛劳了。谭英姐，我们总得为自己的生存考虑吧？"

"嗯，对……"谭英支吾了一下，"你讲得对，不过不用怕，公司关键岗位的人事任免，股东大会要讨论的，我姐不能一人说了算。况且，我还有一票的否决权呢，她不敢。"谭英在沙发中落座，接着说："我还有阻止我姐乱来的另一个办法，我曾经也考虑过，只要恺哥点头，我可以立刻将家父给我的股份全部退出，交给恺哥另外组建一个公司。我相信，凭恺哥的才智和能力，新组建的公司很快就能兴旺发达，欣欣向荣。"

"谭英，谢谢你的好意。你的提议我不敢苟同。我赞同田芳的见解，尽管她说的话有些过头，可必须承认，我们是在给老板打工，我们必须依靠自己的辛劳和智慧去工作，去奋斗，去讨生活。我们不能依靠别人的施舍与财势去苟活，这是原则，也是做人的本分，是一个人的品格和尊严！"田恺严肃道。

"恺哥,照你这么说,咱们两家的关系、咱们之间的情义都是虚的？假的？不是真的？"谭英生气道。

"是真的，"田恺说，"但是别忘了，田、谭两家父辈建立起来的交情和友谊没有铜臭味儿。据我所知，家父当初帮助你父亲创业，完全出自他与你父亲的私交和情义，而非金钱。待到你父亲事业有成，家父便隐退了，而且谢绝了你父亲相赠的股份和金钱。家父对你父亲说过：'你我君子之交，相交的是诚信，是友谊，是情义，而不是商家之举、小人之心啊！'他们的友谊是不朽的，他们的情义拿金钱是买不来的！知道吗？家父非常珍惜！我们也非常珍惜！"

"哦，原来是这样。"谭英心中十分敬重。

"大哥，别说那么远啦，还是谈谈眼前的吧。其实，你们几个的关系早已不是什么秘密，大家只不说罢了。谭英姐今天能当了你的面，把心里话坦坦荡荡地说出来，非常勇敢！我是女生，最能理解女人的心了。大哥，不是妹妹多嘴，你可要早拿主意，别到时候让她们三个把你撕碎了当下酒菜。"田芳重又捡起了田恺与三个女人之间的话题。

"田芳你错了，刚才我对恺哥说了，从今往后，恺哥只属于我一个人，别人休想得到他。"谭英非常自信地笑道。

田恺笑了，他觉得谭英说话有点儿荒唐，而妹妹说话又太夸张："放心吧，我自有主张。"

"有主张就好。"田芳说。

谭英听了，心说：既然你有主张，为什么不说？还是不敢说？你不会想着把我们三个都娶了吧？哼，田恺，我倒要看看你如何对待我们三姐妹。想到这里，谭英越发气闷了。

这时候，田刚来了。过后谭颖也到了，因为路上堵车，谭颖来晚了。她看见屋里除了田恺，还有谭英、田芳、田刚，心想：原来田恺今天邀请大家来这里是聚餐，而不是跟我单独幽会。谭颖的幻想破灭了，心中的喜气也没有了。她想找个借口走人，可转念又想：我不能离开，如若离开反倒中他的计了。

自打楚朝云住院之后，田恺心情一直不好，感到有一种从未有过的郁闷和憋屈。在从楚阿姨墓地往回返的路上，他忽然想和弟弟、妹妹及谭家两姐妹在一起聚一聚，喝杯酒，吃顿饭，聊聊天，说说话，放松放松精神，借此

第一篇　楚朝云

机会还可以暂时摆脱一下谭颖的纠缠。哦，这个主意不错，很不错呢。田恺这么想着，嘴角泛起了一道微笑。于是，他给福顺楼饭庄打电话，定了一个包间，接着发短信，邀来了弟弟、妹妹及谭家两姐妹。这本来是件很高兴的事儿，可刚才被谭英这么一搅和，现在又见谭颖满脸冰霜，不由得有些后悔，本就郁闷憋屈的心情又平添了一层烦恼和不快，真乃自找没趣。不过，人品敦厚、凡事喜欢讲究和谐的田恺，绝不会因为自己心里有了一些烦恼与不快，而让大家也跟着扫兴和不快活。无论如何，他不会让这样的事情发生。只见他满脸堆笑，风度翩翩地上前敬请谭颖："董事长，请上座。各位，酒菜都已备齐，咱们就座吧。"接着很得体地把椅子向谭颖身旁象征性地移了移，算是紧挨着她坐下了。

田恺这样的一个微小动作，谭颖敏感地注意到了。她心里明白，田恺在向她示好。这一次田恺给足了她的面子，同时也点到了谭颖的"穴位"。谭颖心里无比温暖，脸上的冰霜开始融化，露出了一丝春天的笑容。一旁的谭英见了，心中却犹如打翻了醋坛子，酸溜溜的，心想：田恺哥，我真小瞧你了，你竟然还有藏而不露的一小手哪！你还会用这样的手腕来赢得女人的谅解与欢心！我当真才第一次看见。可你讨了我姐的欢心，又置我于何地呢？谭英气得满脸通红，却又不好发作，只能狠狠地瞪了田恺一眼。

田恺装作没看见，不加理睬。他站起身，笑呵呵地给谭颖杯中斟酒，而后又笑呵呵地给谭英杯中也斟满酒。谭英气呼呼瞪了他一眼，田恺又假装没看见。谭颖也看见了，她心中暗喜。显然，桌面的情场是自己占了上风，妹妹落了下风，只能干生气。田恺稳稳当当，给自己也斟满了酒，举起酒杯开口笑道："咱们兄弟姐妹已经好久不相聚了，今日除了住院的朝云没有来，所有的人都到了。我想，像这样的聚会，每月一次最好。大家在一起聚一聚，喝杯酒，吃顿饭，聊聊天，说说话，联络联络感情，对消除隔阂和误解、加深彼此间的情谊很有好处。你们说是不是？"

"这个主意不错，我赞成。大哥，你早该这样了，"田刚率直地说道，"不是做兄弟的埋怨你，自从你当了公司的总经理，成天只知道工作，连家都不要了。我和妹妹可以理解，可妈妈不理解，常唠叨。她老人家上了年纪啦，想你啊!"

"大哥啊!我觉得,为了让老妈少唠叨几句,你应该辞掉公司的总经理,回到原来的岗位上。"田芳朝谭颖看了一眼说道。

"不行,不行!田芳,你怎么可以扯你大哥的后腿呢?净出馊主意,"谭颖立刻表示反对,"我已经把公司全都托付给了田恺哥了。现在你叫大哥撒手不管,是不是想要我的好看啊?你安的是什么心哪!"

"董事长,你言重了。我就是开个玩笑没有别的意思。"田芳嘻嘻笑道。

"这样的玩笑今后不准开。田芳,咱们可都是一家人哪,你怎么可以拆姐姐的台呢,"谭颖说着举起酒杯,"不谈这些个了,咱们说些高兴的话题吧。今天恺哥请客,他可是难得请客的哟,各位都是自己人,没有外人,咱们今天要一醉方休,不醉不散,好不好?"不等大家回答,谭颖就举起酒杯招呼道:"来,大家举起酒杯,干杯!"一仰脖饮干了杯中的酒,又拿起酒瓶给自己斟了满满一杯,说道:"我陪你们连干三杯!"

"董事长,不行,喝猛酒会醉的!"田恺劝阻道。

"你小看我了,我的酒量大着呢,你们未必喝得过我。谁敢与我来一个量小非君子的喝酒比赛?谁敢?"谭颖今天真的豁出去了,心想:我今天必须醉,必须大醉,而后借着醉酒我才能导演出一场好戏……

"不行不行,你平常很少喝酒,今天猛一下加量会醉的,伤身体。"田恺又劝阻道。

"你甭管,我心中有数。"谭颖笑道。

"谭颖姐,咱们边吃边喝边聊聊天、说说话,不好吗?我不胜酒力,可不能与你比啊。"田芳说。

"我也不胜酒力,可既然董事长说要连干三杯,今天我豁出去了,陪董事长连干三杯!咱俩不比赛,不论输赢。兄弟姐妹团聚在一起嘛,喝酒、聊天、吃饭,图个高兴,"田刚站起身,给谭颖斟满三杯,给自己也三杯满斟,而后举起了杯,"董事长,干!"

谭颖也举起了手中的杯,向田刚的酒杯撞去:"田刚兄弟,好样的,比你大哥强!干!"一仰脖子干了。

第一篇　楚朝云

　　他们二人开始频频碰杯,一眨眼工夫,满满的三杯酒全都喝光了。在谭颖的要求下,又增加了三满杯,他们二人又喝光了。

　　"好酒量,好,好样的。来来来,快吃菜,快吃菜。"田恺招呼道。

　　"呀,真没想到谭颖姐如此海量。佩服,佩服!"田芳一旁奉承道。

　　"姐,别瞎逞强了,你平时很少饮酒,哪来这么大的量?当心醉了出洋相。"谭英提醒说。

　　"你放心,我醉不了。即便醉了,也有人送我回家。"谭颖醉眼蒙眬地笑着说。

　　"我知道,有人送。"谭英瞪了姐姐一眼,生气道。

　　"知道就好,酸什么呀!"谭颖探身贴近妹妹的耳边低声说。

　　"姐,你……"谭英听了更生气了。

　　"好了好了,吃菜吧,"谭颖用筷子夹了一块烧鹅放进妹妹的瓷碟里,"听广东美食家说,鹅肉不但是绿色食品,经常食用,还能美容。你多吃点儿。"

　　"我嫌鹅肉有股子狐骚味。姐喜欢,还是姐多吃些吧。"谭英用筷子夹了烧鹅送回谭颖碟中。

　　谭颖被妹妹一句话噎得满脸通红,十分尴尬,可她眼珠一转,很快就给自己圆了场:"说笑了,烧鹅哪来的狐骚味啊?最多有一些鸭骚味儿,鹅鸭同类嘛,我吃又何妨?"接着,又笑着问:"谭英啊,你身上穿的衣服是从哪里买的?"

　　这时候,谭英的手机响了,是医院病房打来的。

　　"喂,什么事儿?啊?什么意思?有话直说,不要支支吾吾,有话直说……"

　　"谭英,你快回来吧,出事了,楚朝云不见了……"护士长在电话那头小声说。

　　"什么?"谭英着实吃了一惊。她快步走出包间,在门外对着手机急促问道:"小张,到底发生了什么事?"

　　"楚朝云留下一张字条,人不见了。她走了!你快回来吧。"护士长着急说。

　　"好的,我这就回来。"

谭英回到包间，向大家招呼道："对不起，医院有点儿急事，我必须马上回去。你们慢慢吃。"

"什么事儿啊？这么急？真扫兴！"谭颖说话时，感觉舌头有点僵硬了，不听使唤了。

谭英没有理她，匆匆走了。

谭颖见妹妹没有搭理自己，心里很不舒服。刚才谭英对自己刺了两句，让自己吃了个哑巴亏。现在又不搭理自己，这丫头真是越来越不像话了！谭颖越想越憋屈，越想越生气！她拼命喝酒，一杯接一杯地喝，她要把自己灌醉。只有醉得不省人事，才能忘掉心中的不快。

田恺见了，上前劝阻道："董事长，别这样，喝闷酒伤身体。谭英刚才耍性子，是跟你闹着玩的，别往心里去。"

"是不是闹着玩，你心里、我心里都清楚，你不用跟我解释。"谭颖闷了一口酒，含着泪说。

田芳心里最清楚，为情而战，亲姐妹反目成仇一点儿也不稀奇，劝也没用，所以她不劝。今儿的罪魁祸首是大哥。大哥迟迟不表态，才导致三位姑娘心中作乱，闹成了一锅粥。

田刚心里也在埋怨大哥，盼望着大哥能拿定主意。

然而，他们两个哪知道田恺心中的苦衷，他现在是在等，等楚朝云彻底想明白了，重返他的怀抱。

谭颖醉了，歪着头趴在桌上，好似睡着了。她右手拿着的酒杯倾斜着，杯中的酒在往外流……

田恺三兄妹将醉酒的谭颖送回家，在她的卧房内将她安顿好了，准备撤离。谭颖突然伸手，一把抓住田恺不放。田恺无奈，只好留下，让田刚、田芳先走。

不一会儿工夫，谭颖开始呕吐，吐得一塌糊涂。有两口污秽竟吐在了前襟，难闻的污汤顺着外翻的领口，慢慢流进她前胸……

谭颖双手不断地撕扯前襟衣扣子，许是污汤刺激了她胸口的皮肤，让她难受不舒服，便想解开衣扣。田恺也想帮她解开前襟的衣扣，擦净她前胸的污汤，帮她换一件干净内衣……可现在屋内只有他与谭颖两个人，如何使得？

第一篇 楚朝云

想帮也帮不了，想管也管不了啊！面对这样的尴尬，田恺非常为难，实在不好办。

没奈何，他从洗手间的毛巾架上找了一条洗脸毛巾，润湿之后，细心地、轻轻地把谭颖的脸和手擦干净。他边擦边在思索着办法。真不该让田芳离开，早该想到醉酒之后很可能会呕吐，如果有妹妹相帮，何至于这么犯难！现在，他与谭颖同处一室，男女终究有别，他不能送人口舌，落下风流话柄。

田恺心中着急，实在想不出什么好办法来。

其实，谭颖虽醉，神志却并没有彻底丧失。她的脑袋确实发沉，且十分难受，可醉酒之后发生的事她都知道。呕吐时，有两口酒杂污汤通过前襟的翻领口，流进了她的胸口，是她故意所为……

呕吐之后，谭颖已经清醒了一多半，但她依旧紧闭双眼，故意将前襟衣扣扯开，露出了部分酥胸，勾引田恺，刺激他的神经细胞……

可正当田恺无计可施之时，谭英来了。田恺见到谭英，大喜过望，心想：救星来了！谭英见到田恺也很开心，将食指竖到双唇中间，示意田恺不要出声。她从田恺手中接过洗干净了的毛巾来到谭颖躺着的床边，不由分说，非常利索地把谭颖身上的衣服全部扒光，只留下一条遮羞的三角内裤。她手中的毛巾，犹如游龙戏水，往复游动在谭颖挺立的两个丰乳之间。谭颖也下定了决心，绝不睁开双眼，任由毛巾在丰乳之间游戏。谭英已将谭颖裸露的胸膛和两只挺立的丰乳擦得干干净净，可谭颖依旧双目紧闭，不予理会。谭英眼珠一转，计上心来。她扔掉手中的毛巾，双手并用，从谭颖的乳头开始慢慢地揉啊揉，揉至整个乳房。这钻心的刺激让谭颖再也承受不住了，她闭着眼睛，张开双臂，犹如饿虎扑食，一把紧紧抱住谭英，说道："恺哥啊！原来你也是一个凡夫俗子，经不起女色的诱惑啊……"

"姐，你这是怎么啦？"

谭颖听到妹妹的声音，吓了一跳，赶忙睁开双眼，发现自己紧紧拥抱的是谭英，不是田恺。谭颖的脸一下红到了脖颈，感到无比羞愧，无地自容……

"怎么是你？怎么是你！"

谭颖哭了，她恼羞成怒："田恺，你卑鄙！你竟敢拽了谭英一起来戏弄我！我饶不了你！"

"怎么了姐，你不高兴了？恺哥可不愿意看到你变成现在这个样子啊！姐，你怎么不想想，什么人才会这样做啊？恺哥会鄙视你的！"

谭英的话如一把利剑刺穿了谭颖的心，谭颖哭得更凶了。

"姐，你衣服脏了，我帮你换件干净的吧。"

"不用，我自己会换。你们都给我滚！滚出去！我不想看见你们，我不想再看见你们！"谭颖恨恨道。她心想：田恺啊！你不念我的好也就算了，还利用我妹妹来戏弄我，让我难堪、让我不好做人。我绝不会饶恕你，我绝不会让你好受，我要毁灭你！我要让你不再风光！"

第二天上班，谭颖一纸调令撤了田恺的总经理之职，调田恺去库房当管理员。调令由秘书直接送往总经理办公室以及公司的各相关部门。可秘书刚刚走出董事长办公室，又折回来了，陪同她一起回来的还有总经理办公室的秘书小王。小王递给谭颖一个未封口的信封，说道："这是田总经理临走时让我转交给董事长的。"

谭颖接过信封，从信封里抽出两张信纸，一张是田恺离开公司的辞职报告，另一张是谭英的留言：

姐：

朝云出走了。我与恺哥结伴同行，离开滨州寻找朝云。我俩发誓：即便踏遍祖国河山，也要找回楚朝云……

谭英 ×年×月×日

两件事，均非谭颖所愿。谭颖心痛不已，眼前一黑，倒在了椅中。

第二篇
姨妈的眼泪

妈妈原打算过两天去趟无锡，看望老妹子，顺便给老妹子捎一点她喜欢的北方土特产。谁想老天作弄人，突然间她老人家的两条老寒腿疼痛了起来，走不了路了。妈妈心里非常烦恼，十分气急，满脸的不高兴。为了宽慰妈妈、让她老人家高兴，我将手头的事儿暂时放了放，向妈妈献殷勤道："妈，我也好长时间不曾见到姨妈了，怪想念的。不如我代妈妈去趟无锡，怎样？"

妈妈听了，十分高兴，脸上立刻露出了笑容："那敢情好啊！禅儿能代妈妈去最好。姨妈最喜欢禅儿了。你准备什么时候动身啊？"

我笑了，没想到妈妈如此心急。

"只要妈妈高兴，我这就去买飞机票。"我说。

"好啊！去吧，快去！"妈妈笑得合不拢嘴了，"禅儿就是懂事比你哥哥嫂嫂强！"

我刚要出门，梅琳恰好进门，两人碰了个对面。

"你要去哪里？"梅琳笑问。

"买机票，去无锡，代妈妈看望姨妈去。"

"好呀！我跟你一起去，"梅琳兴奋道，"我姨妈也在无锡。她家里有好几间空房，没人住。咱俩去了，就住在她家。肯定好吃好招待。"

我逗笑说："没过门的媳妇就与未婚夫双飞双宿，是不是太开放了啊！"

梅琳羞红了脸，举起手想打我，可又放下了。转而对妈妈撒娇道："伯母，您也不管管天禅哥,他总欺负我。"

妈妈脸上笑开了花:"你们两个卿卿我我的,叫我这个老太婆如何管啊?要我说呀,你们两个就别硬撑着啦!早点儿结婚吧!照这样下去,我肠子都快急断了!"

梅琳的脸羞得更红了,不好意思地说道:"伯母,这个怪不得我呀!我不想这样。您还是问问天禅哥吧,是他在拖呀!他说等他把《冷眼看人间》这部书写完了之后才结婚呢。我倒想看看,最后是谁先着急!"

妈妈大笑:"傻孩子,妈妈最着急,妈妈最着急啊!妈妈等着抱孙子哪!"

这时候,爸爸从外边推门进来,跟着也笑道:"还有我呢,我也最着急!人家的孙子都满街跑了,我的孙子还不知道在哪个山头翻跟头呢!"

梅琳听老两口异口同声向她要孙子,一着急,拽了我的手赶紧往外跑……下午的飞机。

当我和梅琳抵达无锡时,已经是夕阳西下、黄昏时分了。不过,天空还是蛮亮的呢。抬头观望,蓝天白云,万里晴空。看样子,明天准是个好天气。

无锡是鱼米之乡,于二十世纪三十年代有"江南小上海"之称。改革开放之后,无锡搭上了顺风车,国民经济得到了飞速发展。处处高楼林立,商店鳞次栉比,各家商店的货架,琳琅满目,让人目不暇接,眼花缭乱。商店与大厦门前,夜晚似白昼一般,霓虹闪烁,犹如与天地争辉!大街小巷,人来人往,熙熙攘攘,热热闹闹;放眼望去,到处是一派繁华景象。

我和梅琳在一家淮扬餐馆吃了碗阳春面,权当晚饭。而后,坐上出租车直接去了姨妈家。

姨妈家住稻香新村A座103号,三室一厅,居住面积120平米,是一套挺不错的单元住宅。在稻香新村,像这样的单元住宅,外祖父生前买了两套,A座103号给了我妈妈,G座210号给了我姨妈。后来,我们举家迁到了北京,妈妈便将103号送给了姨妈。再后来,姨妈的两个儿子要求分开过,姨妈便把G座210号让小儿子文德居住。她自己便跟大儿子文孝生活在一起,居住在A座103号。

不大工夫,出租车将我们送到了稻香新村可姨妈家中没有人,我和梅琳

第二篇 姨妈的眼泪

只好在楼外院子中等候。

天色渐渐暗下来,仍不见姨妈回家,我心里有点儿焦急。这时候,我忽然听见院子深处有人在幽幽哭泣。哭声是那么悲凉,那么凄怆!我不由得起了恻隐之心,和梅琳循着哭声走了过去。没走多远,看见一位妇人双手捂住了脸,蹲在花坛的角里伤心地哭泣呢。当我们走近时,那妇人停止了哭泣。她抬起了头,用不安的目光望向我们。

"姨妈,怎么是您啊!"我失声惊呼。

梅琳赶忙上前扶起姨妈:"姨妈,您怎么一个人蹲在这儿哭啊?文孝他们呢?"

我心想:许是那两个表弟又做了什么缺德的事儿,让姨妈伤心了!

"姨妈,是不是表弟又惹您生气了?"我问。

姨妈没有回答。她见是我们两个,非常吃惊:"禅儿,你们两个怎么来了姨妈这里?你妈知道吗?"

"妈妈知道,"我笑着说,"是妈妈让我们专程到无锡来看望姨妈您的。"

姨妈听了,双眼饱含泪水,轻轻喊了一声"大姐",接着又呜呜地哭了起来。

"姨妈,别哭啊,听我说……妈妈总也放心不下您啊,她特意让我们两个前来探望,看看您的身体好不好,生活过得舒不舒心。她要我们把在这儿看到的一切详细如实向她报告呢。我们两个也才刚刚到,见家里没有人,就在院子里等您,然后……"

梅琳打断了我的话,劝慰道:"姨妈,别再伤心了,咱们回家吧。"

梅琳这一句"咱们回家吧",让姨妈哭得更伤心了。

"惭愧啊!姨妈的钥匙被文孝、蓝英夺去了。进不了家门啦!"姨妈哽咽着哭诉道。

"他们自己没钥匙吗?为什么要夺走您的钥匙呢?家里发生什么事了?"我吃惊地问。

"我生了两个忤逆子!作孽啊……他们说我老了,老糊涂了,没有用了,唉……"姨妈再也说不下去了。

"夺走钥匙,不让您进家门?他们怎可以这样干,这么放肆!"我怒火上冲,愤怒至极。

"只有等他们回家之后,我才能回去。"姨妈流着眼泪说。

"这两个畜生,简直无法无天,"我问道,"这样的事发生多久了?"

"今天大清早,我还没有起床呢,文孝、文德和他们的媳妇一起来找我,吵闹着要房产证,我拒绝了。禅儿啊,我不能给啊!他们恼了,在我房内翻箱倒柜,到处寻找,找了好久没找着。他们急了,逼我告诉他们房产证藏哪儿了,我不说话。禅儿,我不能告诉他们啊!蓝英翻脸了,张口便骂:'你个死老太婆,昏了头了,老糊涂了,这房子迟早是我们的,你霸着不放,想干什么?瞧你这病恹恹的样子,还能活几天?醒醒吧,你都快要死啦!你个死老太婆,纯粹是个废物,是个不中用的废物。既然你死霸着房产证不松手,不肯给我们,那好,你给我听着:从现在起,这里是我的家,不是你老太婆的家了。我的家我做主!一切我说了算!死老太婆,我老实告诉你,这个家,没有你的份儿,你是个多余的人。即便让你老太婆看家,你也不顶用!从今往后,不准你一个人待在家里。你糊里糊涂的,你一个人待在家里,我不放心。家里的东西若是丢了,也没处找。你可以在楼外院子里找个地方待着。晚上,等我们回来了,你再回家。我就不信,治不了你这个死老太婆!'说着便把我的钥匙抢走了。禅儿啊,姨妈听蓝英如此骂我,想死的心都有啊!可是,我不能死!我左思右想,想来想去,还是丢不下他们这几个忤逆子啊……"姨妈一边哭一边说,一边说一边哭,伤心透了。

"荒唐,太荒唐!蓝英怎么这样混账啊!这女人也太浑啦!姨妈,您老有养老金,不用他们养活,他们有什么资格、有什么权利对您说三道四!您老即使没有养老金,他们这些做儿女的,也有义务赡养您老啊!这个家是您老的,这房子、这家中的一切都是您老的,他们凭什么将您老逐出家门?他们怎可以这样对待自己的老母亲!太不像话了,"梅琳气愤地说道,"我觉得这地方的风气太坏,非常非常坏!文孝兄弟两个,忤逆不孝,道德败坏,已经到了千人指、万人骂的地步,难道当地人理都不理、管都不管?任凭这样的荒唐事儿横行和发展?真是岂有此理……唉!"梅琳长叹了一口气,又说道:"我被气糊涂了。现在的世道已经变了啊!这样的事儿,层出不穷,

第二篇 姨妈的眼泪

谁也指望不上啊！……禅哥，既然这里没有人管，你能不能出面管一管啊？你是姨妈的外甥，是他们的表哥，是自家人。伯母说姨父临终前把他家中的事儿托付给你和伯母了，而不是托付给他的两个儿子，可见姨父活着的时候就知道他两个儿子的德行。待会儿文孝他们回来了，你一定要狠狠教训教训他们，为姨妈出这口恶气！"

是啊，妈妈在家最担心的就是这两个浑蛋小子，生怕他们做出一些出格的事儿，伤了姨妈。妈妈的担心是对的。

"姨妈，别难过。待会儿我一定狠狠教训教训这两个不成器的浑小子，给姨妈出气！"我安慰姨妈说。

"不不，不要啊！禅儿，他们已经长大了，成大人了。你可千万别再打他们啊！"姨妈吓得连连摆手，惊恐道，"你若打了他们，姨妈这里可就永无宁日啦！这种日子，姨妈可怎么过啊？他们是大人了，有主见了，打不得的。禅儿，姨妈命不好，还是由他们去吧。"

姨妈太柔弱，太可怜了，可我却不信治不了这两个浑蛋小子。

我问姨妈："文孝他们去了哪里？"

姨妈说："多半去了街心公园。"

"我去把他们找回来。我这里有文孝、文德的手机号码，能够找到他们。梅琳，你在这儿陪姨妈。"

"好的。去吧，你快去快回啊！"

"嗯。"

梅琳搀扶着姨妈在花坛边上坐了下来。

我别过姨妈、梅琳，直奔街心公园。

这儿的路我熟，去哪里不用向人打听。

可找到之后，怎么处置这两个浑蛋小子，我还没有想好。车到山前必有路，船到桥头自然直，到时候总会有办法的。跟这两个浑蛋小子慢条斯理地讲道理肯定不行，别瞧他们已经长大成人了，可从小养成的那些坏毛病、臭德行是改不了的，这和狗改不了吃屎一个样。对待他们，只有用"以其人之道还治其人之身"的办法，或许管用。换句话说，这两个浑蛋小子欠揍！只要狠狠地揍他们一顿，或许就老实了……我边走边想，反复琢磨着。

街心公园离姨妈家不远，一会儿就到了。公园里很凉爽，吸引着市内许多人到这里来玩耍和纳凉。

相距老远呢，我一眼就看见文孝、文德兄弟两个了。他们正和自家媳妇一起，兴致勃勃地逗狗玩呢。我没有继续向前靠近，不想太早惊动他们。我走进身旁的一个凉亭，掏出手机，拨通了文孝的手机号码，眼看着王文孝从腰间的皮夹里掏出手机，举到耳边。

"喂，哪位？说话。"文孝有点儿心不在焉。

"文孝，是我，郑天禅。"

"啊呀，天禅哥，你好，你好。啊呀，天禅哥，你怎么想起给我打电话呢？大姨妈好哇？哦，北京天气热不热？噢，挺热挺热，无锡天气也很热，简直热死人了！"文孝一听是我的电话，似乎很高兴。

看见他们几个嘻嘻哈哈的样子，姨妈的悲惨模样立刻浮现在了我的眼前，多么鲜明的对比啊！让我怒发冲冠，熊熊怒火燃烧在我心间！但我忍住了，没有发作，耐下性子与他们周旋，还得听听他们如何交代姨妈的事儿。

"无锡比北京凉爽多喽，"我问文孝，"姨妈她老人家好吗？"

"姨妈？"我见文孝与他们三个用手比画了比画，而后哈哈一笑，说道，"哦，姨妈呀，好啊！好得很呢！我们兄弟和你的两个弟妹，天天好酒好肉地侍候着，她老人家可高兴啦！她想吃啥，我们就给她买啥。换着花样儿买，天天不重样啊！每逢双休日、节假日，我们兄弟两个和你弟妹轮流陪她老人家到公园玩，让她老人家散散心。姨妈可高兴呢，快乐极了。她夸赞我们两兄弟说，这是她前世积了德，修来的福，老天这才送给她两双既懂事又孝顺的好儿子和好儿媳。"

听了文孝的话，我差点儿把肺气炸了。真不敢相信，王文孝竟然会这样昧着良心说瞎话。我依旧耐住了性子，倒想听听这货还能说些什么。

文孝继续说："我知道大姨妈非常关心我妈、疼我妈。天禅哥，你告诉大姨妈，请她老人家放心，我们会好好孝敬妈妈的。尽孝是做儿子的本分，有道是儿对母不孝，天诛地灭，天理不容啊！会遭报应的，遭天谴的……"

第二篇 姨妈的眼泪

听文孝说话,我浑身起了一层鸡皮疙瘩,简直恶心透了:"好了,好了,你别说那么多了。我问你,你现在哪里?能不能告诉我,你在干什么?"

"你看你看,天禅哥,咱们兄弟两个难得说说话,你总忘不了审问我,我在你眼里好像永远是个罪人似的。你这老脾气该改一改啦。我们都长大啦,都是大人了。你不能像从前那样管我们,不能说打就打、说骂就骂、说审就审啦。我们是你的亲表弟,不是犯人!懂吗?咱俩相隔千里,难得通一次话,那也是透着咱们兄弟间的一份情谊啊!应该客气点儿。天禅哥,你说对不?"

"嘿,好小子!现在你越来越会说话、越来越油滑啦!倒给你天禅哥讲起大道理来了。按道理呢,我是应该对你们客气些、热情些,可你们尽昧着良心说瞎话,要不就说些骗人的鬼话。你说你们都长大了,可你们两个越大越浑、越大越坏,你说,我能对你们客气吗?"

"天禅哥,你这才是说瞎话呢!现在你在北京,我在无锡,你怎么知道我在说瞎话骗你?想当然吧?肯定是在想当然!你疑心病太重!这样下去,你会得精神病的。"

"少废话,你还没有回答我的话呢。你在干什么?"

"哈哈,我告诉你你能信吗?我在公司加班,公司的事儿太多,忙啊!没办法,给老板打工,不勤快点儿,老板会炒我鱿鱼的。我跟禅哥不能比啊,你拎着公文包,到处转悠转悠,采访采访,动动笔写写稿,多逍遥自在啊!我们就不同了,要实顶实地卖力干活儿,命苦啊……"

眼瞅着文孝在那里边说边笑、手舞足蹈,我真想立刻走过去给他两巴掌……就在这时候,文德把文孝手中的手机夺了过去,贴在了他的耳朵上。

"天禅哥,你好,我是文德。"

"我知道你是王文德。"

"奇怪,你怎么知道是我?难道你长了千里眼?"文德有些惊讶。

"听到了你的声音,我不就知道了。"我说漏了嘴,立刻掩饰道。

"噢,是这样,天禅哥,你真够机敏的。"

"怎么?难道你有更大的谎言要对我说?"

"呀,天禅哥,你把咱们兄弟贬得太低了吧。你不知道,我和文孝可想你了,简直想死你了！你什么时候有空到无锡来玩玩啊？咱们兄弟好久不见了，大家聚一聚呗！"

听了文德表弟的话，我又起了一身的鸡皮疙瘩，感到浑身不舒服。真没想到，文德表弟竟也这样的油腔滑舌。我直接呛了一句："你什么时候也变得这么油腔滑舌了？"

"天禅哥，此话差矣，我出自一片真心，在你面前我哪敢油腔滑舌啊？"文德嘴里一句实话也无。

"是真心？"我刻意又问了一句。

"当然，表弟我一片真心哪！"

"那好，我接受文德表弟的盛情邀请，今晚我就来，欢迎不欢迎？"我立刻回道。

我话音刚落，只见文德吃了一惊，当即用手捂住手机，跟文孝说了些什么，文孝朝文德摆摆手，文德这才重又将手机举到耳边。

"哦，欢迎，欢迎！天禅哥，你……你不是在说着玩吧？"

"干吗要说着玩呢？恐怕我来了，你们两个就没有好日子过了。"

"天禅哥，这话怎么说的？你这不是在吓唬我们兄弟两个吗！我们又怎么你了？你和大姨妈是不是在北京听到什么了？如今我们大家都已经长大了，成了家了立了业了，也该各扫门前雪了吧？是，我爸临终前把家里的事儿托付给了大姨妈和天禅哥，可也不作兴像我们小时候那样，只要你不高兴了，一撸胳膊就把我们兄弟两个打一顿……我们怕你了，真的很怕你。"文德说的是实话，也是心里话。可他接下来的话，却把我惹恼了："不过，天禅哥，现如今，你若再对我们动武，那是侵犯人权，犯法！你要坐班房的。"而后他又嘻嘻笑道："天禅哥，你刚才说的是在跟我们开玩笑吧？不是真的，是不是？"最后一句话还是露了破绽，表明他底气不足，心里开始发虚。

忆往昔，我与两个表弟确实有一段难忘的回忆。

那时候，文孝、文德两个年少，不读书，常逃学，不学好，成天在外鬼混。姨妈性子软，常常被他们两个气得伤心落泪。我向着姨妈，也心疼姨妈，只要见着姨妈伤心了，我便将这两个浑蛋小子抓起来痛揍一顿，为姨妈出气。

第二篇　姨妈的眼泪

那时候的我年少气盛,从师习武五六年了,懂得一点拳脚功夫,正好派上用场。两个不争气的表弟撞在了我枪尖上,该着他们倒霉!一开始他们两个并不服管,与我蛮横地对抗,可反抗了几次,都没成功,反倒招来更多的拳脚痛苦,吃了大亏。此后,老实了,不动手、不反抗了。再挨打时,他们便有了条件反射,知道自己又犯了错误了……

如今,他们两个长大,娶了妻子,成了家。可惜,由于姨夫姨妈从小对他们两个太过溺爱,缺少家教,他们俩成年了依然恶习不改,不学好,让人瞧不起。

听了文德的一通浑说,我十分生气:"小时候,我对你们不讲理了吗?我胡乱打过你们吗?没有,绝对没有。那时候你们两个经常逃学,不学好,不好好读书,在外边跟不三不四的人鬼混,给姨妈惹事添堵,让她老人家伤心,我是在忍无可忍的情况下才打了你们,才教训教训你们。怎么?你们两个现在觉得不是滋味了?不服气了?是不是想报仇啊?可以呀,今天我就找你们去,你们等着!"因为生气,我的话犹如连珠炮,噼噼啪啪地放了过去。

"不不不,天禅哥,我不是这个意思,你听岔了。你瞧你,怎么说生气就生气了呢?我只不过说说而已,你倒认起真来了。天禅哥,我们怕了,还不成吗?"停了片刻,文德说,"天禅哥,别生气,告诉大姨妈,我们在无锡挺想念她老人家的,祝福她老人家长命百岁。告诉大姨妈,我妈妈挺好的,生活得很快乐,很幸福。请大姨妈一百个放心。大姨妈若是有空,请她老人家到无锡老家来玩玩,散散心。到时候,我们兄弟一准像孝顺我妈那样孝顺她老人家。"

两个小混蛋尽拣好听的说,我妈妈若真的来了,住在他们家,还不被他们活活气死。可此刻我不能发脾气,得耐住性子,听听他还能说些什么。我又问:"文德,你和文孝在一起加班忙吗?"

"是啊,是啊,我和文孝在一起加班,活儿忙得很!又重又累,唉,这年头,凑合着活吧。我们比不得你天禅哥,你到哪儿都是香饽饽啊!"

"文德,你不是在印染公司的吗?这会儿怎么又跑到文孝的五金公司去啦?你小子,路子够野的啊!"

057

我毫不留情地戳穿他的谎言,本想让他难堪,没想到文德反倒得意地顺着杆儿爬了上去:"那是,我的路子够野吧?"

文德之所以能厚着脸皮、不知羞耻地顺着杆儿往上爬,就因为他认为我在北京,不知底细,好欺负。可他万万没有想到,此刻我就在无锡,在距离他们不远的凉亭里看他们表演。

"你们什么时候回家?"我问。

"不急。给老板忙完了活计,凉凉快快地回家,晚不了。"

"是呀,你们是凉爽了,可姨妈由谁来照管?"我气愤地跨出凉亭朝他们的方向走去。

"天禅哥,你不用操心。姨妈一个人在家,开着空调,看看电视,饿了吃点心,渴了喝冷饮,要不然还可以吃西瓜,多舒坦呀!简直比神仙过的日子还要好啊!天禅哥,你还用担心吗?"文德举着手机,一边说话,一边向文孝他们几个挤眉弄眼,"姨妈她……啊哟!啊!疼……疼……"

"啊!疼……疼……"

就在此刻,我已经悄悄地来到了他们身边,他们没有丝毫察觉。我把手机装进裤兜,出其不意,冷不防地伸出双手,一手一个,钳住了文德、文孝兄弟两个的耳朵,使劲一拧,疼得他们两个玩了命地哇哇乱叫!

"混账东西!"我钳住了他们的耳朵怒骂道,"你们兄弟两个好逍遥、好快活啊!你们在公园里遛狗乘凉,这就是你们说的在公司加班、在公司干活儿?真的好忙好累啊!姨妈在家,开着空调,捧着西瓜,看着电视,吃着点心,喝着冷饮,太舒坦啦!比神仙过的日子还要好啊!多么孝顺的两个儿子啊!"我将他们两个的耳朵又使劲拧了一下,厉声问道:"是这样吗?说!是这样吗?!"

"啊!疼!疼啊!"文孝、文德因为疼痛,拼命号叫!

"天禅哥,饶了我们吧,"两个浑球儿瞟了我一眼,苦着脸支支吾吾,半天说不出一句完整的话,"不……不……这个……这个……我们……我们……"

"什么这个那个的,说!是这样吗?!"我愤怒至极,两手又加力地卷

第二篇　姨妈的眼泪

了一下他俩的耳朵。疼得他们两个如鬼哭狼嚎。

"啊呀！疼啊！疼死我啦！天禅哥，别再使劲拧啦，再拧耳朵就掉啦！我们知错了！知错了！我们说！你千万别再拧，我们实在受不了了！"文孝、文德两个边号边说道。

他们万万没有料到我会突然出现在他们面前，两人都傻了眼了，怀疑我是不是施了什么法术，从天而降。

他们的媳妇站在一旁，直愣愣地看着我，惊呆了，不敢吱声，不敢说一句求情的话。

"王家怎么出了你们这两个不孝子的呢！竟然将老母亲逐出了家门，让她老人家一个人孤苦伶仃地蹲在外边哭，你们还是人吗？你们还有没有一点儿人性？你们怎么就这么心狠呢！你们一个个都是狼心狗肺！你们不是人，是畜生！……"

我气愤！我愤怒！我不知道骂他们什么好……

"天禅哥，别生气，千万别生气！都是我们兄弟不好，我们知错了。知错了还不行吗？我们不孝，"文德讨饶道，"你手下留情，先放了我们两个……我们两个又跑不了……"

是啊，不管怎么说，他们两个终究是我的亲表弟，我心软了，松开了双手。

"快说！"

兄弟两个得救之后，赶忙揉搓自己的耳朵，见耳朵没有受伤，心里踏实了。

"天禅哥，你别生气，千万别生气。我实话实说，抢走妈妈钥匙又把妈妈逐出家门的不是我，是文孝和蓝英。这里边没有我的事儿……"文德滑头，他不想担事儿，把责任推得干干净净。

这可惹恼了蓝英，她瞪着双眼，愤怒地指着王文德："你……你……"可心中的恨又说不出来。

"我怎么啦？一人做事一人当，敢做就敢当，还想赖呀？"文德冷冷说道。

"蓝英，文德说得对，一人做事一人当。天禅哥，是我不孝，是我干的，我该死！"文孝好像比文德率直，他一人把罪责全都担当下来了。

蓝英却为丈夫叫屈："啊呀，天禅哥，不是这样的，不是我为文孝叫屈，老太太糊涂了呀,偌大一个家,我们怎么能放心交给她呢……"

二弟媳玉珠也附和着说:"是呀是呀,老太太糊涂了呀。老太太把房产证和金银首饰老早就藏了起来,可现在你问她东西藏哪儿了,她答不上来了呀,只会傻愣愣地看着你,连句话都不说。气死人了,你说她糊涂不糊涂。"

"玉珠,你知道个啥,这方面老太太可不糊涂,你才糊涂呢。"蓝英对玉珠的话很不满意。

"行了,你俩别再胡扯了!唉,我姨妈怎就摊上你们这两个儿媳妇了呢,"我生气地瞪了她们两个一眼,"我在这儿跟你们说了也白说。都跟我回家去吧,别在这儿丢人现眼了!"

我知道,他们几个就是这样的人,跟他们生气没有用。可事到临头,我还是被他们气得鼓鼓的,搞得我心里很烦。烦又能解决什么问题呢?动手狠狠揍他们一顿?不行!姨妈说得对,他们都长大啦,比不得小时候了,打不得的。我即便狠狠地打他们一顿,又能解决什么问题?他们是滚刀肉,没有用的。我只能看看再说了。

我安慰自己,办法总会有的,须得好好地想一想……总之,我不能眼瞧着姨妈受他们的气。

回家的路上,蓝英跟文孝唠叨:"文孝,别忘了我嫁你的时候,咱俩可订了协议的。我可是个享受型的,吃不得苦。你要知道,我先前那个男朋友是个研究生,试婚之后准备结婚了。可后来我改变了主意,不与他结婚了。你知道为什么吗?"

"不知道。"文孝瞥了蓝英一眼,懒得回答。

"因为我瞧你人好,愿意跟你亲热。我估摸着将来一定享福,不会吃亏。所以,我宁可甩了那个研究生,嫁给你,知道吗?"

"别恶心人了!一个摆摊儿的小商贩,为了吃他两小碗冰激凌,你就跟他上床了,还臭不要脸地说呢,在我面前显摆什么呀。后来我用一碗牛肉面就摆平了你,你吹什么呀!你以为别人不知道啊?光彩呀?以后别再在我面前提起他,恶心!什么研究生呀?研究什么的啊?是不是专门研究卖不出去的冰棍的?哎,天气热了,怎么就化成水啦?臭狗屎,真恶心。"

第二篇 姨妈的眼泪

"你！你……"

"我怎么啦？哪儿说错了？告诉你，我比他强百倍……快闭上你的臭嘴，跟天禅哥回家吧，想想下一步该怎么办，这才是正经事儿。"

我心想：父母疼爱自己的儿女是天性，可姨父姨妈对儿女太过娇惯、太过溺爱了。等到醒悟时，老两口已经年过花甲，追悔莫及。原本盼望着不孝儿女随着年龄的增长会慢慢地懂点事儿，谁料想，两个儿子和一个女儿越大越混账。儿媳更不是省油的灯，自打她们进了婆家的门，不但帮不了公公婆婆的忙、只会添乱，还与两兄弟合起伙来胡闹，天天在家兴风作浪，向姨父要钱、要房、要小汽车，活活把姨父气死了。现在，他们又举起了屠刀砍向了姨妈……像他们这样没有人性的儿女，世上真乃绝无仅有！

我们刚进院口，梅琳就急火火迎了过来，埋怨道："怎么才回来呀？姨妈病了，肝疼得可厉害呢！"

我非常吃惊，赶忙上前，只见姨妈脸色苍白，眉头紧锁，额头冒着汗珠儿，弓着腰，两手使劲地按着右腹，必是疼痛得很厉害！可姨妈一声不哼，一声不语，只是硬忍着，扛着！

见此状况，我赶忙张开双臂将姨妈轻轻托起，往家飞奔。

进了客厅，我将姨妈安卧在宽大的三人座沙发上，而后去姨妈房内找来了止疼药，侍候姨妈服药。

姨妈服了止疼药，闭上了眼睛，一声不响地静卧在沙发上，唯有两颗泪珠从眼角徐徐地滚落了下来，诉说着她心中的苦痛……

梅琳着急道："听姨妈说，她肝疼已经一年多了，最近犯得越来越频、越来越厉害了。止疼药能够暂时缓解一下，药力过后依旧疼。我觉得姨妈的病耽误不得，必须立刻住院，进行全面的、彻底的检查，而后，抓紧治疗。"

蓝英见梅琳要送姨妈去医院住院治疗，一脸的不高兴，表示强烈反对："不用去医院，看医生没用的。人老了，总会有这儿疼那儿疼的，吃点止疼药就好了。再说，到医院看病，人太多，人挤人，又是挂号，又是看病，又是取药，麻烦不说，要花多少钱啊？我可没有那么多钱给老太婆花！"

"奇怪了，姨妈有医保，有退休养老金，哪儿要花你的钱？再说，给姨妈治病、吃药，该花钱时就得花，即使钱再多也得花，否则要你们这些做儿女的干什么？"我生气地说。

"呀！天禅表哥，你说得太轻巧了，有道是不当家不知油盐柴米贵。难道你不晓得，看病的前期费用1300元，都要实打实地自己往外掏吗？国家规定自掏的1300元公家不报销，这样的规定谁也变不了。而且，老太婆看病，只能报销医药费的80%，另外20%要自己掏腰包。如若医生高兴了，再多开点儿贵重药品，那么贵重药品的药费全都得自己掏……说白了，这些钱全都得我来掏。难道我吃饱了撑的，拿这许多钱让老太婆去吃药？"蓝英喷着吐沫星说。

蓝英说了一大堆，我越听越糊涂。我就不明白了，姨妈看病，为什么要蓝英掏腰包？

这时候，文孝也跟着说开了："蓝英说得对，妈的病不用去医院，花钱不说，多麻烦呀！天禅哥，无锡去医院看病的人特别多，要排好长好长的队，烦死人了。我们哪有工夫陪妈去医院排队挂号看病啊！"

"混账！你们四个天天打麻将、逗狗玩都有时间，现在轮到你们陪姨妈去医院看病，就没有时间了！你们到底想干什么？对待自己的母亲竟然是这种态度，你们还是人吗？"我气愤至极，责骂他们。

蓝英把嘴一噘说："天禅哥，不要把话说得那么难听。我嫁王文孝，是给他做老婆的，不是来做保姆的。再说了，我嫁到王家，公公、婆婆应该给钱！请问，他们给了我好多公斤的黄金呢，还是给了我几百公斤的白银？或者，给了我几百万、几千万元的人民币？没有，一分都没有。他们连一辆小轿车都没有给啊！穷透顶了！算我肚量大，不计较他们家穷也就是了。现在老太婆要我陪着去看病？没工夫！自己去！又不是走不动。"

玉珠跟着也说："是呀，谁愿意陪一个老太婆去医院呀？要我陪她去，也可以。不过，有个条件：每次去医院，老太婆须付酬劳，我不能白忙活！这叫按劳取酬，美国人就是这样的。蓝英说得对，我们嫁到王家，是做儿媳的，不是做保姆来的。我们都是金枝玉叶，应该受到王家的礼遇和呵护，哪有让儿媳为老婆子干活儿的呀？文德，你拽我衣服干吗？你可别逼我啊，你若把

第二篇 姨妈的眼泪

我逼急了，我可就跟你离婚！你信不信？"玉珠一跺脚，撒起泼来了。

唉，文德拽一下玉珠的衣服，是想让玉珠少说几句，可他一看见老婆撒泼，浑身的骨头跟着也就酥掉了！你看呀，他张大了嘴，竟然说不出话了。过了好一会儿，他才缓过神来，脸上挂着似笑非笑的表情，看看玉珠，看看梅琳，又看看我，而后结结巴巴地说："这……这个……嘻嘻，梅琳姐，天禅哥，妈妈还走得动，不就看看病嘛，自己走着去吧。以前就是这样的。"

面对这些个不孝子孙，我欲哭无泪，悲痛欲绝！可怜的姨妈啊，您老人家还能指望他们什么呢？什么都指望不上了啊！

我被气得，一怒之下，指着他们的鼻子骂道："你们……啊……你们几个狼心狗肺，也太没有良心啦！你们的良心都让狗给吃了！姨妈是你们的亲妈！你们怎么可以这样对待自己的亲妈啊！算了，我不想再跟你们说什么了。明天我和梅琳陪姨妈去医院，你们几个去与不去，自己掂量着办吧。"

蓝英却道："天禅哥，骂人随你骂，我们不还嘴。我们知道，你是我们家的克星！是我们家的瘟神！我们既说不过你，也打不过你！现在，你是财大气粗，力气大！再加上老公公临终前又把尚方宝剑赐给了你，谁敢招惹你啊！我们怕你！不过，老太婆去医院看病，需要花钱的。这挂号费、医药费，各种各样的检查费、化验费，还有诊疗费，这些花销，都由谁来掏？是你？还是我？"

"姨妈每月都有 4500 元的退休养老金，看病有医保，不用你操心。如果医生开了贵重药品，需要钱时我承担，你少搅和！"蓝英向来奸刁，我不再给她留面子。

"天禅哥，你还不知道吧，我也是刚刚才知道。此前，文孝和蓝英两个，不但夺走了姨妈的钥匙，还抢走了姨妈领取养老金的银行存折和 5 万多元现金呢。姨妈现在被他们搜刮得身无分文，连去医院看病的挂号费都掏不出来了啊！姨妈是个好颜面的人，家中的丑事她不愿让人知道。凡事都自己忍着、自己受着，多少眼泪、多少痛苦都往自己肚子里吞，不对人说……唉，老人家可怜啊！"梅琳流着眼泪哽咽地说。

梅琳这么一说，我才彻底明白，蓝英之所以百般阻挠姨妈去医院治病，原来是做了这许多见不得人的卑鄙龌龊的肮脏事情啊！这个女人，太可恶，太坏了！她气得我七窍生烟，两眼冒火，无比愤怒！谁会想到，她为了夺取姨妈赖以生存的养老金和最后的5万元现金，竟然不顾婆母的死活，真乃天下少有、罪大恶极！

　　文孝和蓝英丑事曝光，现场气氛立刻紧张起来。他们睁大了眼睛瞧着我，怕我一怒之下对他们动武。

　　其时，我的头脑十分清醒。尽管怒火在我心中熊熊燃烧，可我没有冲动，没打算动武。我在思考：我该怎么做，才能够给姨妈营造出一个既可以好好休息、又可以好好养病的安静环境呢？我把目光集中在他们四个身上，想着能不能从他们身上找到突破口、找到解决问题的办法呢？可我的思路到底还是被愤怒的情绪堵塞了，找不到一个好办法。

　　他们四个刚被我愤怒的目光看毛了。蓝英浑身冒冷汗，绷不住了，颤抖着声音说："天禅哥，我把……我把妈妈5万元现金已经都花光了。哦，不，不是的，我还给了玉珠1万呢。我只花了4万元。"我第一次听蓝英称呼姨妈为妈妈，不喊老太婆。显然，此时的蓝英心虚了不少。接着她又说："我之所以要把妈妈领取养老金的存折拿过来，因为……因为……我还是直说了吧。一来呢，妈妈跟我们过，她不能白吃白喝呀，我们不能白养着她吧？这二来呢，我觉得妈妈的精神有毛病了，要犯老年痴呆症了、开始糊涂了……所以，我把妈妈领取养老金的存折拿了过来。我觉得我帮她拿着最可靠，万一妈妈糊里糊涂把存折丢了，让外人捡了去，不就糟了吗？"

　　文德一旁听了，气急败坏地跳了起来，手指着蓝英和文孝的鼻子骂道："放你妈的臭狗屁！妈的存折凭什么你们拿着，凭什么？存折里的钱怎么分？还有，蓝英，你从妈手里明明拿到了5万元，凭什么只给玉珠1万元？我当初就对玉珠说：'蓝英鬼着呢，不会真的是好心，她不会这么大方。这里边肯定有猫腻，她准留了一小手。'果然，被我说中了。蓝英，你再给15000元，咱们两清。要不，我跟你们两个没完！"

　　"好啊，蓝英，我把你当亲姐妹，可你却骗我坑我，还耍弄我，我记你一辈子。蓝英，你给我听着，明天上午你若把15000元交到我手上，咱俩的

第二篇　姨妈的眼泪

事算了了,就当什么事都没发生过,咱俩还是好姐妹。否则,别怪我翻脸不认人,对你们两个不客气。"玉珠瞪圆了眼珠凶狠说道。

"我不给你,你又能把我怎样?"钱是蓝英的心头肉、命根子,她当然不会退让。

"你若不给我 15000 元,我能拿你怎样啊?"玉珠咬着牙,跨前一步,靠近蓝英,冷不防地一个大巴掌抽在了蓝英脸上,虎起了脸怒道,"我能这样抽你,我让你叫我老娘!你信不信?"

"啊!你打我!臭不要脸,你敢打我……"蓝英捂着脸哭闹了起来。

"玉珠,有话好好说,你怎么可以打人啊!"文孝急了,嚷嚷道,"真没有教养。"

玉珠冷笑道:"你有教养?你多有教养啊!和老婆把老妈的钱都抢进了自己的腰包,连顿冷饭都不给老妈吃饱,够'孝顺'的,够有'教养'的!啊哈哈……王文孝,别不知羞耻了!这'教养'二字,也是你们王家门上的子孙可以说得的?啊哈哈……"文孝被讥讽得特别尴尬。

"行啦。"文德赶紧制止,想把老婆的嘴给堵住,"你少说两句,谁又能把你当成了哑巴!越说越不成体统了……"

"哟嗬,到底是亲兄弟啊!帮着哥哥说话来了。老婆不要了,那 15000 元白花花的银子也不要了。这么说,这个家我还要它做啥?散了算了!散了算了!"玉珠一拍大腿坐在椅子上哭了起来。

"你瞧你,我不是这个意思,我……"文德见老婆哭了,赶紧上前赔不是。

"知道错啦?"玉珠止住了哭,问文德。

"嗯。我错了。"

"15000 元还要不要?"玉珠又问。

"要啊,谁说不要了?"文德见玉珠不哭了,立刻笑着回答。

因为"分赃"不均,兄弟两家闹成了一锅粥。

我见他们这副德行,既好气又好笑,心想:姨妈实在太可怜了,家中有这么两双儿子儿媳,真够丢人现眼的!

姨妈躺在沙发上,静静地听着,一声不响,眼中的泪水犹如断线的珠子,从眼角滚落下来。她在为自己难过。可话又说回来，子不教母之过啊！儿子不学好，做母亲的，有推卸不掉的责任。

"你们闹够了没有？"我实在看不下去了，厉声喝问。

他们四个为了钱，净顾着争吵了，把我和梅琳的存在都给忘记了。听到我一声喝问，他们这才反应过来：哦，克星还在，瘟神还在啊！他们不吵了，睁大了眼睛，看着我。

"像你们这样不知羞耻地胡闹，把姨妈的脸都给丢尽了！"我生气地说。

"我们丢脸？还有比我们更丢脸的呢，只是你没有见着罢了。今天，我也豁出去了，大不了鱼死网破。你等着，我马上拿给你看，"蓝英向来爱挑事儿，见我贬低他们，很不服气，"不要着急，我去去就回。"一转身她离开了客厅。

过了一会儿，蓝英捧着一只朱红油漆的长方形小木盒，回到客厅。

姨妈看见了，噌的一下坐了起来，生气道："蓝英，你怎么可以随便翻我的诗笺？太不懂规矩了！小木盒里既没有钱，也没有钞票！你不可以乱翻的！"

我知道，姨妈的诗是写给她自己看的，从不给别人看，连我妈妈她都不让看。未经姨妈允许，随便翻动她的诗笺，姨妈当然生气。

可蓝英已经豁出去了，她不管不顾地打开小木盒，抽出两张诗笺递给我，说："天禅哥，好好看看吧，简直羞死人了。都多大年纪了，还给枯枝挂绿叶，冒充嫩枝儿，学着洋鬼子的派头，在外边与人谈情说爱，真笑死人了！哈哈，哈哈，笑死人了！"蓝英一阵狂笑之后，又说："想不到，老太婆居然惦记着天上的大雁帮她传递情书呢！够浪漫的吧！哈哈，哈哈……"蓝英又一阵狂笑。

"放肆！蓝英，你怎么可以这样信口雌黄、胡说八道、糟践老人呢！"我非常愤怒，立刻阻止道。

"我怎么啦？我怎么就胡说八道了？"蓝英不服气，气冲冲问我。

"你读懂姨妈的诗了吗？你读懂了吗？"我怒气冲冲地问道，"你诗还没读懂，就信口雌黄，胡说八道！谁教你的？是你爹还是你妈？别不爱听，蓝英，你太少家教、太没有教养了！"

第二篇　姨妈的眼泪

"你……你……"蓝英还是不服，鼓起嘴巴，欲说又止。

我将姨妈的两张诗笺向桌上重重地一拍："你们过来，自己看！好好读读吧！我希望你们好好读一读，仔仔细细读一读。读完了，再好好想一想。眼睛不要总盯着钱，只认得钱，别的什么都不认得。到最后，连你们自己的亲妈都认不得了！"

他们四个聚到了桌边，看了好久，最后都不说话了。

"说话呀！怎么？都哑巴啦？为什么不说话？是不是有点懂了？我告诉你们，《思念》是姨妈写的一首抒情诗！听懂了吗？"我拿着诗笺对他们说，"那是一个秋夜啊！姨妈孤苦伶仃，孤单单的一个人倚立在窗前，窗外月色溶溶，秋风瑟瑟。已经远去了的夫君啊，让她牵肠挂肚，无比思念。天凉啦，应该写封信，问候问候。他在那里过得好不好啊？可是，谁又能帮助她传递这封家信呢？夫君生活在另一个世界里啊！书信传递有些难哪！心里好一阵难过。一声叹息之后，她抬起了头，仰望天空，恰见月亮下边有一队大雁飞过。她开始浮想联翩：大雁是传说中的神鸟啊！它能够帮助善良的人们传递书信，是人们可以信赖的朋友……像这样一类的浪漫联想，在诗歌中，有很多很多！诗歌的浪漫，有什么可奇怪的呢！你竟然使出了吃奶的力气，加油加醋进行诽谤！也不觉得可耻！蓝英，你这个睁眼瞎，根本就没有读懂姨妈的诗。因为你平时不读书，才有今天的洋相！可怜哪，太无知啦！像你这样的无知，可笑又不可原谅！"

我放下手中的诗笺，拿起桌上另一张诗笺，说道："这首《薄情》是姨妈她老人家对儿女教育的一篇深刻反省。由于她对儿女的过分溺爱，忽视了道德教育，致使儿女长大之后不晓人事、不通人性、不走正道！悖逆人伦，忘恩负义，忤逆父母！为此，姨妈非常自责，非常悔恨，非常悲伤……"

停了片刻，我接着说："你们为姨妈的感受想过吗？没有！你们从没有为姨妈的感受想过，连一丁点儿都不曾有过！姨妈和你们生活在一起，实在太可怜了！

"姨父姨妈从小青梅竹马，一起读书，一起长大。他们两个情深似海，是天造地设的一对好夫妻啊！外祖父、外祖母，还有我爸爸妈妈都非常喜欢他们。可惜,姨妈命苦,姨父先走了。姨父的死,与文孝、蓝英不无关联,你们两个心里明白。我不多说了……

"正因为这样,姨妈想起姨父,便眼泪汪汪,满心的伤痛。人非草木,孰能无情,碰到情深处,写几行小诗,抒发抒发心中的感情,非常正常,也合乎常理,有什么可奇怪的呢?奇怪的倒是你们这些做儿女的,为什么要这么野蛮?为什么要这么残忍!为什么要这样无情地摧残和虐待一个老人呢?我不明白,不明白你们到底想干什么?蓝英,你不要总在家里搬弄是非,闹得鸡犬不宁。你这个人心地龌龊,我劝你还是老老实实地做人为好。记住我说的话,对你以后有好处。"

见蓝英不以为然、满脸怨色,我严肃道:"蓝英,我说话你别总不爱听,鼓嘴巴也没用的。听着,快把你抢去的存折还给姨妈!"

蓝英见我要她把抢去的银行存折还给姨妈,犹如要了她的命,她哪肯啊!然而,事态的发展对她非常不利,她寻思着:要想扳回败局,只有抗衡到底!蓝英是个不轻易服输的女人,她从小木盒里又抽出两张诗笺递给我。

"天禅哥,你看看,老太太说世情薄、人心恶,儿子不孝,儿媳是大恶!老太太,你可要说明白了,我和玉珠到底怎么啦?我俩怎么就是大恶了?"这回,蓝英把玉珠拉上了,说话的时候几乎蹦了起来。

"是吗?诗笺上是这么写的?"玉珠点火就着,立刻问道。

"当然啦,你自己看啊!"蓝英煽动说。

我接过蓝英递来的诗笺,一顺手把她手中的小木盒也拿了过来,重又把四张诗笺放回了小木盒。我这么做,是因为她俩不配看姨妈的诗,即使让她们看,她们也看不懂,只会胡搅蛮缠地胡闹……

"天禅哥,你这是干什么?是不是不想让我们说话了?"蓝英立刻转守为攻。

"天禅哥,反正大家都已经撕破了脸,今天你不让说,我们也要说,谁也阻挡不了!"玉珠跟着喊了起来。文孝、文德一旁不说话,显然,他们两个是在纵容自己的老婆跟我闹。

蓝英见玉珠这把火被点着了,心中自然高兴。她瞟了玉珠一眼,说道:"玉珠说得太对啦！老太婆不但骂儿子不孝，儿媳大恶，她还感叹自己的命不好呢，快被儿子、儿媳气死了……咱们拿走了她的存折，分了她的钱，她怀恨在心，想用死来威胁。老太婆，你休想！明说了吧，今天我就拿着你的存折不给了，你又能怎么着？你写诗骂也好，咒也好，存折我就是不给了。"蓝英这般撒野放刁耍无赖，就是想继续霸占姨妈的存折。存折每个月都会打来钱啊，一旦她把存折交给了姨妈，钱就没有啦。她不傻，她比谁都清楚。她期盼着玉珠的赞同，与她一唱一和将局面搅乱……

果然，玉珠上套了。

"没错，存折不能给，那里边还有我们的 15000 元呢。"玉珠念念不忘她那还没拿到手的 15000 元。

蓝英白了玉珠一眼，却又顺着玉珠的话说："对啊！存折里还有你们的 15000 元呢。"

文德轻轻拽了一下玉珠的衣角，不让她多说话。玉珠却反手一巴掌打落了文德的手，嚷嚷道："拽我衣服干什么呀，有话你就说，怕什么呀，窝囊废。"

文德瞪了玉珠一眼，没有言语。

可怜的姨妈，静静地坐在那里，目睹了这一幕，伤心地落着泪，一句话不说，任由他们争吵……

我的心都快碎了。我可怜的姨妈啊……

"你们的戏该收场了吧？"我压住心中的怒火说道，"你们几个，该看的已经看了，该说的也都说了，该表演的也都表演了。我呢，也都听明白了、看明白了。这出戏，你们也该收场了。蓝英，无论你多矫情，也不管你要什么无赖、使什么花招，今天，你必须当着大家的面，把银行存折还给姨妈。"

"凭什么呀？我那 15000 元还没拿到手呢，就不给。"玉珠不以为然，她边说边摆弄她那戴在左手腕上的黄金手链。

这条黄金手链，成色四个九，顶刮刮的上乘货，原是梅琳特意买了送给姨妈的，不知道为什么，现在戴在了玉珠手腕上。这回，玉珠当众摆弄，被梅琳看见认了出来，梅琳非常生气，当众指着金手链责问道："玉珠，这条黄金手链是我特意买了送给姨妈的，怎么戴在你手上了？"

"嘻嘻,老太太这么大年纪,戴什么金手链呀?我戴着正合适啦。"玉珠厚着脸皮笑道。

"哪有你这样的,一点儿都不害臊。金手链是我花钱买了孝敬姨妈的,凭什么戴在你手上啊。赶快还给姨妈!"梅琳急了,又加重了一句,"必须还给姨妈!"

"梅琳姐,你已经把金手链送给老太太了,那就是老太太的了。老太太又将金手链给了我,现在戴在了我手上,那就是我的。我不给。"玉珠蛮不讲理。

梅琳听了更加生气,涨红脸怒道:"你这不是在跟我耍无赖吗!我长这么大,就没见过像你这样的……不跟你说了,今天你必须把金手链还给姨妈。"

玉珠见梅琳怒了,说话也软了下来:"梅琳姐,干吗这么凶呀?以前我见你挺温柔挺好说话的,大家闺秀不爱发火的呀,今儿是怎么啦?我只说了那么一句,你就对我这么凶,一点儿情面都不给,别这样啊,好不好,我心里害怕。"

我怕梅琳因为玉珠说了几句软话就落入她的陷阱,赶忙把话接了过来:"梅琳,别理她,玉珠手上的金手链必须还给姨妈。你们眼里和心里只有钱,没有别的。为了钱,你们能不择手段,想尽一切办法,搜刮老人家,压榨老人家,合起伙来,丧心病狂地虐待老人家。古人云:'羊有跪乳之恩,鸦有反哺之义。人不知孝,真禽兽不如也。'爹娘生儿育女,千方百计让儿女读书识字、接受教育,只是为了让儿女提高认知,懂得做人的道理……可你们几个的所作所为太让姨妈寒心了!你们几个既没有人性,也没有人味儿!如果你们还有一丁点儿人性和良心,就应该痛改前非,好好孝敬姨妈,让姨妈平平安安地度过晚年……唉,我不想说了,说得再多也是多余,即使我磨破了嘴皮,你们也不会听……"

蓝英却鼓起嘴巴说道:"我嫁到王家,王家给我钱了吗?我是享受型的,不是来伺候人的,更不是来受罪的。王文孝,你连小轿车都买不起,还说什么呀!这辈子我只认钱,别的我什么都不认。有钱能使鬼推磨,少给我说那些漂亮话。"

玉珠也小嘴一噘,放开了厥词:"现如今世道这么乱,谁孝敬谁呀?我

第二篇　姨妈的眼泪

孝敬了婆婆，婆婆会孝敬我吗？大家还是自顾自吧！"

梅琳气愤道："你们两个说这许多缺德的混账话，也不怕阎罗王割你们的舌头，让你们下地狱！"

"不怕！只要有钱，我什么都不怕！割去了舌头，还会自己长！"蓝英说。

"对，不怕。我若有了钱才不会下地狱，买了飞机飞上天，气死阎罗王！"玉珠应和道。

"既然二位把话都说绝了，我也无话可说，只能得罪了！"我板起面孔，拍桌而起，毫不客气地向他们发出了最后通牒，"蓝英，听着！请你把抢走的银行存折马上交还给姨妈！我要你马上，不允许你再拖延！玉珠，也请你把手腕上的金手链摘下来，还给姨妈，也是马上，不能拖延！"

蓝英对文孝支支吾吾道："这个……文孝，你看呀，这个月的钱还没有取呢！我们的生活……"

文孝偷偷看了我一眼，无奈道："不取了，本来就是妈的嘛，快去！"见蓝英赖着不动，文孝急了，推蓝英一把，催促道："快去呀，把妈的存折拿来交给天禅哥，快去！"

蓝英赖着就是不动。

文德也来凑热闹："嫂子，大家都是一样的，你凭什么抢走妈妈的存折？还不快去拿来交给天禅哥。"

蓝英光火道："关你屁事！你老婆强夺了妈妈的金手链，怎么连屁都不敢放一个？倒管起我的事来了，笑话！"

文德被蓝英卷了几句，好没面子，转过脸对玉珠道："玉珠，把金手链还给妈，你想要，咱们自己买。"

玉珠不答应，嚷嚷道："不，我就是要戴！"而后，跳到姨妈跟前装模做样求道："妈呀！您跟天禅哥说，金手链送给我了。说呀，快说呀，妈！"

姨妈闭着眼睛坐在那里，一动不动，一句话不说，只有眼中的泪珠儿一个劲地往下落。

不晓事的玉珠不罢休，摇晃着姨妈："妈呀！您答应了吧！您说话呀……"

"行了，你别再打扰姨妈啦！姨妈她不会给你的。"梅琳说。

玉珠知道希望已经破灭，生气地推了姨妈一把，骂道："死老太婆，不说话跟我犯傻，可气！"

"还没闹够是吧？非要我亲自动手不可了！"我撸起了袖子。

我这一动作吓得文孝从椅子上蹦起来，连连摆手："不，不不，天禅哥息怒，天禅哥息怒！我们不敢违抗父亲临终前的嘱托。天禅哥既然已经发了话，我们一定照办！"他边说边推攘着蓝英："还不快去拿啊！"

蓝英见我发怒，没了办法，只得进屋取来姨妈的存折，很不情愿地交给我。玉珠也流着眼泪摘下了金手链，重新戴在了姨妈手腕上。

看得出来，玉珠非常喜爱这条金灿灿、沉甸甸的金手链。现在物归原主，她很不情愿，很不高兴，但又没有办法……

姨妈服了止疼药，肝疼得到了缓解。这时候，她肚子感到有点儿饿，想吃东西了。

我搀扶姨妈一起去了厨房，顺便看看这帮混账给姨妈留了些什么饭菜。

进了厨房，姨妈打开厨柜，从饭锅里挖出一小块已经凉了的米饭，用暖壶的开水泡了泡，夹了两条咸萝卜干就要开吃。我立刻上前阻止道："姨妈，您饿了就吃这样的饭菜啊？这怎么可以呢？长此下去会吃坏肠胃，把身体搞垮的呀！我让梅琳给您煮一碗龙须面，再卧两个鸡蛋，既热乎又软和，吃了也舒服。"

"傻孩子，哪来的龙须面啊？姨妈已经习惯了，将就着吃吧……"姨妈说着端起开水泡冷饭的碗，眼中泪水忍不住地掉了下来。

"姨妈，不能吃啊！"我坚决阻止，"我妈知道您的胃不好，特意买了五斤上好的龙须挂面让我带了来。我这就让梅琳给您煮面。"

我搀着姨妈回到了客厅，梅琳则下厨给姨妈煮面。

就在我搀扶着姨妈去厨房的这会儿工夫，他们四个在客厅又吵翻了天。

蓝英冲文孝又哭又闹道："文孝，老太太把存折收回去了，往后每个月4500元的收入再也拿不到了。那可是咱们每个月都能进账的钱啊！被瘟神这么一搅和，现在一分都没了。文孝，我嫁你的时候，咱俩订了协议的。你没钱，我凭什么嫁给你？你以为你是什么人啊？你是一堆臭狗屎！你什么都不是！

第二篇 姨妈的眼泪

你知道吗？嫁你之前，向我求婚的男人多的是！数多数不过来！我不缺男人！我第一个男朋友是研究生，比你强百倍……"

文孝急了，发火道："他娘的！一个小商贩，还研究生，丢不丢人啊，真不要脸！外边既然有人要你，干吗还要跟我结婚啊？还不是因为你太破了，没人要了，才跟了我。"

听文孝这样阴损地骂她，蓝英受不了了，一头扑向文孝，哭闹得更凶了："好啊，你敢骂我！你敢骂我！我不活了，我要跟你离婚！"

文孝将她一推，一点儿也不示弱，说道："离就离，谁怕谁啊！缺了你这个臭鸡蛋，我还不吃菜了呢。咱们说离就离。你说，什么时候离？离了我再找一个新的，比你漂亮，比你温柔的！省得你像狗皮膏药总黏着我，怪难受的。"

蓝英见文孝来真格的了，吓了一跳，不再哭闹了，恨声道："我早知道你坏了肠子不安好心，你喜新厌旧，想一脚把我踢掉，再找一个如花似玉的新媳妇。告诉你，王文孝，你休想。我死死地缠住你，就不跟你离。我就是狗皮膏药，黏在你身上，让你脱不了身……"

那边玉珠哭着对文德说道："金手链还给了妈，你说咱们自己买，可咱俩是月光族，哪来的钱呀？去偷还是去抢？你想办法吧。我嫁给你，没有白金钻戒也就算了，现在连我手上的黄金手链都没了，怎么对小姐妹说呀！真丢人，想死的心我都有。"

"好啦，寻死觅活的，眼光那么短，让人笑话，"文德安慰玉珠道，"我想办法借钱给你买，可以了吧。"

蓝英和玉珠的哭闹，让人啼笑皆非。为了金钱，为了虚荣，她们可以不要人格，不要尊严，唉……

"你们几个哭闹够了没有？"我没好气地问道。

蓝英脸上挂着泪痕问道："存折不是给你了吗，还有什么事啊？"

"你们又哭又闹的，精神头可真大，想必是吃过晚饭了？"

"我们早吃过了……"蓝英瞧着我说。

玉珠听了，擦了擦眼泪，来了兴致，问道："怎么？是不是禅哥和梅琳姐想请我们吃晚饭啊？"

我没有搭理玉珠，接着问蓝英："姨妈吃过晚饭了吗？"

文孝察觉到我的问话有所指，赶忙接过话说道："妈喜欢自己吃，不愿意跟我们一起吃。刚才因为我们急着出门，把妈吃晚饭的事儿忘了，以后我们注意。"

"文孝，你说得好轻松啊！你觉得这话像一个儿子对妈妈说的话吗？你们吃晚饭的时候，怎么不把你们自己忘掉呢？刚才我打开厨柜，里面除了狗食罐头，便是你们吃剩下的鱼刺和肉骨头……请问：你们为什么不吃开水泡冷饭，外加几条咸萝卜干呢？姨妈她老人家，可是你们的亲妈啊！你们怎可以这样待她！你们是人吗？你们简直不是人！你们连猪狗都不如，"我怒不可遏，愤怒骂道，"你们丧尽天良！欺人太甚！将来是要遭报应、遭天谴的！"盛怒之下，我举起了拳头。

见我举起拳头，文孝他们吓得面如土色，等到见我把拳头慢慢地放了下来，他们这才松了一口气。

文德还想撇清自己，解释道："天禅哥，其实这些事儿我都不知道。妈妈跟文孝、蓝英他们过，和我一点关系都没有的啦！"

我瞪了文德一眼，说道："别在我面前装好人，我又不是不了解你。即便把你烧成灰，跟泥巴搅和在一起，再塑一个人模样，我照样能把你的德性从泥巴里找出来。别抖机灵啦，还是好好想想吧。"

不一会儿，梅琳端来一大碗香喷喷的鸡蛋龙须面放在了桌子上，而后走到姨妈跟前，笑着说道："姨妈，饿了吧。来，我扶您去桌前坐下，趁热吃，也好暖暖胃。"

梅琳搀扶着姨妈在桌前刚刚坐好，银娣表妹和她的男朋友耿风推门进来了。耿风是当地臭名昭著的地痞流氓。一进门，看见姨妈面前摆放着一大碗热气腾腾的香喷喷的鸡蛋龙须面，耿风惊喜道："好香的鸡蛋龙须面啊！我来得正是时候。今天是我有口福！丈母娘，这么一大碗面，你哪吃得了啊！银娣，快给我拿一副碗筷来，我要帮丈母娘吃掉多半碗。丈母娘啊，人老了，少吃一点才好，喝点儿面汤就行了。吃多了，会撑坏肚皮的。正好，我今天

第二篇　姨妈的眼泪

喝完了酒，还没有吃饭呢。我帮你吃掉些吧。"

耿风其人，一瞧便知不是好鸟。

耿风摇晃着身子，从我和梅琳身边擦过，拽过一把椅子坐在了姨妈身边，一伸手，毫不客气地便将姨妈面前的一大碗鸡蛋龙须面抢了过去。他端起面碗，闻了一闻，而后闭上眼睛，摇摆着头颅，夸赞道："好香啊！"可怜的姨妈，瞪着两只愤怒的眼睛看着他，一声不响，任由他这样的肆无忌惮。一旁的四个人看见了，谁也不说话，谁也不阻拦，一个个竟孰视无睹，无动于衷。银娣表妹更加听话，她已经从厨房为耿风取来了一副碗筷……呀！眼前的这一幕，真让我大吃一惊！一个臭名昭著的地痞流氓，竟敢在我姨妈家里如此无理，如此放肆！如此胆大妄为，无法无天！而家里的人，一个个都惧怕他，不敢惹他，不敢碰他，任由他胡作非为。太不可思议啦！

耿风突然睁开眼睛，张开臭嘴，想品尝品尝碗中的面汤滋味。我右手一掌拍打在了耿风肩上，他赶忙放下手中的面碗，回过头来对我吼道："郑天禅，你想干吗？！"

我怒道："我正要问你呢，你想干吗？"

耿风厚着脸皮，不知羞耻地回道："我要吃龙须面。"

"你也配！这碗龙须面也是你这种人吃得的？"

耿风嘴硬道："什么配不配的，我在丈母娘家，吃丈母娘的面，关你屁事？你算哪根葱？到我家里来多管闲事！"

"对了！今天这档子闲事我算是管定了。你给我听着：我姨妈这碗面，即便她老人家吃不了剩下了，我把剩面拿去喂狗，也不会让你喝一口汤，听清楚了没有？"

我将拍在他肩上的右手用力一抓，五根手指犹如钢爪直往耿风的肩胛肉中扎，疼得他如杀猪似的大声号叫："妈呀！疼死我了！疼死我了！"他额头立刻冒出了豆粒般大的汗珠。

文孝、文德一旁见了，吓得面如土色。

"酒鬼，你猫尿喝多了吧，不知好歹！我天禅哥也是你能得罪的？还不赶快说句软话，认个错赔个不是，好让我天禅哥饶了你。"银娣边说边向耿风丢眼色。

我手指继续用力往耿风的肩胛肉中扎:"我的话你听清楚了没有?"

"啊!妈呀!我在丈母娘家,关你屁事……啊!疼死我了!你快放手!快放手啊!"耿风还想耍光棍,不服软。

"你叫什么叫,"我怒道,"我告诉你,这儿不是你的家,这儿也没有你丈母娘。你的家在公安局,在牢房,在刑场,在鬼门关,在乱坟岗……你刚才问我算是哪根葱,我告诉你,我是专门惩治像你这样的地痞流氓和坏蛋的老祖宗!这回你知道了吧?我在问你哪!知道了吗?"

耿风已经疼得往桌子底下出溜了,可他嘴里依旧不服软,强忍着疼痛喊叫道:"我不知道不知道,就是不知道!"

我十分恼怒,五指使劲往他的肩胛肉中又抠了抠,这一回耿风受不了了,哭喊着叫道:"老祖宗!老祖宗啊!我知道了,我知道了!你是我的克星,老祖宗啊!疼死我了!你饶了我吧!饶了我吧!"

我松开了手,大声喝道:"爬起来!"

在我威逼之下,耿风乖乖地从桌子底下爬了出来,抬起胳膊擦了擦眼泪,离开座椅,识相地站在了一旁。

我喝道:"跪下!给我姨妈乖乖地磕六个响头赔罪!之后,把这碗龙须面,恭恭敬敬地送回到她老人家的面前,求老人家饶恕你的罪过。你的表现,你的动作,必须虔诚,要一丝不苟。"

"这个……"耿风的表情透着为难。

"什么这个那个的!你跪不跪?"

我的手刚刚举起,他便双腿一软,扑通一声跪在了地上,向姨妈一连磕了六个响头,而后站起身,双手捧起桌上的一大碗鸡蛋龙须面,恭恭敬敬地送回到姨妈面前。

"丈母娘……"

"胡喊什么!"我训斥道。

耿风马上改口:"唉,真该死!我喊错了。老奶奶,刚才我抢了您的龙须面,非常非常对不起啊!请老奶奶饶恕我的罪过,饶恕我的罪过吧。多多

第二篇　姨妈的眼泪

原谅！多多原谅！下次我再也不敢了。我向老奶奶赔罪道歉。"耿风说完了，转头问我，"老祖宗，我这么说，可以了吧？"

我瞪了他一眼说道："一边站着，你的事儿还没有完。"

"怎么还没完呢？你到底想怎样啊？"耿风急了。

"你这无赖，总来这儿捣乱，一而再、再而三地骚扰我姨妈，让她老人家不得安宁，是何道理？你到我姨妈家里，不是骗吃，就是骗喝。吃完了，喝完了，最后还要撒酒疯！除此之外，你又诓骗银娣！又当你的老妈子，还当你的挣钱工具，你让她到处打工挣钱，养活你和你的老娘，你和你老娘都是狼心狗肺！你们耍弄了银娣，又合起伙来欺负我姨妈。你这没有人性的畜生，今儿落在我手里，岂能就这样便宜了你！"

耿风听了吓一大跳，为了自保，他竭力强辩："我没有欺骗银娣。我花300元办了一桌酒席，请亲朋好友聚在一起喝过酒、吃过饭，大家都知道银娣是我的第三房老婆。我家亲戚都是地方上有头有脸的大官，他们能来喝酒、吃饭，给了银娣多大的面子啊……"

银娣听他这么说，心里很不高兴，随即把从厨房拿来的碗筷举起来，往桌上狠狠地一蹾，说道："你这无赖，还有脸说呢。事前咱俩说好了，你掏钱请客吃饭。吃完了饭，咱俩去登记，领结婚证。可喝完了酒，吃完了饭，你却对我说忘记带钱了，还是我掏了300元结的账，这我也就忍了，谁让我眼拙看错人了呢。最可恨、最让我生气的，这酒也喝了，饭也吃了，可到如今，这结婚证你还没有和我一起去办，这算什么事儿啊？家里，妈妈要不认我这个女儿了；外边，我被人戳着脊梁骨笑话！姓耿的，今天你要当着我天禅哥的面，把话说清楚，咱俩的事儿你到底想不想办？"

"打人不打脸，揭人不揭短。咱俩的事儿，跟一个外人说什么呀？真没劲！这回我一准办，咱们两个正式登记结婚，领一个最大个儿的结婚证，比谁家的都大，好不好？"

银娣气得跺脚骂道："你浑蛋！你这个死酒鬼！无赖！流氓！你蒙骗谁哪！结婚证全国都一样，一般大小，哪有什么大个儿、小个儿的。你当是逛大街买梨、买枣哪？你这混账东西，气死我了，真气死我了！都这时候了，当着这么多家里人的面,你还在耍我!骗我!我打死你!我打死你!"气极了的银娣,不知哪来的一股勇气,抡起拳头,一连打了耿风好几下。

"骚货!连你都敢欺负我!"耿风挨了银娣的拳头,火冒三丈,反手"啪啪"两声,抽了银娣两个大嘴巴。

银娣躲闪不及,一个趔趄,差点儿摔倒。待到意识到发生了什么,她大哭起来,发疯似的要与耿风拼命。

此时的耿风已不是刚才的熊样了,他眼冒凶光,满脸煞气,气焰十分嚣张,好似一只要吃人的狼!我见了心头一惊,立刻意识到:对待这样的恶狼绝不能心慈手软,不能寄予任何希望,若想太平和安宁,对待这种人,只有一个字,那就是"打"。我把银娣拉到一边,没说一句话,举起愤怒的拳头,三两下便将耿风打翻在地。脚踏着他的胸膛骂道:"你这畜生!流氓!这一切都是你的错。遭几声骂,挨几下打,已经便宜了你,你居然毫无悔改之意。你真是一只中山狼!吃人的本性不会变!你太猖狂了!太嚣张了!你不但骂银娣,还动手打银娣,真是岂有此理!狗娘养的,我岂能容你在这儿逞凶狂!"我义愤填膺,抡起巴掌,一连猛抽了他四五个大嘴巴。

耿风的嘴角立刻流血了,脸也肿起来了。

"站起来,别躺在地上装死。"我踢了耿风一脚,大声命令道。

"我错了。老祖宗,你打也打了,骂也骂了,还要拿我怎样?"耿风翻转身,趴在地上,仰起头,哭丧着脸,一边哼哼一边说。

"别装蒜,少给我装熊样。你刚才的凶狠劲儿哪里去了?你不是说'揭人不揭短,打人不打脸'吗?今天,我要专打你的脸,让你的脸肿起来,十天半月消不了肿。对你这样的流氓恶棍,我不会手软,也不会怜悯。"

"我浑蛋,我该死,我不是东西!老祖宗,我知错了,你就饶了我吧。"耿风又是一脸熊样,带着哭腔说道。

"你知错了?知错了又怎样?你说也说了,做也做了,现在说一声知错了就完事了?不能吧?这能证明你是知错了吗?这样吧,我也不打你了,你就狠狠地自己打自己20个大嘴巴吧。"

"这个……"耿风犹豫。

第二篇　姨妈的眼泪

"打！"我一声大吼，把在场的人都吓了一跳。

逼迫之下，耿风毫无办法，只能乖乖地跪在地上，抡起自己的大巴掌，一下又一下，狠狠地，重重地，自己抽了自己20个大嘴巴。

抽完了20个大嘴巴，再瞧耿风的脸，紫了，红了，肿了，满脸是血。

"疼吗？"我问。

"不疼！"

"啊！不疼？那好，再打20个！"我说。

"不不不！疼！刚才我瞎说的。"耿风大惊失色。

"哎，这就对了！尽管是自己抽自己的大嘴巴，抽狠了，打重了，也还是疼的，"我冷笑一声，"我对你的惩罚，叫作罪有应得。像你这样的地痞流氓，我见多了，我对他们从不客气，从不手软！耿风，你别在我面前装神弄鬼，摆出一副可怜样子，我不会可怜你！你自己应该知道，你可不是一般的混蛋！你是一个恶贯满盈、顶坏顶坏的大混蛋！我不会轻易放过你。"

耿风吓得一激灵，却依然嘴硬道："你别吓唬人！"

我板起面孔说道："我吓唬你干什么！谁不晓得你是这一带鼎鼎有名的大地痞！大流氓！大恶棍！大混蛋！你仗着一些狐朋狗友和亲戚的恶势力，欺行霸市，胡作非为，到处诈骗钱财，诱骗良家女子，罪证还少吗？我这就将你绑了，送公安局法办。你若有理，证明自己无罪，找公安局说去吧。"我对其他人大喊了一声："拿绳子来！"

这时候，文孝胆子也大了起来，跟着应和了一声："好的！"之后他拿来了两条晾晒被褥的尼龙绳，冲耿风发狠道："天禅哥说得对，把他送公安局，关他十年八载的，让他好好受受罪！他狗娘养的，仗着几个臭亲戚，到处横行霸道，太欺负人了！"

文德也开骂道："你这个臭流氓！仗着几个臭亲戚耀武扬威，我们不怕！从今往后，你若再敢欺负我们，我们就到公安局、到法院告你去！把你一件件、一桩桩违法犯罪的丑事统统揭露出来，统统曝光，让你吃不了兜着走！"

看样子，兄弟两个曾被耿风欺负得不轻。这回，兄弟两个见我将耿风打趴在地，又要绑了送公安局治罪，非常解恨，快活极了。

耿风见我要将他绑了送公安局，吓得魂飞魄散，浑身哆嗦，害怕极了。"天禅哥……"

"谁是你天禅哥，"文德立刻大声喝道，"他是我们的天禅哥。你若再胡叫，当心我们把你给锤烂了。"说着举起拳头要打耿风。

耿风吓得立刻改了口："各位爷，饶了我吧，我再也不敢啦。我一定痛改前非，好好做人。从此以后，我再不纠缠银娣了，再不欺骗银娣了。也请银娣原谅我，饶恕我。各位爷，你们大人大量，饶了我吧，千万别把我送公安局。我有前科，曾经三进三出，不，已经进出四五次了，倘若再被送进去，恐怕我这辈子就出不来了。求求爷爷们，饶了我吧，饶了我吧。"他一边说，一边哭，一边跪在地上向我磕响头……

银娣听他说有前科，气得浑身发抖，冲耿风又哭又跺脚地骂道："你这个该天杀的无赖！流氓！酒鬼！混蛋！你太让我失望了。你有前科还一直瞒着我。今儿终于瞒不住了，怕我天禅哥将你送进公安局，自己招供了，求大家宽恕你。想得美！你给我滚，滚得远远的，我再也不想看见你了。滚！滚！滚啊！"银娣的哭喊声一声高过一声，最后的声音近乎疯狂中的歇斯底里了。

考虑到四邻八舍的影响，我心想：教训教训这个无赖也就算了，真要有事儿，还是让当地公安去管吧，我只能到此为止了。再者，我也没有时间跟他纠缠。只要姨妈安全，她老人家的身心健康不再受到伤害，我的目的也就达到了。于是我说道："耿风，我可以放你一马，饶了你，但是，从今往后你必须痛改前非，夹着尾巴做人！下次再犯在我手里，我绝不会这么便宜了你！"

耿风哭丧着脸道："我记住了。我一定痛改前非，夹着尾巴做人。谢谢老祖宗，以后再也不敢了。"

我对耿风一挥手，说："记住就好。滚！快滚！"我厌恶这种人，他最好立刻就离开这里，越快越好。

文孝、文德也一起大声呵斥："滚！滚！滚！滚得远远的！"

耿风也想赶快离开，可由于心里害怕，刚才又挨了打，两腿发软，哆哆嗦嗦站不起来，万般无奈，只得在大家的一片叫骂声中连滚带爬，爬出了大

第二篇　姨妈的眼泪

门……

第二天，我和梅琳陪姨妈去了医院。

医生说，姨妈患的是肝癌，医院早已经明确诊断。医生把姨妈的病历翻给我们看："这是老人家的病历，你们两个可以细看。眼下，医界还没有根治肝癌的办法，患者只能静养，吃些保肝的药，不让病情继续恶化和发展，争取多活些时日……"

我开始怨恨自己，怨恨自己对姨妈的健康太不关心了、太疏忽了，以致姨妈患了如此严重的肝病也一无所知。现在听医生这么说，实在不知如何是好。我辜负了姨父临终前的嘱托。眼下，我没有别的办法，我要将这个坏消息告诉妈妈。

梅琳阻止道："天禅哥，你冷静点儿。这件事非同小可，你太着急了。我觉得姨妈的坏消息不能立刻告诉伯母，伯母若是知道了，会经受不住的。如若伯母急出个好歹，你又怎么办？姨妈这里的近况，我觉得你还是先与伯母沟通沟通，之后再设法把姨妈的病情逐步告知，让伯母在思想上有一个缓冲，这样做比较稳妥。你觉得呢？"

梅琳的思虑比我周全。

姨妈住院了。

其实，姨妈对自己的病况早已清楚，只是她不愿让人知道罢了。她不想让人为她担忧、为她难过。

姨妈握住我和梅琳的手说："姨妈早想住院治疗了，可姨妈没有钱啊，姨妈连看病的挂号费都掏不出来啊，"姨妈说道这里伤心地哭了，"姨妈手里的钱都被文孝和蓝英控制住了。这样的家丑，姨妈不想让别人知道，不想让大姐知道。大姐知道了会难过的，她会吃不下饭、睡不着觉的。儿女不孝，是我的命不好，是老天对我的惩罚，姨妈能怪谁？只能怪自己。禅儿啊，说句心里话，姨妈不想死，不想这么早就死啊！姨妈想过几天平静的日子，想再见一见大姐，跟大姐说说话。我知道，大姐疼我、爱我，大姐呵护了我一辈子，大姐是我的保护神！跟大姐在一起，我最快乐了！我想念大姐啊，非常非常地想念。"梅琳掏出手绢，帮姨妈擦去挂在脸颊的泪水。

姨妈对我们郑重说道:"禅儿,我告诉你们一件事,你们一定要守口如瓶,帮姨妈保守住这个秘密。三个月前,姨妈把稻香新村两处住宅的房产证交给了无锡金鼎律师事务所,委托王律师帮助姨妈办理房产抵押。两处房产抵押了885万元人民币。我给大姐在医院附近租了一套小三居,月租金2300元,不含水、电、煤气费。另外,我还请了一位小保姆,将来专门侍候大姐,管吃管住,月工资3200元。这样,我在临死之前,就能够天天见到大姐,天天能跟大姐说说话了……禅儿,我爱大姐啊!临死之前,我一定要见大姐一面。我要大姐陪伴在我身边,跟我说说话,这样我才能够离开这个世界……禅儿、梅琳,你们两个懂吗?"

我和梅琳哭了。

可一向爱哭的姨妈却没有掉泪。她平静地对我们两个说:"傻孩子,哭什么呀!姨妈现在不是好好的吗?别哭。姨妈来医院之前,跟王律师通过电话,他一会儿就到。"姨妈从手提包里拿出一个密封好的信封交给我,说:"禅儿,你把它收好,这里面装着我的遗嘱。遗嘱已经经过法律公证,上面有我的签字和我的红手印,有无锡金鼎律师事务所的公章以及王律师的签字。我遗嘱写得很清楚,也很明白。到时候你跟王律师一起,帮姨妈处理好这些后事。禅儿,姨妈命苦,一生耕耘,颗粒无收,不堪回首!"姨妈说到最后还是哭了,泣不成声。

我眼含着泪水答应了姨妈的请求。

梅琳扶姨妈在病床上躺下,护士小姐过来给姨妈量血压、测体温。这时候已经是上午十点半钟了,却仍不见文孝、蓝英、文德、玉珠以及银娣他们几个,我通知他们的电话算是白打了。

十点三刻,金鼎律师事务所的王律师来了。他带来了3万元现金、一张工商银行的活期存折和一张可去银行随时提取现金的金卡。此外,他还把抵押房产的协议文本和姨妈租赁小三居的协议书统统交给了姨妈,姨妈让我代她一一查收。

王律师问:"老人家,您还有什么事情需要我帮着办的?尽管说,我会尽力去办。"

第二篇　姨妈的眼泪

"王律师，太让你受累了，你辛苦了，我谢谢你。"姨妈说。

"不用客气。老人家，您不要这么客气。有事儿您尽管招呼，我一定随叫随到。"王律师微笑说。

"谢谢。我外甥来了，他能当我的拐杖。"姨妈微笑道，接着她把我介绍给了王律师。

"王律师，我已经把遗嘱交给了禅儿。我走之后，拜托王律师和禅儿一起，帮我把后事了了，"姨妈向王律师虔诚地恭恭手道，"我这里先谢过王律师。"

王律师忙道："老人家不用客气，您老千万不要太悲伤，不要尽往坏处想。您的病况医生都对我说了，您老要乐观些，争取多活几年。"

姨妈含泪微笑道："谢谢你的安慰。"

王律师谦和地微笑道："那我走了，有事给我打电话。"

姨妈点点头："天禅、梅琳，你们两个代我送送王律师。"

我和梅琳送王律师到医院门口。分别时，王律师语气凝重地对我说："郑天禅先生，我告诉你，你姨妈是在无路可走、万般无奈的情况下，才委托律师事务所帮她把稻香新村两处房产抵押出去的。律师事务所经过一番仔细而认真的调查、研究和讨论之后，才决定破例帮了这个忙。所以，有关房产抵押一事，你们两个知晓之后，绝不能跟你的表弟、表妹以及他们的家属提起，否则你姨妈就活不成了。还有，这3万元现金、活期存折和金卡，千万要保存好，不可出丁点儿差错，记住我的话。有事请给我打电话，无论什么时候，我随叫随到。照顾好老人家。再见。"

半年后的一天上午，妈妈从无锡打来急电，告诉了我姨妈去世的消息。我和梅琳急匆匆搭乘当天下午的飞机赶到了无锡。在医院病房里，我与姨妈见了最后一面。姨妈眼角挂着泪痕，但她的眼睛已经永远闭上了。

妈妈显得更加苍老了，她握住姨妈的一只小手，呆呆地坐在了她的身旁，默默地流着泪……

可怜的姨妈，离我们去了，去到一个没有烦恼的地方了……

姨妈走了。

按照家乡的规矩，从姨妈去世那天起，殡丧期间，文孝、文德、银娣、蓝英和玉珠都应该在姨妈的灵堂守灵,恪尽做儿女的最后一片孝心。可他们中竟没有一个进灵堂为姨妈守灵的,真叫人心寒!姨妈的这几个儿女算是白养了。

听妈妈和王律师讲,姨妈住院期间,他们五个曾经相约来过医院一次,以探视姨妈的病体为由,演了一幕让人看着都十分心酸的闹剧。

为了治病,姨妈自掏腰包,支付给医院好几百万元的高额医药费。这一大笔开销让他们知道了,他们全都惊呆了。他们不清楚这一大笔钱姨妈从哪里弄来的。他们心中画了一个大大的问号。他们知道,这许多钱肯定不是我妈出的,因为年前我爸一场大病,已经花去了很多钱,眼下正是钱紧的时候。他们苦思冥想后一致认定,这笔巨款肯定是姨父亲留给姨妈的,姨妈怕儿女们知道,私下里把钱秘密地隐藏了起来。可姨父给姨妈留了多少钱谁也不知道,成了一个"谜"。为了破解这个"谜",他们五个串通一气,以探望姨妈病体为由,到医院对姨妈进行了轮番轰炸、轮番逼问,要姨妈说出真相……

"妈,您这一次住院,自掏腰包,支付了好几百万元的高额医药费,这一大笔钱,您是从哪里弄来的啊?能不能把实情告诉我们。只要您老不负债,我们做儿女的,心里也就踏实了。妈,您说对不?"文孝到医院,见了母亲,既不问寒也不问暖,单刀直入,急火火杀向了"主题"——要老母亲如实说出巨额款项的数目和来源。

"是啊!妈,这么一大笔钱,你是从哪里挪来的呀?现在你手里还有多少钱啊?能不能告诉一声,让我们心里也好有个底。"蓝英说话更加不含糊。见老太太不说话,她急了:"妈,你说话呀!万一你有个三长两短,我们可怎么办?不就惨啦!"蓝英见老太太还是不说话,骂道:"死老太婆,你就犯傻吧,真叫人恨!"

"蓝英说的是。妈,你这样躺在医院里,万一有个好歹,我们可怎么办?"文德说。

玉珠急了,她把文德往旁边一推,红着脸说:"你这个人总是这样,说话支支吾吾的,不把话说透,把话说透了有什么不好。妈,你也别怪罪我们,你都快要死的人了,死了死了,一死百了。其实,何止百了,一死全了,全

第二篇　姨妈的眼泪

了了呀！都快要死的人了，你还霸着这许多人民币干什么呀？不如把钱给我们大家分了。大家分了钱，也好高兴高兴、乐呵乐呵，你也好积点儿阴德。老太婆，我问你，你死了，准备给我们每人留多少钱？"玉珠扭了一下腰，将脸一绷，煞有介事地说："告诉你啊老太婆，要是钱留少了，我可不答应，你那个大儿媳妇就更不答应喽！她可是个填不满的无底洞，给多少钱，她都能够给花光了。你是知道的，她与你大儿子文孝结婚前签订过协议，她可是个能享乐的人哟！若是让她恨上了你，你老太婆就惨喽。你死了，你的尸体还没运到火葬场呢，就被她张开的血盆大嘴吃了个精光！那时候你尸骨全无，怎么投胎啊？老太婆，你死了，该着我们享福。如果你的钱留少了，我们享什么福呀……"

玉珠的话还没有说完，蓝英一旁听了就不乐意了，撇嘴说道："你红口白牙缺德去吧，我才不吃死老太婆的肉呢。你个狐狸精，你才吃人肉呢，尤其死人肉，你最喜欢。老太婆死了，有钱大家分，我才不会像你那样拔尖呢！"

"别是嘴上说得好听，到时候，你还顾得了脸面？别忘了，你还欠我15000元呢。老太婆死了分钱的时候，我得多分15000元。"玉珠斜瞥了蓝英一眼说道。

"去！去！去！妈死了，留下的钱是我们三个人的，没有你们两个的份儿。你们两个乌鸦嘴，在这儿瞎掺和什么呀，"银娣说着说着哭了，"妈呀！您死了，我可怎么办啊？您行行好，您死后能不能多给我留点儿钱。我可还要找男人呢，要是没有钱，哪个男人肯要我啊，妈！"银娣哭声不止。

"活该！"玉珠低声解恨道。

"谁活该？你把话说清楚！"银娣听见了，反过身恶狠狠问道。

"我说你呢，怎样啦？别以为我怕你，我才不怕你呢。"玉珠眼珠子一瞪，话从口中横着出来了。

银娣跳起脚尖骂道："你以为你是什么好货色！也不撒泡尿照照，说不定跟多少个野汉子上床睡过觉了，还吹呢！我不说也就是了，说了让人脸红……文德，你是我弟，回家好好管管你的媳妇！"

"玉珠，别吵啦！你看，妈妈连一句话都不说……"文德很不高兴，一脸的愁态与无奈。

玉珠好像意识到了什么，马上蹲下身子，推攘着躺在病床上的姨妈，着急道："妈！您别光淌眼泪不说话啊，妈呀！你说话呀！说话呀……"

他们哪知道，此时此刻，姨妈的心犹如刀绞，在汩汩地淌血啊！

面对这么一群不孝儿女，病危的姨妈还能说什么呢？她只能闭上眼睛不说话……

姨妈的遗体在灵堂里静静地躺着。

灵堂门外，文孝、蓝英、文德、玉珠和银娣五个，团团围住了我和王律师，不停地问这问那。

"老太太死了，留下多少钱？"

"家中遗产怎么分？现金怎么分？一人分多少？"

"老太太有没有遗嘱？遗嘱在哪里？能不能拿出来让我们看个明白……"

他们你一句，我一句，喋喋不休，没完没了。

我生气地告诉他们："送走了姨妈，王律师会当众宣读姨妈的遗嘱。到时候，你们按遗嘱办就是了。"

他们不吭声了。

这时候，蓝英抖了个机灵，媚笑道："天禅哥，中午我们请客，请大姨妈、王律师、天禅哥和梅琳姐吃饭，赏我一个脸吧。"

我冷笑了一声，说道："这样的饭不吃也罢，若是吃了，吃坏了肠子可怎么办？"蓝英听了，把脸拉得老长，非常不高兴。我回过头，对王律师笑道："王律师，你帮我姨妈忙前忙后，十分辛苦，中午我请你，一杯薄酒，不成敬意，能否赏光？"

王律师没有说话，笑了点点头。梅琳搀扶我妈，也没有搭理他们，跟在我和王律师的后面一起走了。

将姨妈的遗体火化安葬好了之后，我们回到了稻香新村。进了院里，看见王律师和几个年轻人正在闲聊天。我走上前去跟他打招呼，顺便问了问几个年轻人的来意，王律师告诉我：他们是来接收房产的。姨妈生前已将房产全部抵押给了银行，姨妈去世了，接收单位派人前来接收，属情理之中……

第二篇　姨妈的眼泪

我把姨妈的遗嘱交给了王律师，王律师接过遗嘱，和我一起走进姨妈家的客厅。此时，表弟、表妹他们五个，早已经在客厅焦急地等候多时了。

王律师当着他们的面，拆开装有遗嘱的信封，抽出信纸，说道："这是老人家生前亲笔写下的遗嘱，一式两份。遗嘱已经经过法律公证，上面有她老人家的亲笔签字和红手印，有金鼎律师事务所的公章和该所律师的签字。我手中的这份遗嘱，宣读过后交给老人的儿女们副本留在律师事务所存档。"

文孝、文德和银娣他们三个急不可耐，大声道："快读，我妈妈遗嘱是怎么写的？快读给我们听听。"

王律师答应道："好的，我这就宣读王美琴的遗嘱。"

遗嘱

文孝、文德、银娣：

儿子、女儿，当你们见到遗嘱的时候，妈妈已经走了，已经永远地离开了你们，离开了这个世界。

孩子，妈妈的一生都在疼着你们，爱着你们。即使为了钱，你们虐待妈妈，妈妈虽有怨恨，而且生气，但是，妈妈还是爱你们、疼你们的，不忍心责罚你们。妈妈一次又一次地原谅你们，那是因为你们是妈妈身上掉下来的肉，是妈妈的亲骨肉啊！疼爱你们，是妈妈一生的心愿；疼爱你们，是妈妈不可推卸的责任。妈妈的付出，不是为了求得你们的回报，而是为了你们的成长。当你们长大成人，比父母更有才华、更有出息，生活得更好、更加阳光时，那才是妈妈的骄傲。然而，妈妈对你们的付出和疼爱却换来了永远的遗憾。妈妈的希望破灭了，落空了。妈妈呕心沥血地培养你们，苦口婆心地规劝你们，让你们好好读书，为的是让你们将来能走正路，不走歪门邪道。可是，你们总也不听妈妈的话，不学好，不走正路，专走歪门邪道！最后，你们竟然变成了只认金钱、不认亲人的小人了啊！孩子，做人不能只认金钱、不认人啊！

半年前，妈妈已经知道自己病入膏肓，将不久于人世……尽管妈妈知道自己的生命将至终点，可是，妈妈心里依旧割舍不下你们这几个不听话、不

情／殇

学好又不求上进的孩子……

当然,妈妈还有一件未了的心愿。那就是妈妈想和你们的大姨妈再见上一面,姐妹两个在一起,好好说说话。妈妈已经很长时间没有见到你们的大姨妈了,我非常非常想念她啊!

因此,妈妈不想这么快就死,妈妈想再活些日子,过几天平静的日子。孩子,你们能理解吗?你们看!人世间的阳光该有多美啊!即使片刻,那也值得活着的人们去留恋啊!妈妈是人,也有强烈的求生欲望,为了生命的延续,妈妈想治病,想吃药。我必须鼓起勇气与死神拼搏!

妈妈想活呀!不想这么快就死!妈妈想活的目的,就是想多看你们一眼,另外也想和大姐再见一面,想和大姐说一会儿话,聊一会儿天……妈妈想啊!想让自己的生命再延长一年半载,之后再去见你们的爸爸,跟他永远在一起,再不分离。

妈妈总在想,根据现代医学的先进水平,一定能够办得到。

可是,孩子,妈妈想得再好,却没有钱啊!家里的钱都被你们掏空了。妈妈虽然有医保,每月还有4500元人民币的退休养老金,可妈妈的这些钱都被你们控制住了!妈妈一分钱都拿不到哇。妈妈想去医院看病,可妈妈去医院看病的挂号费都掏不出来啊!孩子,你们对待妈妈太残忍啦,太不应该啦!

妈妈为了治病,为了生命的一息延续,迫于无奈,妈妈在金鼎律师事务所王律师的帮助下,把稻香新村的两处房产,以885万元人民币抵押给了银行。这是妈妈的房产,妈妈有权做主。

即使走到了这一步,孩子,妈妈对你们依然没有绝情!你们是妈妈的孩子,妈妈给你们每人留了5万元,你们可以用这5万元人民币去租房,重新安家。

原谅妈妈吧。别怪罪妈妈没有把房产留给你们。

孩子,妈妈走了,要去见你们的爸爸了。

妈妈再也不能疼爱你们了……

原谅妈妈吧。

妈妈王美琴

×年×月×日

第二篇　姨妈的眼泪

王律师宣读完了遗嘱，再瞧文孝、文德、银娣、蓝英和玉珠他们五个，都已经瘫软在椅子上了。过了好一阵子，他们才回过神来，叫喊着妈妈，哇哇地哭了起来。

这时候，在楼外院中聊天的那几个年轻人，听见哭声，便走了进来。

"谁叫王文孝？"领头的小伙子问。

"什么事？"文孝流着眼泪应了一声。

"请把你自己的东西归整归整，搬到一间小屋。我们准备贴封条了。五天之内，你们必须全部搬出。"小伙子说道。

而后，小伙子又冲文德说道："这么说，你肯定就是王文德喽。"

文德一惊："是啊！有我什么事？"

小伙子说："有啊！当然有！请赶快回稻香新村G座210号，我们的人在你家中正等着你呢。"

文德急道："不经我的允许，你们怎么可以私自闯进我的家！"

小伙子不紧不慢地说："急什么，房子是我们的。原来的房主是你妈，而不是你，门钥匙是你妈给的……放心好了，你们的人不在家，我们不会动你家中任何东西。我们替公家办事，这点儿法律知识还是有的。你快回去吧。"

文德发狠道："我就不回去，看你们敢怎样！"

"想跟我们犯狠，你还嫩了点儿，"小伙子不但不急，反而笑道，"你要赖不回去，这好办。今天我已经正式通知你了，五天之内你若不回去，我们会依法把你家中比较值钱的东西当街拍卖。不值钱的，我们便按垃圾废品处理。"

文德听了，立即改口道："别别别！我这就回去，这就回去……"

梅琳叫来一辆出租车，停在了楼外。我们和王律师握手告别。当我们坐上出租车离开稻香新村的时候，我仿佛看见姨妈倚立在楼门口，流着眼泪，向我们挥手……

第三篇
信仰危机

郑天禅正在阅读一篇题为《共产党员不信仰宗教，更有利于宗教发展》的署名文章。忽然传来手机嘟嘟的呼叫声。

手机屏上显示崔圆圆发来的短信："家中出事了！快来！速来！"显然，崔圆圆急等他去……

郑天禅见了短信，非常吃惊，心想：她家出什么事了？即刻回拨了一个电话，想问个究竟。可电话打不进去——崔圆圆家不设座机，手机忙音。郑天禅十分不安，拿起笔给出外办事未归的梅琳留了一张字条，自己匆匆驾车，去了崔圆圆家。

崔圆圆是郑天禅的老同学，她是一位美丽女子，性情豪爽，风姿绰约，办事泼辣，且讲义气、重情谊，敢为朋友两肋插刀，深得朋友们的信任和赞誉。然而，她又是一个酷爱金钱、颇具心计的现代女子，绝对不能小觑！

这几日，王子太的变故让她心中十分懊恼、十分悔恨，不由得思念郑天禅，想见郑天禅。然而，郑天禅是个大忙人，想见他，总得有个确当的理由，或者借口！思考了好一阵子，她决定甩出金钩钓大鱼，今天豁出去了，要拿老公开刀，用丈夫做文章，给郑天禅出难题，看他如何接招，最终目的则是要捉拿郑天禅！她发出短信后，立刻把手机拨到了忙音，而后端坐客厅，等着郑天禅上钩。她断定，郑天禅接到短信，一定会来。她心中已经盘算好了，只要郑天禅来，就立刻抓住他，不轻易放过他！跟他算总账，好好地难为难为他,狠狠地整一整他,出一出心中这口恶气,方能解恨!

其实,世上的女子都是一个样,她们如果心中愤恨着一个仍然爱着的男人,在还没有见面的时候,那个恨啊,恨得咬牙切齿!可一旦见了面,她们的心就软下来了,恨不起来了。崔圆圆就是这样的。此刻,郑天禅的身影刚刚出现在客厅门口,崔圆圆心里的恨便一股脑儿全飞了。也顾不得体面,她张开双臂,红着眼圈,扑向了郑天禅,将他紧紧抱住,痛哭起来。这时候她才知道,她对郑天禅的爱是多么的刻骨铭心,她多么地思念他啊!她对他根本恨不起来!

崔圆圆的冲动,把郑天禅吓一跳。他以为崔圆圆家真的出事了呢,可瞧她屋里的状况和动静,又不像。郑天禅心里没了底。他抚摩着崔圆圆的满头乌发,微笑道:"别哭啊,哭得我心里怪难受的。告诉我,家里到底发生了什么事,竟让我们的俏美人如此伤心?"

崔圆圆听郑天禅如此说,不哭了。她松开双臂,噙着眼泪,瞧着郑天禅说:"你油腔滑调,心口不一,尽拣好听的说。如若我在你眼里真是个美人儿,那当年你就不会那样待我,"崔圆圆又哭了起来,边哭边说,"我承认,当年是我在逼迫你,让你为难。可那个时候,我也没有别的办法啊!你不知道,王子太背地里总在纠缠我,我快顶不住了呀!那时候,碍着颜面,我脸皮又嫩,不能明着说。到最后,反倒是王子太说了一个明白:他说你已经放弃我了,不爱我了,你爱上了梅琳……我成了你们情场角逐的牺牲品,你把我当成了人情和礼品送人了……我被骗了,我被我所爱的人骗了,我被人抛弃了……

"可你什么时候认识的梅琳?你们两个又什么时候相爱的?我怎么一点儿都不知道?事态发展得如此之快,我还被蒙在鼓里……

"我好恨啊!我恨我自己为什么会糊里糊涂地中了王子太的阴谋诡计,以致铸成了大错,付出了惨痛代价!我好后悔啊!现在,木已成舟,只能自认倒霉,谁让咱命不好的呢。但是,话又要说回来,这一连串的事儿,都与你郑天禅有关,它连着你的皮,牵着你的筋,你想赖是赖不掉的。然而,即使是这样,我也从没有怪罪过你。可现如今,他王子太要做太监了,你说这事儿该怎么办?你是继续成全他呢?还是你我重温旧梦?"

第三篇 信仰危机

郑天禅听崔圆圆说"王子太要做太监",大惊失色,忙问:"会有这种事儿?你们两个怎么了?"

"笑话,你问我我问谁去?难道楼上的木鱼声你没听见?"崔圆圆朝楼上一指,说道。

郑天禅这才恍然大悟,笑道:"进了你家的门,我就听见了。我就心想啊,这木鱼声和'阿弥陀佛'的诵经声,肯定是王子太的杰作,除了他别人做不出来。这小子,一准是受了老婆的气,没处撒,犯神经了!"

为了帮助王子太圆场,缓和一下他们家庭的矛盾,郑天禅使劲地糟改了王子太几句。谁知崔圆圆不爱听,反倒更加生气了:"怎么又扯上了我?我怎么给他气受了?从你嘴里,我怎么就听不到一句好话呢?真活见鬼了!"

"别打岔,听我说,"郑天禅看情况不对,赶紧把话往回圆,"自打我踏进你家的家门,我就听到这'嘓嘓'的木鱼声和'阿弥陀佛'的诵经声了。当时我就心想:王子太一准又受老婆气了!万般无奈,只好一个人躲在屋里敲木鱼——拿着木鱼杀法子!我边走边想,边想边走。可我越想越觉得不对劲儿,越想越搞不明白了!王子太既然爱他的老婆,可为什么又怕老婆呢?他们夫妻有什么问题不能解决的呢?这倒是个'谜'……我这么想着,不经意地继续向前走着,没想到刚刚一步跨进客厅,便有一条黑影张开双臂向我猛扑过来,将我紧紧抱住,着实把我吓了一跳。吓得我心脏怦怦乱跳,跳得好猛好猛啊!我赶紧闭上眼睛,心想:这下完了!这下真的完了!崔圆圆家里出了妖怪了!妖怪好厉害啊,我的小命今天要葬送在这里了!可凄凄戚戚的哭声又让我好奇地睁开了眼睛,心中又想:哪来的哭声啊?哭得那么委屈,那么伤心,让人听了,心里怪难受的。我仔细一看,原来是王子太的夫人崔圆圆啊,她紧紧地抱住了我在哭呢。呀,我的心又一次疼了起来,好疼啊!我以为崔圆圆家出了什么大事了。否则她怎么会这样抱住我伤心地哭泣呢?可当崔圆圆说出了哭泣的缘由之后,我这才恍然大悟,原来王子太想当太监,不想做男人了……所以,崔圆圆——她不乐意……"郑天禅的话说道这里戛然而止。

崔圆圆生气道:"说呀!接着说,继续编!怎么不说了?你骂我是妖怪这世上最坏的是男人，男人中最坏的是郑天禅！今天我才知道，郑天禅，你好坏啊，简直坏透了！还笑呢，你看我干吗？一脸的坏样儿。王子太是你的铁哥们，好兄弟！现在他吃住在书房，从早到晚，木鱼敲个不停，张嘴闭嘴念一声'阿弥陀佛'——这一句'阿弥陀佛'，还是他花钱逍遥快活了一夜之后，从狐狸精那儿买（学）来的，别的他什么都不会。也真够难为他的，他只会念这么一句，念的时间长了，闭上眼睛睡着了，嘴里依旧念着'阿弥陀佛'……

"郑天禅，你用手捂住心口，凭良心说，像他这样的，家里人闹不闹心？烦不烦？可你去问他时，他却对你说：他不烦。从今往后，他要远离红尘，要割舍一切私心杂念，一心向佛，不久他就要脱胎换骨，修成正果，羽化成仙了……

"他睁着两眼胡说八道，全是鬼话、屁话！谁信？可他说他能，绝对能！叫我别阻拦他，别坏了他的终身大事……你说，他又哪来的终身大事？他倒是毁了我的终身大事……

"他在外边一夜未归，与尼姑鬼混，以为我不知道？我只是懒得理他，他却反以为我好糊弄，来劲了还，真是岂有此理……

"他的心早已经被那狐狸精迷住了。一夜未归还只是刚刚开了个头，以后指不定还会怎样呢……不说了，气死我了。"

说是不说了，没多久崔圆圆又忍不住说道："他疯了，真的疯了。看样子，这一回，王子太是铁了心了，跟定狐狸精了，要出家做和尚了……哈哈，哈哈！我不会便宜了他。有什么了不得的，他以为他这样做就可以拿住我，白日做梦！想得美！不过，这样也好，这样也好啊！郑天禅，你就等着瞧好戏吧。我不会便宜了他，我不会守活寡，他做和尚我嫁汉，咱也风流场上走一趟，过一回神仙快活的好日子……"

"圆圆，你说的是哪路话啊？让人听了怪不舒服的，也不怕人笑话。"

"笑话？当今社会，谁笑话谁呀？你不瞧瞧，现在哪个行业没有潜规则？那些个美人儿，那些个漂亮妞儿，为了当明星，哪个不是脱光了衣服，光着屁股拼了命地往导演床上挤呀？还有些个美人儿，为了成名，不要脸地搂着洋人睡觉，跟着洋人鬼混……唉，不管怎么说，一夜风流，摇身一变，成了大明星，还是值得的，让人瞧着眼热。让人更加肉麻的，是他们之间的那些称谓，什么干爹、干妈、干哥哥、干姐姐、干妹妹，叫得可亲啦！叫得那个巧妙，那个不伦不类，谁又笑话了？你说，谁又笑话了？"

"圆圆，你别激动。那些个明星不值得你正眼看，说白了，他们都是些没有灵魂、没有德行的行尸走肉，分文不值，让人瞧不起。有些人只不过跟着吹捧，他们是迷惘，是无知，不值得羡慕，你千万别学。他们没一个正经人，没一个好的。"

崔圆圆噘起嘴巴，生气道："我不管，你说他们分文不值，没一个正经的、没一个好的，可为什么好些人如苍蝇见了屎似的拼命往里扎啊！可见，他们还是有臭可闻、有利可图啊！我不学他们，难道要我去学王子太？那还不让人笑掉大牙啊！像他这样的薄情寡义之人，对我已经没有吸引力了。我很现实，我是个地地道道的现实主义者。王子太对我不仁，我就对他不义，这就是我的哲学。"

郑天禅笑了："说话赌气不好。圆圆，不是我护着王子太，按道理，论规则，他做和尚，你就应该去当尼姑。和尚与尼姑，那才是郎才女貌、一对绝配呢！这样的故事能千古不朽，走俏戏剧界、影视界。有朝一日，你们夫妻两个在影视银幕相拥亮相，就能一举成名、轰动全天下了！不比那些个大明星强百倍。"

崔圆圆听后非常生气，使劲瞪了郑天禅一眼："人家跟你说正经的，你却在捉弄人，拿我寻开心！"

"谁让你跟我死较劲的呢？我怎么说怎么劝，你都不听，连好话坏话都分不清。气得我啊，不拿你消遣拿谁消遣啊？"

"你就会欺负我。"崔圆圆生气道。

郑天禅在沙发上坐定，笑道："我才不会呢。刚才你对我说王子太要做太监了，这会儿你又说王子太铁了心跟定狐狸精、要做和尚了。崔圆圆，你可把我给搞糊涂了，王子太到底是想做太监呢，还是想当和尚啊？老同学，这可不能搞错啊！太监与和尚不是一家人，他们不一样，差别大着呢！他们之间不等同，知道吗？"

"什么一样不一样、等同不等同的，反正他们都不能跟女人结婚。"

"那倒不一定……"

崔圆圆接过郑天禅的话说道："不用你说，我知道。说句粗话，你屁股一撅，我就知道你想拉什么屎、放什么屁。"崔圆圆笑了："你不就是想说，和尚急了能找女人私通，太监就不能了，是不是？告诉你，私通也犯法。你们男人哪，急了的时候，什么事都干得出来……"

"说着说着，你又说歪了。现在寺庙里的尼姑与和尚，远非你想象的那样……他们不犯法，他们有的是办法。刚才你紧紧抱住了我大哭，说王子太要做太监了，你这句话着实把我吓了一跳，我以为王子太因为你，一时想不开要自残呢！"

"说来说去，你又扯上我了，真邪门。你嘴里怎么句句都是我的不是呢？真是岂有此理！"崔圆圆生气道，"放心吧，王子太决不会因为我而自残，不会的，绝对不会。第一，他没有那个勇气；第二，他不傻。王家祖宗留给他的宝贝，是他的命根子，是传家宝，他舍不得丢的。无论你给他多少钱，他都不会把他那宝贝割舍掉的。他呀，舍不得的！"崔圆圆不好意地笑了。

"嗯，那倒是。不但他舍不得，你也舍不得的啊！"郑天禅笑了。

"要死哩！你坏透了！今天你净拿我开心了！不怕我讹上你啊？"崔圆圆假装生气，又忍不住笑道，"他的宝贝关我屁事，我有什么舍不得的。再说，他这家都不要了，老婆都不要了，要那宝贝有什么用？我不稀罕！趁着年轻，不如早点儿散伙，各奔前程！我也好另外嫁一个好男人。"

"疯话！你这么厉害，嫁谁呀？谁又敢娶你啊？"郑天禅说。

"嫁给你呀！别人我不嫁，我就嫁给你。你敢不敢娶我？嫁给了你，我就不厉害啦！我保证侍候你一辈子，又体贴又温顺，不会有半句怨言。"崔圆圆说道这里动情了，两眼泪汪汪望着郑天禅，"当初你把我当人情送给了王子太，我并没有怪罪你。可你情债难逃，你的债，我都一笔笔记着呢。现在，你欠的债，也该还了……这时候，我若厚了脸皮回到你身边，你不会不收留我吧？不会狠心又把我推了出去吧？"崔圆圆哭了，往事又一次勾出了她的伤心泪。

"对不起，圆圆，玩笑开得太大了。"郑天禅话赶话说顺了嘴，无意中把话说过了头，崔圆圆认起真来了。他站起身走到崔圆圆跟前，把她紧紧搂在了胸前，安慰道："圆圆，千万不要胡思乱想。我了解王子太，他非常非常爱你。他不可能离开你。不可能的，绝对不可能的。我敢向你保证。"

崔圆圆依偎在郑天禅胸前，像只小羔羊似的抽泣道："不可能又怎样？你的保证能够温暖我的心吗？若是能够，我就跟了你。"

郑天禅瞧着崔圆圆笑了："圆圆，你绕来绕去，这是哪儿跟哪儿呀？咱俩刚才说的是王子太，你怎么拐了弯了、偏了题了呢？咱俩还是说说你跟王子太的事儿吧，他到底怎么了？有什么了不得的矛盾或者误会解决不了，我帮你，好不好？"郑天禅脸露难色，想躲开崔圆圆的话茬，回到原来的话题。

崔圆圆心说：我本就是故意这么说的，怎么可能让你几句话就纠了偏呢，绝不可能的啊……没错，我是嫁给了王子太，那也是你给造成的呀！是你把我当成礼品送给了你的铁哥们王子太的呀！可我心中只有你！郑天禅呀郑天禅，你能不能老老实实告诉我，你心中如今到底还有没有我？如果你依旧爱着我，我就放过你……如果你支支吾吾，休怪我缠住了你不放！

崔圆圆不哭了，眼含着泪水，笑眯眯望着郑天禅："题偏了，就偏着说。今天我不逼你，只要你真心对我好，说错了我也不怪你……我想知道，现如今，你心里到底还有没有我？我想过多少次了，哪天能够抓住你，仔细地问上一问：你到底还爱不爱我？你若能亲口对我说'圆圆我爱你'，我就心满意足了……是啊！五个字，一句话，就能够温暖一个女人的心……今儿个天赐良机，因为王子太，我抓住了你。现在，客厅里只有你和我，再没有别人了。你说的话，只有我知道，旁人不可能知道。"

当然，崔圆圆心里清楚，梅琳肯定知道，她不但会听到，而且会看到。可听到了、看到了，又怎样？我正想让梅琳听到、看到呢！我要让梅琳知道，郑天禅爱的不止是她一个人，他心中还深藏着一个呢！他深爱着她！她就是我——崔圆圆……

郑天禅也在反思：圆圆这么想、这样做，并没有错，也算不了荒唐。有错的是我……可我也没有全错……当初我若答应了她,今天或许就不会有这样的故事,可之后的事儿就很难说了!梅琳会怎样?

这时候的郑天禅心里乱了套。他觉得爱情是个折磨人的怪物,男人一旦落入情网,休想逃脱。本以为崔圆圆早已经把这段情缘忘掉了,谁料想,她不但没忘,反而张开了大网,在耐心地等待着自己自投罗网……现在她抓住自己了,肯定不会轻易放过……这都是王子太惹下的祸……怎么办?怎么办?这……这……

郑天禅心想:说实话,我心里一直爱着崔圆圆。我的难处,她知道。可是,为什么,今天她非要我当了她的面再次表白?什么意思?一个男人在心爱的女人面前表白一次、两次、十次、八次,并非难事。可那是轻浮!不严肃!不庄重!对女性也是一种侮辱!为了稳定圆圆的情绪,我准备把心里对她的爱和盘托出,尽管我是在她的逼迫之下才说出来的……女人是需要男人安抚的,需要男人去哄的。一句贴心的悄悄话,能让女人转悲为喜……尽管这也是一种表白,还是太过轻浮,可女人最爱听……别再自相矛盾地瞎想啦!只要不让梅琳听见,我对崔圆圆真实而又亲昵地表白一番,又有什么关系呢?道一声'圆圆,我爱你',而后吻一吻她,也不为过!即使被梅琳真的看见了,她也会原谅的!现在,客厅里只有我和圆圆两个人,没有别人。我的浪漫、我的表白,只有圆圆知道,旁人不会知道。

崔圆圆两只水汪汪的眼睛盯着郑天禅,温柔地鼓励着对方:"说呀,快说呀!我知道,你顾忌梅琳姐,怕她知道,是不是?可你若不说,我不会放过你。天禅,我就爱听你对我说:'圆圆,我爱你!'快说呀!客厅里没有别人,只有你和我,梅琳不会知道的。"崔圆圆紧紧相逼。

可崔圆圆的话音刚落,梅琳便笑嘻嘻地从厅外面走了进来。

梅琳的出现,让客厅里的气氛立刻紧张起来。反应最强烈的当然是郑天禅。他非常吃惊,心想:这当口,她怎么来了?时间那么巧?她不会听到了什么吧?天哪,全乱套了。临出门的时候,我不该给她留字条,现在……

梅琳瞥了郑天禅一眼,笑着说:"圆圆,你忘记了隔墙有耳!俗话说,若要人不知,除非己莫为。不过,我来的时间也够巧的,你们两个的戏,我从头至尾全都观看了，一点儿没落下；你们两个说的话，我也全都听见了，就差录音了。这样的巧事儿能被我碰到，实属不易，太难得了，也太珍贵了！圆圆，你说是不是？"

一向心高气傲的郑天禅惊呆了，心想：这下子，梅琳抓了自己的现行，接下来，她的文章可就有得做了。现在，我必须以静制动，以不变应万变，不能随便说话。刚才梅琳见我对圆圆那么亲热，之后又听到圆圆对我说了那么多的绵绵情话，不可能不吃醋。她一定会跟我算账，即使不在这儿与我计较，回到家里，她也不会善罢甘休。不过，大丈夫做事敢做敢当，对待自己的妻子，谦让一些也就是了……

梅琳这边继续说道："崔圆圆，你刚才说的'客厅里没有别人'，这'别人'不就是我吗？我碍着你们的事了？不会吧？凭记忆，我好像从没有阻碍过你们两个的任何亲热啊！"

"好了，梅琳姐，别说得那么难听。我知道你大量，即便是装出来的，也像真的似的。不过，我也从没有说过你梅琳姐半句坏话呀……其实我知道你早来了，为什么不进来呢？为什么要躲在客厅外边偷听呢？是不是想抓我与天禅的现行啊？"崔圆圆话中带刺儿，反应强烈，她这是以攻为守。

崔圆圆话锋一转，一招见效，逼迫梅琳赶忙解释。

"圆圆，你想多了。我梅琳是这样的人吗？"

"我想也是，咱们梅琳姐绝不会干出这等事儿来的，"崔圆圆以一种不经意的方式将身体微微侧转，抬起右臂，悄悄擦去了饱含在眼中的泪水。而后又慢慢转过身来，对梅琳笑着说，"刚才我还以为你会沉住气，继续偷听下去呢。没想到，你憋不住了，提前冒了出来。你担心郑天禅一旦真的爱上了我，会抛弃你娶了我。"

听圆圆如此说，梅琳心里很不高兴，但她还是原谅了圆圆。

其实，梅琳到圆圆家相比郑天禅只稍稍迟了一步，时间相差不多。她不但听到了，而且还看到了客厅里发生的故事：崔圆圆紧紧抱住郑天禅在哭，哭得那么伤心，那么动情……

自然，梅琳心里也早有准备，她认为这样的事迟早会发生，挡是挡不住的……今天她看见了,若在昨天、在前天,她不曾看见的呢?难道就不存在了?她能够闭了眼说"一切都没有发生过?"不能够吧?男人是属猫的,猫见了鱼总想着伸爪子,这是猫的本能,也是猫的天性……女人呢——但凡做妻子的女人啊,只能想开些了……

梅琳的心胸比较豁达,为了不影响他们两个的亲昵与缠绵,当即闪在了门外,没有移步客厅。可梅琳的这个举动,偏偏被崔圆圆的一双泪眼看见了……

梅琳说:"圆圆,你是不是太霸道了?一个女人气量再大,也不可能眼睁睁地看着自己的丈夫被别的女人抱了去啊!"梅琳扫了一眼郑天禅,见他满脸绯红,笑了:"除非……"话戛然而止,不再往下说了。

羞红了脸、坐在一旁的郑天禅心想:这回梅琳原谅崔圆圆了。他知道,相对而言,梅琳的胸怀比崔圆圆大,也比较豁达。可下回再遇到同样的事儿时,梅琳待圆圆还会这样好吗?这就很难说了。梅琳不可能回回容她、回回原谅她。普天之下,女人的嫉妒心比男人毒百倍!他知道,这两个女人的心结因他而起,他是祸根,可他无法阻止,也无法消除。他只能寄希望于她们间的友谊能够常存,亲如姐妹,永不反目,不让他成为万劫不复的罪人。

崔圆圆这边追问道:"除非怎样?你笑什么?说呀,怎么不说了?"

梅琳笑道:"急什么,不要着急。你只要让郑天禅当了我的面说一声'圆圆我爱你',我便立刻走人,把郑天禅留给你。我知道,你们两个曾经相爱过,且爱得很深很深,若不是我的出现,你们两个可能早已经结婚了。

"但是,我必须严正声明:我的出现,绝非第三者插足……我与郑天禅相爱,虽然有点儿浪漫,有点儿离奇,却在情理之中。

"那是一个初夏,一个离奇的偶然相遇,或许这就是缘分。我俩在思念湖畔,一棵满有阴凉的柳树下相遇。他的帅气,让我两眼放光,心中赞叹:好漂亮、好帅气的白马王子啊!刹那间,我被他迷住了。我不由自主地、目不转睛地凝视着他,我的魂魄被他勾了去了。我当时只恨与他相见太晚了,心里在想:他从哪里来?直埋怨自己为什么不早一点儿到思念湖畔来呢……

"正好,这位帅哥也呆呆地站立在我的面前,如木桩般一动不动,盯着我看,静静地欣赏着我的美丽……我们两个呆呆地站着,目不转睛地欣赏着对方。此时，我俩的情，我俩的爱，也开始在各自的心中升华！沸腾！融化！很快，我俩的心就融在了一起。我俩相爱了，真的相爱了。一见钟情。

"那时候，我与你不相识，我不知道他心中还深深地藏着你。然而没有关系，因为我关心的和我在乎的，只是那时的当下。你们两个的事儿可以回过头来慢慢看，慢慢研究，到时候，或许比现在看得更清楚。既然咱俩是好姐妹，有些事儿我无须对你隐瞒，当了郑天禅的面，我可以明明白白地告诉你。

"你们的事儿，我后来才知道，但也不全知道。我知道你非常仰慕我的丈夫。你对我丈夫非常痴情，且爱得很深。即使你后来结了婚、嫁了人，也始终没有放弃对我丈夫的追求。你对他的仰慕与追求，已经到了刻骨铭心、梦寐以求的地步。尽管我一百二十个不乐意，也无法阻断你对我丈夫的狂热……不过，崔圆圆，眼下却有一个千载难逢的绝好机会。就看你有没有这个胆量，把握时机，拼着自己的魅力去动摇郑天禅的心，让他为你冒一次风险、做一次牺牲。刚才我说过，只要他当了我的面，亲口对你说'圆圆我爱你'，我立刻走人，把郑天禅给你留下。我说的是真心话。"

尽管这最后一句，梅琳说出口时心里酸酸的，可面对眼前的情景，她还是咬了咬牙，决定赌上一把。梅琳布下了赌局，一盘爱情存亡的大赌局！谁输？谁赢？梅琳心中没有底。她希望自己能赢。同时，她也拿定了主意，只要郑天禅跨出这一步，她便与他和平分手，远走高飞……

梅琳在思念湖畔与郑天禅相遇，留下了一段脍炙人口的爱情浪漫故事。至于那天郑天禅为什么去思念湖畔，则是一个无人知晓的谜。而今天发生的故事，似与郑天禅那天去思念湖畔有着千丝万缕的关联。他们的相遇是偶然的，然而，相对于偶然之外，另有一个曾经让郑天禅非常痛苦且又非常难办的事儿纠缠着。这是一桩不能让人知晓的秘密——或者，称之为"绝密加隐私之谜"。郑天禅把这个秘密一直尘封至今，既不对妻子说，也不对圆圆讲。后来，梅琳无意中发现了其中的一些端倪，但又不能确定。

圆圆不知内里，觉得梅琳这么做有点儿过激。

郑天禅以为尘封的秘密出了什么状况，吓了一跳：梅琳是不是知道了些什么？幸好刚才我没把哄圆圆的一番话说出口，如若说出了口，让梅琳听见，肯定假亦真、真亦假了。到时候，我有百口也难辩解啊！麻烦就闹大了。

可郑天禅想的与梅琳想的并不是一回事……郑天禅虚惊了一场。

崔圆圆瞪瞪了眼珠盯着梅琳看，心里惊叹道：啊呀呀，这下糟了啊！不得了了啊！梅琳跟我认真了！她吃醋了，她在向我叫板、向我挑战了哇！别瞧她笑嘻嘻的，眼下她跟我玩真的了。女人有几个不嫉妒的？又有几个不吃醋的？胸襟再大，又能大到哪里去呢？有限，太有限啦！

崔圆圆头脑里飞速旋转，她在反思：我错了呀！对待朋友不能这样。我不能伤害这一对恩爱夫妻啊！我的行为有点儿放肆，玩过头了，现在着火了，必须赶紧刹车救火！刻不容缓。我不能伤害他们。

崔圆圆心里懊悔了，可嘴里却依旧在问："真的吗？是真心的吗？"

"当然是真心的，我什么时候骗过你？"梅琳非常认真。

"嗯，倒也是的……"崔圆圆说话开始含混不清。她又抿嘴笑道："梅琳姐，你为什么要这样做？这样做好吗？对郑天禅公平吗？"

"公平？你问我？你为什么不问问郑天禅？他待我公平吗？今天专门跑到这儿来，偷偷地抱起了一个爱哭的娇滴滴的漂亮小媳妇。看样子，风雨飘摇，凤巢将倾，天下不太平了。哪还有什么……公……公……公平可……可……"梅琳见崔圆圆气得两眼直瞪她，本来是憋在肚子里的乐子，这会儿再也憋不住了，因为她已经意识到，这盘豪赌她赢了，绝对赢了！

"梅琳姐，你这是在胡说什么呀！还乐呢！"崔圆圆真的生气了。

"我哪里胡说了？我非常同情你对郑天禅的一片痴情，所以，我才鼓励你去劝他，他应该为你做一次牺牲。可你却反问我：这样做好吗？对郑天禅公平吗？真是不可理喻。我对待郑天禅不公平，难道你对待他就公平了？还生气呢。"梅琳笑着说。

"这话怎讲？我怎么越听越糊涂了。"

"你一点儿都不糊涂。你是在装糊涂！"

"你讲。"

"这是你说的啊，我可讲啦。到时候你不能跟我翻脸打架。"

梅琳的心态远比崔圆圆好。她同情崔圆圆的一片痴情，她知道自己的出现影响了崔圆圆的一生，这无形中在她心里落下了一个难以化解的情结……因此，她常告诫自己与圆圆说话时要讲点儿修辞，讲点儿方式，讲点儿策略，不能伤着她。可由于性格使然，她跟圆圆说话，说着说着便忘了。结果呢，她常伤常补，常补又常伤，闹出许多笑话……

"圆圆，你知不知道，人是会变的呀，"梅琳笑着说，"凤与凰本来是天生的一对儿，不可以分开的。可现在凤落到鸡架上了，谁救得了它啊？凰救不了凤，只能远走高飞了，飞向天涯海角，另筑新巢……现在，能救凤的，只有鸡了。鸡鸣凤和，凤变鸡！人世间，又添了一桩美谈，也不错！"

"看我不打你。"崔圆圆举起小拳头，又放下了。她不傻，瞪圆了眼珠冲着梅琳生气道："你这只秃尾巴鹌鹑，太放肆了！你也太抬高你自己了！不怕摔了啊？摔得你粉身碎骨，体无完肤，死无葬身之地！"

"还有什么难听的，或者更解恨的，一并说了出来，"梅琳瞟了一眼郑天禅，咻咻地笑道，"我知道你不爱听，可旁边还有一位更不爱听的呢。"

梅琳说得没错，郑天禅一旁听着，觉得她们两个越说越离谱，越说越不着调了，于是接茬说道："喂，你们两个口无遮拦，都说了些什么？也不觉得脸红！"

"谁脸红啦？是你脸红了吧！"梅琳将眉梢向上一挑，笑道，"别着急，待会儿有你说话的机会。眼下，我准备和崔圆圆做一笔交易，你是这笔交易中最最紧俏的抢手货！"

郑天禅笑道："好啊梅琳，你算计我，跟我耍心眼，是不是？我还有事，先走了。你们两个继续交易吧。"

郑天禅站起身要走，他想速速离开这个是非之地，可梅琳却笑嘻嘻地上前挡住了他的去路。

"诸事都是因你而起，你还生气啊？不能走，你走了！圆圆的'心'交给谁呀？她会日日夜夜抱住你哭的。"

"你……唉，你呀……"郑天禅被梅琳挡住了去路，又听她说话带刺儿，万般无奈，只能一笑了之，重又坐回沙发。

圆圆生气道："要死哩，梅琳姐，你怎么信口雌黄、胡说八道啊？谁日日夜夜抱住郑天禅哭了？今儿若不说个明白，我跟你没完！"

"噢，我是说，你在梦里。"梅琳装作口误，笑着马上加以更正。

"我在梦里？你见过？梅琳姐，在梦里，我与郑天禅结过好几次婚，还为他生了一大群胖儿子呢，你怎么不说啊？"崔圆圆今天原本设计好了的金钩钓鱼被梅琳搅黄了，心里本就不痛快，碍着各自的颜面，不好说什么。这会儿见梅琳又拿郑天禅说事儿取笑她，觉得自己左右都被算计了，心里很不是滋味："你这不是在欺负人吗！原来你们两个，今天合计好了，特意上这儿来欺负我的，是不是？那好，今儿你们两个就把所有的咒骂、所有的不是、所有的脏水臭水、所有的污秽脏话，统统倒出来，我都接着。放心，我接得住。你们两个，现在就开始吧。"崔圆圆这会儿真的急了。她的话一出口，客厅里的气氛急转直下，到了冰点。

梅琳这才意识到自己刚才的话又伤着崔圆圆了，于是马上圆场道："圆圆，一句玩笑话，何必当真呢？好了，算我没说……算我没说……"

"你说都说了，怎么又算你没说呢？这种话，应该我说才对啊！好了，什么都别说了。我眼拙又不知好歹，看不清人，听不懂话，你们两个还是走吧，都走……"崔圆圆找来郑天禅，原本是想找回一点心灵上的安慰与平衡，没想到反而遭到了郑天禅夫妻的算计、戏弄与伤害。她伤心透了，心都凉了。

崔圆圆的心思，郑天禅理解。他知道崔圆圆误会了，赶忙解释："圆圆，别多想，也别乱猜疑。我来时梅琳不在家，我给她留了一张字条，告诉她我来了你这里，所以她来了。"

听郑天禅这么说，崔圆圆立刻明白刚才自己想岔了，可她的两只眼睛依旧紧盯着梅琳，说："你们两个的事儿，干吗对我说啊？这不是多此一举、无事生非吗！"郑天禅哪有听不出来的，崔圆圆是在怪他，不该把来这儿的行踪告诉梅琳。

梅琳的心思全都放在化解危机上了，根本没听出来，笑着回应道："为什么不呢？你太见外了。我回到家，见天禅留下的字条说你家中出事了，就立刻开车跟了过来。到达你家时，我与天禅刚好前后脚，时间相差不多，否则，哪会有那么巧的机会啊！"梅琳叹了一口气，接着说："谁叫我不知趣的呢，

第三篇 信仰危机

未曾得到人家女主人的允许,便私闯了她的情场!一对正在柔情蜜意中卿卿我我的、缠绵在一起的情人,一下子被我搅黄了。我搅黄了两个情人的好戏,怎不遭人埋怨、怎不遭人恨、怎不遭人骂呢!罪有应得!圆圆,对不起啊,梅琳这厢赔礼了……"梅琳像演戏似的软下身段,向圆圆深深鞠了一躬,搞得崔圆圆啼笑皆非。

这时候的崔圆圆,进也不是,退也不是,无奈之下,只好一笑了之:"耍贫嘴。"

崔圆圆当然知道,既然梅琳已经软下身段、给了台阶,她就应该顺着台阶下,这叫作得饶人处且饶人。更何况,梅琳是郑天禅的妻子,她们两个又是好姐妹,怎么说也应该和为贵……

可此时的崔圆圆,心里却好一阵难过,泪水夺眶而出,挂满了脸颊。

梅琳拿一帕纸巾递给了崔圆圆,低声耳语道:"姐姐都向你认错了,别再伤心了,你的心思我知道。刚才是我一时气你不过,心里酸溜溜的,所以才故意气你。现在好了,想通了,随他去吧。不过,我也在想:这么些年了,你与郑天禅虽然没有结为夫妻,可你爱他,爱得那么深、那么真切、那么痴情,这样的真爱,世间确实少有,难能可贵!哦,圆圆,别再伤心了,该雨过天晴了。咱们姐妹还是说些别的吧。"

梅琳耳语中的一句"真爱",说到圆圆心坎里去了。对于圆圆的"痴情",梅琳给予了正面的诠释,这宛如给她冰凉的心里注入了温暖,恢复了她的精气神。刹那间,崔圆圆的脸上就多了几分活泛和喜形。

"好啊,梅琳姐,你真够精明的。你伤人伤得那么苦,三两句话就想跟人家和解,这不太便宜你了?我得……我得……"崔圆圆瞧着梅琳笑,她的话在嘴边转悠,说不出口。

"噢……啊呀,好说……"梅琳从崔圆圆的眼神里捕捉到了她的心思,试探着说道:"你若嫌刚才没有爱够,那你可以再去紧紧搂抱他一会儿,再狠狠地亲亲他,直到你心满意足了为止,好不好?我在一旁看着你们两个嘴对嘴地相互亲着,我不会介意,也不会吃醋,学习学习,取取经,回家再模仿,让郑天禅高兴。"

"说话算数？"

"算数！"梅琳咬着牙说。

郑天禅听见了，心说：梅琳，你把你丈夫当成什么人了？说算数就算数啦？你俩做交易，拿我做筹码，成何体统？可此时他正在装睡，还轻轻打着呼噜。睡着的人是不可以发表意见的，有话只能憋在肚子里，否则就露馅了。

"不后悔？"崔圆圆追问一句。

"不后悔。"梅琳心里有点儿酸。

郑天禅一边打着呼噜，一边心中在说：是啊，你有什么好后悔的呢，我真不该让你到这儿来，你若不来，不会有这些乱事儿。

"可是，我后悔了。"崔圆圆看透了梅琳的心思。她向沙发上装睡的郑天禅飞了一眼，绕着弯弯说道："君子之争，不能事事计较，以后时间还长着呢，我不在乎这一时一事。谁让我爱上了你的夫君了呢，我不想难为他了。你想啊，他是个男君子，我是个女君子，我们两个都是君子，碰在了一起，我能非礼吗？当然不能。我既不能非礼，又不能太浪漫。更何况，我的情人现在睡得正香，他的夫人又在一旁看着，多不好意思啊！"

"少来啦，你说的比唱的还好听。照你这么说，你们两个都是君子，我倒成了小人了？真是岂有此理！刚才也不知道是谁，浑身的骨头都酥了，一下子如小鸟似的钻进了我丈夫的怀抱里。我不说也就罢了，你还说呢，不害羞！好不害羞哟！"梅琳笑道。

"你尽管说，我不怕。我的隐私都被你知道了，还怕什么呀！"崔圆圆苦笑道，"不过，我今天请郑天禅到家里来，实则为了我那不争气的王子太，不为了别的。"

"看来，你还是挺关心你丈夫王子太的。"

"再不好，他也是我丈夫。我怎么能不关心呢？唉，"崔圆圆叹了一口气，"中国的女人，古往今来，还不都是嫁鸡随鸡，嫁狗随狗！可眼下，我真不知道该拿我养的这条狗怎么办。"

崔圆圆满脸愁容。

恰此时，厅外楼道里传来了高跟皮鞋的嗒嗒声。崔圆圆道："尹秀英来了。"

第三篇　信仰危机

"谁来了？"梅琳没听清楚，又问了一句。

"尹秀英，她来了！"

"呀，尹秀英来了？她可是难得一遇的稀客啊！"

"错了，她是我这里的常客。现在我俩同病相怜，她常来我这里诉苦聊天。可不知为什么，她好几天没来了。"

说话间，客厅进来了一位穿旗袍的年轻少妇。她笑嘻嘻地倚立在门边，神态风骚，粉白脸面，弯弯的眉毛下边，一双水灵灵的大眼睛在滴溜转，弯曲的左臂挂一只玉白色的小皮包，右手悠闲地扇着檀香木雕花的小扇，是一位既时髦又漂亮的风流女子。圆圆与梅琳一见，便笑着迎了过去。

"听见楼道里高跟鞋的声音，便知你来了。"崔圆圆笑着说。

"梅琳，你也在这里，"尹秀英见了，不胜惊讶，"刚才我去你家吃了闭门羹，这才拐到圆圆这里来串门。没想到，你也来了这里。"

"你去过我家？"梅琳感到惊讶，"怎不先打个电话呢？"

"打啦。郑天禅的手机关着，你家里的座机没人接。你的手机号我不记得了，都让我赶上了……"

"郑天禅的手机从不关机，一年四季、每天二十四小时都开着。你是不是打错了？"梅琳认真说。

"不会错，他手机是关着的。有时候即便开着，只要看见是我的电话，他立刻就关机。不知道我怎么得罪他了？我若见到他，一定要问个明白……"尹秀英转动眼珠，在客厅里寻找了一圈，没有看见蜷缩在沙发一角装睡的郑天禅，十分奇怪地问道，"梅琳，郑天禅呢？他没有跟你在一起？"

"他在那里，睡着了。"梅琳指着沙发的一角说。

尹秀英走近沙发，朝郑天禅扫了一眼，轻轻哼了一声，没言语。她冲崔圆圆诡谲地笑了笑，问道："哦，圆圆，我刚才听说你养了一条狗？"

"是啊。"崔圆圆笑答道。

"什么名贵品种？是大狗还是小狗？"

"我哪养得起什么名贵品种啊！不过是一条瘦瘦的癞皮狗而已。"

"公的还是母的？"

"公的。"

"你怎么养了条公狗呢？古人说男不养猫，女不养狗——指的就是公狗呀！"

"为什么？"崔圆圆好奇地问。

"男不养猫，因为猫爱上树抓小鸟、落地逮老鼠，爱钻被窝、睡懒觉。与人相处，到了夜晚，主人睡着了，猫儿也困了，钻进被窝，猛然间看见了主人裤裆里的小鸟，会把它当成老鼠逮了吃了……"

"哈哈，哈哈……会有这等事儿？"崔圆圆和梅琳听了哈哈大笑。

"那当然。"尹秀英绷住脸，一点儿不笑。

"女不养狗又怎么讲？"崔圆圆问。

"女不养狗，刚才我已经说了，指的是不养公狗。因为，狗通人性，会……"尹秀英笑了笑，有点儿不好意思地说道，"你可不能让狗上你的床啊！"

"那有什么，我养的这条狗啊，最赖了！天天上我的床，还跟我挤在一个被窝里睡觉，赶都赶不走！"崔圆圆忍不住笑了说。

"你别美，与狗共枕，当心怀上狗宝宝。"尹秀英含笑说。

"我倒想怀一个狗宝宝呢，可就是怀不上。"

"那你索性与癞皮狗继续共枕吧。"尹秀英说完了，哈哈大笑。

"笑什么呀，现在我那条癞皮狗犯脾气了，不上我的床了，我拽他他都不来……"

"是吗，以前我只听人说说而已，谁知如今天底下还真有这事儿。那这条癞皮狗一准另有了新欢，要跟你切断情脉，不想依恋你了。狗东西，真够绝情的。别难过，我帮你宰了他，吃狗肉！哟，别瞪眼啊！我还没动手呢，你就心疼了！别太心软了，有什么舍不得的？"尹秀英先是惊讶，而后又不好意思地哧哧地笑着说。

"我才不呢，谁像你呀，把狗当成了心肝宝贝，天天缠绵，时刻依恋。依我看，你的人狗情断不了了。"崔圆圆讥笑道。

"瞎说，我可没有你那么浪漫。"尹秀英乐了。

"真傻！"郑天禅被两个女人的荒唐对话逗得大笑。他噌的一下从躺着

第三篇　信仰危机

的沙发上站了起来，笑着说："尹秀英，你被骗啦！上当啦！崔圆圆根本没有养狗！她在逗你玩哪，你太认真了。真傻！竟然相信她那些骗人的鬼话！"

"你才傻呢，"尹秀英回了一句，笑道，"刚才我一眼就瞧出了你在装睡，还打着呼噜，想骗谁呀？你只能骗骗她们两个，却骗不了我。我只使了一招就治住你了！你这是自投罗网，彻底暴露……我装傻，说傻话、说趣话，那是在引你上钩！果然，你上钩了！我这能叫傻吗？这不是傻，是聪明！我若不装傻，不使小计，你一定会接着打呼噜，接着装蒜，接着做你的美梦！要说呢，我尹秀英还是够聪明的，够有水平的啊！"

郑天禅听着尹秀英的话，傻眼了！他呆立在那儿，一声不吭，显得十分尴尬。刚才，因为一时兴奋，他把自己正在装睡、演戏的环节给忘了，被尹秀英当众戳穿，闹了个大笑话。

郑天禅早该想到：尹秀英是崔圆圆家里的常客，她们两个的关系十分亲密，崔圆圆家的事儿，尹秀英了如指掌，真要是养了狗必定早知道，不可能用这种好似猜谜的方式进行交流。她们两个一唱一和，不过是"鱼饵"，为了让他上钩、看他笑话罢了。他竟然没有瞧出其中的破绽，败在了两个相识又相知的女子手里。这回，郑天禅感觉自己真笨，又蠢又笨，十分懊恼！

尹秀英见郑天禅立在那儿不作声，笑道："郑天禅，别立在那儿瞎想了。你能'醒'过来就好！我只不过跟你开了个玩笑，并无戏弄你的意思。不过，你既然'醒'了，我就有要紧的话问你，你必须照实回答，不准耍滑，否则我绝不会放过你，跟你没完！"

"活见鬼了，今天是什么日子？一个个有话不好好说，非要横着说出来！什么意思？尹秀英，你又遇见什么事了？让你的人都变了形了！老同学，甭着急，无须威胁，你若真的有事儿尽管说，即使说错了也不要紧，我不会怪罪于你。刚才你对梅琳说的话我都听见了，告诉你，绝无此事。"郑天禅虽然生气，依旧和颜悦色对尹秀英说道。

"你说我变了形了？变成啥样了？是聊斋中的女妖怪呢？还是蝴蝶梦中的大蝴蝶？说来听听！哼，说句实在话，你才变了呢！变得连老同学、老朋友都不认得了。"

109

"尹秀英，你怎么可以这样伤人啊！我待老同学、老朋友如何，有目共睹，不用我说。像你这样说我的，你是第一个，再没有第二位了。你这样恨我，难道我有什么地方得罪过你？"郑天禅说。

"没错。你可把我得罪苦了！今天，我要报复你！以前，我一直认定你是一个非常重情谊、讲义气、能为朋友两肋插刀的好男儿、帅小伙。许多姑娘，其中包括我，都喜欢你，爱你！都愿意投入你的怀抱，跟你亲热。总觉得，谁家的姑娘如果得到了你，不但终身幸福有靠，还有一种无比的自豪与荣耀！你在姑娘们的眼里，是一块尽善尽美、没有瑕疵的美玉！姑娘们疯狂地追求你，我本人也这样的啊！许多让人脸红的往事，至今记忆犹新。最后，我在追你无望的情况下才嫁到你铁哥们的家，与你好兄弟邹涛结了婚。我希望与邹涛能相敬如宾，白首偕老，谁知晓，他花心太重，眼下竟爱上了一个削发为尼的出家人，他也剃光了头，跟随尼姑念经修行去了，你说可笑不可笑……我没有办法，心想此事只能找你说，不能跟旁人讲，如若我对旁人讲了，肯定成为笑料，"尹秀英哭了，她边哭边说，"我想到你家找你，私下里说一说，让你给我出出主意。可是，我一连去了好几次，你家的门回回都锁着。"

"有两个多月了，我与梅琳同在福州出差，不在家。"郑天禅说。

"没办法，我只好硬着头皮继续拨打你的手机，可你不接。你见到我的电话就关机，要不就将手机拨到忙音。郑天禅，告诉我，我什么地方得罪你了？为什么你要这样对我？到底为了什么？今天你若不讲清楚，我跟你没完！"尹秀英伤心地哭着，不依不饶。

"没有的事儿！秀英，你不能平白无故地冤枉好人啊！你可以查看我的手机存储，这几个月，我从没有收到过你的电话。你别是按错了号，赖在了我头上。"郑天禅认真道。

"不会错。手机号是你亲手写给我的，并且咱们两个的手机验证过，当场通过话，绝对没有错！"

"是啊，我记得的。咱俩的手机当场通过话，怎么会有错呢？真怪事了。"郑天禅打开手机，反复查看，找不到破绽，觉得非常奇怪。

尹秀英觉得郑天禅又在演戏，十分生气："别装啦，装也装不像……可

第三篇 信仰危机

怜我痴心一片，不见你的踪影，不死心。我到处找你，下定决心一定要找到你……可万万没有想到，你狐狸打洞，竟然钻到圆圆这儿找乐来了。我真是痴人发呆，自作多情！人家这儿有美人儿陪着，正云山雾罩、快快乐乐玩着呢，早把从小一起长大的铁哥们忘得一干二净了，丢在脑后了。可怜我痴心不改，还把他当圣人似的，指望着他帮我出主意救邹涛呢。"

崔圆圆听了，非常不高兴，生气道："尹秀英，你说你的事儿，干吗拐上我呀？你个白眼狼！拿我说事儿寻开心，是不是？你也不是个好东西，刚才我算白帮你了，忘恩负义。"

"别打岔，我要听郑天禅如何说。"尹秀英不接崔圆圆的话茬，抓住郑天禅不放。

梅琳一旁不说话，她在看，她在听，她也在用心思索：他们几个一起玩耍、一起读书、一起长大，遇到事儿却各怀心思，拖着一条长长的、黏黏的又永远扯不断的情丝相聚在一起，为了心中的那段情争吵不休，真够热闹的，也真够累的……郑天禅啊，这两块烫手的山芋拿在手里，看你如何处理？

郑天禅被尹秀英无端地钳住了不放，心中着实别扭，可又不好发作，只能耐心解释："尹秀英，你痴人说梦话，净冤枉好人。我何曾忘记过老同学、老朋友了？你们的情谊我都牢记在心上，没有忘记。你的电话我确实没有收到过……"

"打住！你们都看见了吧，人心真的变了呀！大白天的，现在，我就站在他面前，可他依旧睁着眼睛说瞎话。郑天禅，你不看僧面看佛面，就看在我曾经对你一片痴情的情分上，你也不该这样无情啊！"尹秀英口无遮拦一通胡说，羞得郑天禅满脸通红，他从没有遇到过如此尴尬又如此糟糕的场面，感到非常的难过和不安。

"啊呀，尹秀英，你……你尽说些什么呀！我……我……唉，我怎么说你好呢。"

梅琳见郑天禅的思维拐进了死角出不来了，处境十分狼狈，笑着伸出了援手，说道："尹秀英，你有时间跟天禅争吵，不如给他手机再拨打一次电话，听听他的手机有没有反应。如若有反应，证明郑天禅是伪君子，大家可以共讨之；如若没有反应，那么应该查清原因，还郑天禅一个公道。你说好不好？"

"对，对对对，我赞同。秀英，马上打个试一试。"心中正在为郑天禅着急的崔圆圆，听了梅琳的提议，立刻表示赞同。

尹秀英也觉得梅琳的主意不错，立刻照办了。

尹秀英拨号之后，等了好长时间，郑天禅的手机没有反应。尹秀英又重拨了一次，郑天禅的手机仍然没有丝毫反应。郑天禅反向尹秀英的手机打了过去，立刻通了，一切正常，没有问题。接着，尹秀英和郑天禅又与在场的其他人通话，也很正常。这让现场的所有人都觉得不可思议，非常奇怪。问题究竟在哪里呢？

梅琳问郑天禅："你知不知道尹秀英的手机号是多少？"

"知道啊！她的手机号是189××××2488。我的手机有她手机号，搞不错。"郑天禅当即把手机递给梅琳看。

"我的也不会错，"尹秀英说，"郑天禅的手机号我也有储存，他的手机号是139××××5004。"

"啊呀，不对，不对。我的手机号是138××××7933，你的号错了，你的号错了，啊！上天好德，上天好德啊！还了我郑天禅一个公道，洗刷了我被玷污的冤屈。"郑天禅笑着举起双手喊道，一块石头落了地。

"怎么会呢？"尹秀英心中疑惑。突然，她问道："郑天禅，你是不是换手机了？"

"没有啊！"郑天禅不假思索地回答。

"郑天禅，这可是你给我的手机号啊！"尹秀英说。

"我知道。啊！我记起来了，还是我糊涂了。秀英，你手机中的手机号，是我旧手机的手机号，我换手机了……"郑天禅说。

"瞧你，一会儿说没换，一会儿又说换手机了。你到底换了还是没有换？"尹秀英生气地问道。

"换了，"郑天禅不再笑了，苦着脸说，"我知道错在哪儿了。"

"错在哪里了？"尹秀英忙问。

"记得两个月前，我和梅琳决定一起去福州办事，当天晚上，邹涛到书

第三篇 信仰危机

房找我说事儿。就在我养的虎头金鱼大玻璃缸前,他边说事儿边观赏玻璃鱼缸里的金鱼,手中还不停地耍弄着他的手机。一不小心,手机掉进了鱼缸,捞出来的手机进水了,不能用了。结果他临走的时候拿走了我的手机,留下了他的手机。他说他常有急事儿,身边不能没有手机,以后买一部新的还我。我与邹涛是哥们,是好朋友,一部手机又算得了什么!既然需要,就拿好了。之后我与梅琳同往福州出差,一去两个多月。我又买了一部与先前同一品牌的手机。噢,新手机中的通讯录是我从信息储存卡中调出来的,不会有错。除非对方换了号,或者换了手机。尹秀英,你听明白了吗?"

"我什么都明白了。"此刻,尹秀英感到无比悲伤,两行热泪夺眶而出,挂在了脸颊。

郑天禅见尹秀英心里难过,安慰道:"尹秀英,你别难过。我见到邹涛,一定好好问问他为什么不接你的电话。不接也就算了,为什么还要屡屡掐断?什么意思嘛!我听你这么说,非常生气。这混账的邹涛,犯什么病了?"

郑天禅原本是安慰尹秀英的,可到后来,他越说越来气,真的生起气来了。生气的表情还挺滑稽,反倒将正在落泪的尹秀英逗乐了。

"郑天禅,你还没绕过弯来呢!邹涛没有掐我的电话,他是在帮你掐断我的电话。明白了吗?"尹秀英提醒郑天禅说道。

"你不用绕弯弯了,我明白了。邹涛一旦接了你给我打的电话,他就暴露了,你就有可能报警,而后通过公安局找到他。"

"天禅,对不起啊!刚才我错怪你了。我也是无奈啊!不是故意的,请原谅,往后我不会再责怪你。咱们是老同学,又是好朋友,千万别往心里去。"尹秀英边说边从她右腋旗袍扣间将一条绣花小手绢抽了出来,擦去眼角的泪水,一双动情的眼睛又活泼起来。她对郑天禅妩媚一笑,说道:"我希望邹涛能迷途知返。老同学,看在咱俩以前的情分上,这一次你无论如何要帮帮我,让他回到我身边。我知道,他能听你的话。我求你了。"尹秀英又哭了,哭得很伤心。然而,这一次尹秀英伤心落泪,并非全都是因为记挂邹涛。她心里呀,五味俱全,什么滋味都有,却又没法说出来,只能哭了。

尹秀英的心思,崔圆圆察觉到了,郑天禅哪能知道啊!

"言重了，你言重了。尹秀英，你别伤心。我会尽力的，放心吧。"郑天禅安慰说。

"我看哪，邹涛一准被那狐狸精迷住心窍了，想让他迷途知返、回心转意，不那么容易。除非杀掉那狐狸精！"崔圆圆发狠说道。自己的冤家王子太不是一样地被"狐狸精"迷住了么，崔圆圆因为此事积怨未平，怒火中烧，便借题发挥，一通发泄："有那么一些人，不知是哪根筋被人搭错了地方……兜里刚有了几个钱，便开始发疯，崇拜起泥菩萨来了。那些个在党的、不在党的，干部或者群众，市民或者农民，男人或者女人，年老的、中年的或者年轻的，以至于母与子、女与母，忽然间都吃起了素，念起了'阿弥陀佛'，还大言不惭地说：这是我终生的信仰，菩萨保佑我。他娘的，他原来的信仰呢？他举起右手宣誓时的誓言呢？都喂狗吃啦！一些个名山秀水、村村镇镇也开始合着起哄，兴建庙宇，祭神拜鬼，热闹了起来……一夜之间，佛教在中国又神话般地兴旺发达起来，各色各样的佛教徒，无论真的还是假的，只要口念'阿弥陀佛'，他们都能到寺庙扎堆，烧香、磕头、拜佛，可真热闹，寺庙里的香火跟着也就旺盛起来。据说在有些地方，活人不当家，泥菩萨主大事儿……大白天的，就能见到菩萨开店，神仙做买卖。说来也奇怪，他们那里香火旺盛，生意兴隆，能日进斗金……正因为有这样的奇迹，一些地方便想着以此为业，挣更多的钱。他们大兴土木，兴修庙宇、盖庵堂，当地的土皇上，也趁机大把大把地捞钱。他们心里明白，这年月，不捞白不捞！过了这个村，不会再有下一个店了……可老百姓还眼巴巴指望着这些干部办大事儿呢……天下之大，无奇不有。你仔细看，但凡有寺庙的地方，无论庙前还是庙后，都是香火燎绕、青烟袅袅，那些络绎不绝、烧香拜佛的人流，你说不清楚他们是信徒还是游客。熙熙攘攘，他们各处游走，看见泥塑菩萨他们就拜、就磕头，看见墙上有几笔彩画，不管画的是什么，他们也要停下脚步，拜上一拜，磕几个头，表示他们的虔诚。连寺庙旁边有个院落人家，门前蹲着的两只石头狮子，他们看见了，也要烧香，也要磕头。他们振振有词，说是石头狮子沾了庙里的香火，受到菩萨的点化，有灵气的，说不定它们早已经成了仙了呢……尹秀英，你知道吗？这些所谓信佛的人，已经到了非常'雷人'的地步，但凡口中念一句阿弥陀佛,那就是信佛啦!我家就有一个,时髦吧?时髦得很呢!你们听,这一声声的木鱼声,马上就要带他升天了!到西方极乐世界去了……"

"圆圆,你省省心吧。不要因为自己心里不痛快就拿丈夫出气,诅咒自己的男人。"梅琳提醒道。

崔圆圆瞧了梅琳一眼,没有搭理她,继续沿着自己的思路说道:"可是,这却害苦了那些真正有信仰、有学问、有德行的高僧和佛学弟子了。你们觉得有时候我很荒唐,可我不糊涂。我坚信,这世上的事儿,包括宗教信仰,必定真的假不了、假的真不了。真真假假,假假真真,总有一天,会有人来管,也会有人来归类、来分辨。到时候,一定会分得清清楚楚,明明白白。你们说是不是?说到假,我这里还有一个更荒唐的故事呢,差点儿忘记说了。我看过一张挂牌佛家出版的光碟,简直神透了。光碟中说当今有位画家,画了许多幅神神鬼鬼的画。他在画作中,能安排明朝的官员去阴曹地府做阎罗王,而清朝的知县在他手下当判官。还有很多很多做官的鬼呀神的,他不但都认识,而且都有很厚的交情,都能画将出来。这位画家真了不得,神了,能耐吧?太能耐啦!可惜,我不认识这位画家。我若认识他,我一定求他帮尹秀英画一幅特别大的画,让尹秀英去十八层地狱做女皇帝!到那个时候,你——尹秀英——便是当代阴曹地府第一任风骚女皇帝了,你有无限大的权力,你可以刀劈邹涛,抽他的筋,剥他的皮,再将他扔进油锅,狠狠地炸上一炸,再吃他的肉。一定外焦里嫩,非常爽口。啊!这样,你就可以报仇雪恨!可以惩罚他的黑心黑肺和对你的忘恩负义了!你在十八层地狱可以浑身上下挂满珠宝,等坐稳了女皇帝的宝座,你再让一百个帅小鬼当鸭子、做老公!多快活!多风光啊!"

"喂!你这烂舌根的,积点儿德吧!刚才我不就是少搭理了你一句吗,你就这样咒我、恨上我了?连句好话都不会说了?一下子把我打入了十八层地狱,也不怕我报复你。告诉你啦,刚才,我在端详郑天禅的时候,看傻眼了。所以没有理你,你就吃醋了?你咒我到十八层地狱做鬼皇帝,我不去,我也不稀罕,要去你去吧。"尹秀英对崔圆圆立刻展开了报复,她的人生哲学就是快活，看样子她已经不伤心了。

"当心！真正吃醋的人在旁边呢。"

尹秀英知道崔圆圆说的是谁。大家都夸梅琳心胸豁达，她不信，因为梅琳也是女人，她觉得女人的心胸没有一个豁达的，如果有，那也是在做秀，装出来的。尹秀英心想：梅琳并不知晓郑天禅的过去。如若她知道郑天禅上学时，班上有好几个漂亮女生与他拼死纠缠在一起的事儿，她肯定不会这么大度，也不会这么平静。待会儿，我定要找机会试上一试，看看大伙说的是真还是假！

崔圆圆的话，梅琳装作没听见。她招呼大家："各位，站着干吗？秀英不哭了，开始笑了。快来坐下，咱们姐妹，也好在一起说说话，聊聊天。秀英，天禅有自己的事儿。他既然答应帮你，肯定会帮人帮到底的。他会把邹涛找回来交给你，让你们夫妻团圆。放心吧，你别再盯着他不放啦！"

"梅琳，我可没有盯着他不放，他旁边有你保护，谁敢啊！"尹秀英绯红了脸辩解道，心说不用试了，她赶着找上我了。

"啊呀！梅琳，你吃醋了。这下暴露了，被我抓住了。"崔圆圆笑着攻击道。

"这有什么好奇怪的，郑天禅是我老公，他虽然常年漂泊在外，终究还是有主儿的，不是野鸟。我不能眼瞧着自己的老公被别人抢了去。即便被人偷了去，藏上几天，我也不情愿啊。"梅琳很自然地笑着说。

"梅琳，我可没有得罪你啊，你别含沙射影，把矛头指向我，我可没有偷人，你别想歪了。"尹秀英笑着说道。她硬是把话摊开在桌面上讲，这样做既可以不得罪梅琳、伤了和气，又证明了自身的清白，把该说的话都说了。

梅琳冲尹秀英一笑，心说：尹秀英，你够机灵，我还能说你什么呢。继而打岔道："圆圆，你方才说的'画家'，是不是人们传说中的新聊斋？知道是谁写的吗？"

"不是新聊斋，是个招摇撞骗的画师，不值得一提。"崔圆圆不屑说道。

"哦，这样的画师真没出息，手段既可恶又鄙劣！这种光碟一旦流传出去，毒害百姓，后患无穷。"

梅琳瞟了尹秀英一眼，然后对郑天禅说："天禅，你不瞧瞧秀英的眼神，多无奈啊？她已经求过你了，别让老同学再一次求你啊！今晚你就去找邹涛，让他们夫妻团圆。"

"梅琳姐，你这么关心邹涛，怎么就不关心关心我家的王子太呢？"崔圆圆说。

"你家有什么可关心的？你不想想，王子太这么闹，根源在哪里？再说了，他闹翻了天，也不敢把你一人丢在家里跑到外边去寻花问柳啊，他敢吗？"

"以前他不敢，现在就难说了。"崔圆圆说。

"你们两家情况不一样，他若犯错，也是与你欺人太甚有关。王子太是爱你的，非常非常爱你。可你呢？你心里明白，我不说了……"

"好啦，我知道了。"

"知道就好，就怕你不知道，"梅琳说，"你若善待他，对他体贴些，他哪还会有工夫去烧香、拜佛、念经呀。"

"好了，你别再说啦！"

"我要说，我若不说，你就会忘乎所以，"梅琳笑道，"放心吧，我会让天禅单独找王子太好好谈一谈，他会听的。我相信，他会乖乖地拜倒在你石榴裙下。"

"哦，以前会，现在不一定了。你不知道，他有一次一夜未归，身上沾满了女人的香水味儿，肯定是跟狐狸精上床了。"崔圆圆愤愤说道。

"王子太跟漂亮女人逗逗贫、吃吃豆腐、占点小便宜，我信，他终究是个男人嘛。别的呀，我不信，借他两个胆他都不敢啊！他对你情有独钟，是个标准的痴情汉，他要是没有了你，会发疯的，会死的。"尽管梅琳并不清楚崔圆圆与王子太近期的纠葛与矛盾，可她是真心规劝崔圆圆，让圆圆相信王子太是爱她的，永远永远爱她的。

崔圆圆见梅琳在费尽心思地劝导她，不好意思地笑了。

可尹秀英不乐意了："梅琳，你对圆圆这么亲热，却把我当贼防，太不公道了吧。没错，邹涛比不得王子太，可邹涛和王子太都是郑天禅的铁哥们、好兄弟，郑天禅还是我们结婚时候的主婚人呢！我把丑话说在前头，假若郑天禅不能说服邹涛回心转意带他回家，让他跟着尼姑跑了，那我也能拉下脸皮跟着郑天禅回家，和你做伴，咱们两个一起伺候郑天禅……"

这可是个天大的笑话，梅琳刚要说话，崔圆圆却先嚷嚷了起来。

"嘿嘿嘿，尹秀英，你疯了！你怎么就不知道害臊啊！有你这样威胁人的吗？"崔圆圆一边嚷嚷，一边心里骂道：这个骚货，见了男人就不放过。

"我有什么可害臊的，老公跟尼姑跑了，害臊又有什么用？"尹秀英说。

"没有老公你就不活了？"圆圆刺了尹秀英一句。

"没错，没有老公陪我过夜，我就没法活。郑天禅是我们结婚时的主婚人，现在邹涛跑了，做和尚去了，我不找他，找谁？你说我找谁？"尹秀英急了。

"你找谁我管不着，可就是不准你找郑天禅。他是我同学，还是我的好朋友，不准你为难他！知道不，否则，我……"崔圆圆两手叉腰，瞪圆了双眼，站起身发狠说。

"郑天禅也是我的老同学，而且是老情人，"尹秀英瞧着崔圆圆蛮横不讲理的厉害劲儿，厚了脸皮笑着说，"否则怎样？瞧你的样儿，我还没拿郑天禅怎么着呢，你就吃醋了！可这醋还轮不到你吃呢！哈哈……"尹秀英突然大笑起来。

"你……"尹秀英一通数落，崔圆圆被噎得无话应答，十分窘迫，心想：人家梅琳都没急，我急的哪门子呀？"此地无银三百两"，不打自招了，太没修养了，真是的……

梅琳心中苦笑：好嘛，你们两个当了我的面，因为我丈夫吃起醋、打起嘴架来了！郑天禅啊郑天禅，如果这两个宝贝都投靠了你，你如何忙得过来哟！

郑天禅把这一切都看在了眼里，心中苦不堪言，只能为自己笑着解围："你们两个别再逗贫嘴啦，说得我脸都没处藏了。早知道这样，我就不来这里了。"

"那又是谁叫你来的呢？"尹秀英不以为然。

"圆圆发来短信说她家出事了，我能不来吗？"

"为了见你，圆圆的伎俩多着呢，你都信呀？"尹秀英笑着说。

"喂！尹秀英，你若再攻击我，我就不理你啦！"崔圆圆生气道。

"圆圆家里的事儿，跟你家里发生的事儿，有些儿相仿。"梅琳说。

第三篇　信仰危机

"我知道，我是在逗她玩呢。"尹秀英对梅琳笑着说。

崔圆圆瞪了尹秀英一眼："你就坏吧！烂肠子，坏肚子……"

"你们两个又斗上了，我说话你们两个到底听不听？"郑天禅说。

"拿什么堂啊，你爱说不说。我的意见反正早说了，你自己瞧着办就是了。"崔圆圆生气道。

"我听，"尹秀英说，"你若找到他，能不能让我也到场。我想见见那个狐狸精，看一看光头尼姑到底有多美，能迷得我老公魂不附体，连老婆都不要了！"尹秀英边说，边用小手绢擦眼泪。

崔圆圆见了，不觉同病相怜，心里也难过起来。

郑天禅说："我试试吧，如若可能，我立刻与你通电话。"

"嗯。我可是认真的。你可别忘了。"

"不会忘。圆圆，你们三个继续聊。我上楼找王子太有点事儿。"

"见了王子太，别又把我给卖了。"崔圆圆说。

"哪能啊。"

郑天禅登上二楼，见王子太的书房门关着，门上方的玻璃窗开着，屋里的木鱼声和王子太"阿弥陀佛"的诵经声通过门上方开着的玻璃窗源源不断地向外传播，在门外听得清清楚楚。显然，这一切，都是王子太做给别人看的。他在做秀，他想以此来获得别人的可怜与同情。可这楼上楼下，四五间大房子里，总共只有三个人，其中一个还是保姆，家中诸事，都由崔圆圆一人说了算，王子太这般作为不过是虚张声势，白费心思。崔圆圆肯定不买账，不会同情、原谅他，照样整他，整得更凶！

郑天禅敲了敲门，连续敲了好几次，王子太才慢慢把门打开。见门外站着的是郑天禅，他吃了一惊。

"她把你给请来了。"王子太呓语般地嘟囔了一句。

"怎么，你病了？"进门，郑天禅劈头问道。

"没有啊。"王子太有气无力地回答。

"要不，你吃错药了？"郑天禅一脸的严肃。

王子太听出来了，郑天禅这是在取笑他。他没有答话，沏了一杯茶，递给郑天禅："喝茶吧。对不起，又劳烦你了。"

"道一声'对不起'就没事了？你小子，生怕我不够忙，再给我添些乱，是不是？作为朋友，我已经成全了你，帮你娶了日思夜想的美娇娘，应该心满意足了吧！可你放着太平的日子不过，又敲起了木鱼，念起了'阿弥陀佛'，"郑天禅生气道，"我问你，你知不知道'阿弥陀佛'是什么意思？"

"不知道。"王子太茫然回答。

"你既然什么都不知道，为什么还要天天敲木鱼，诵念'阿弥陀佛'呢？"郑天禅非常恼火，"你是不是发了财了，有了钱了，昏了头了，开始发疯了？是不是？你说呀！你小子……你小子怎么可以信佛呢？这也太荒唐啦！难道你在红旗下的庄严宣誓，全都忘记了？你是一个党员啊！你……"

"别说了，别说了，"王子太哀求道，"她对我说，只要我一心向佛，多做善事，天天诵念'阿弥陀佛'，久而久之，便能感动佛祖，帮我脱胎换骨，羽化成仙，去西方极乐世界享福。"

"屁话！完全是屁话，奇臭无比，"郑天禅怒道，"我问你，给你传教的是不是一个尼姑？"

"你怎么知道？"王子太非常惊讶。

"我还知道，她曾经是位小有名气的演员，姓辛名利娜，人唤她'辛娜'。因为她的风骚，后来人们改唤她为'腥呐'，腥臭的腥。久而久之，她的真名儿人们都忘了，而她的绰号反被文艺界、文化界和传媒界的一些人士盛传开来。再后来，她突然遁入空门，成了一位有名的'胭脂尼姑'。她与人交际多半为了捞钱。她捞钱的手段五花八门，极其高明，我不但知道她的姓名与职业，而且还知道她现在手掌中的玩物是谁。"

"是谁？"

"邹涛。"

"不要瞎说。他们两个'天人合一'，功德无量，是经我佛点化过的；是前世修来的情海姻缘，难能可贵啊，不可多得。"

"谁告诉你的？"郑天禅问。

"电话里邹涛对我说，辛利娜就这样对他讲的。"王子太说。

第三篇 信仰危机

"胡说八道,全都是鬼话。辛利娜与邹涛好上了,你心里怪痒痒的,是不是?看来,你与'胭脂尼姑'已在鸳鸯帐中度过夜来风雨时、淫梦五更天了!"

"别瞎说,我没有,没有啊,绝对没有。天禅,这种话万不可随便乱说啊。倘若被圆圆听见了,天会塌下来的,我再也说不清了,她不杀我也会剐我十斤肉……"王子太神情紧张,断然否定,"我从不敢越雷池一步,半步我都不敢啊!倘若我在外面干了对不起圆圆的事儿,她还不剥了我的皮、剐下我的肉喂狗啊!"

郑天禅知道,王子太在家中是有名的气管炎,非常惧内。别瞧王子太娶了崔圆圆,可崔圆圆既霸道又厉害,强过王子太十倍还要多啊!平时在家,只要崔圆圆生气了,王子太就害怕。这一回,他在外面干下了风流事,害怕露馅,心中天天打鼓,所以说话时特别小心,对谁都不承认与尼姑有过风流事儿。刚才郑天禅只稍稍点了他一下,吓得他脸色都变了!

可郑天禅并没有就此放过王子太,继续调侃道:"你说得怪可怜兮兮的,可谁信啊?听说,自从你迷上了'胭脂尼姑',连崔圆圆的床都不上了,有这回事吗?"

"谁说的?说这话的人根本不了解内情。天禅,我实话告诉你吧,现在我连圆圆的房门都进不去,还谈什么上床啊。说这话的人也太抬举我了。"王子太哭丧了脸说。

郑天禅觉得王子太说的是实情,没有骗他。崔圆圆的话,有真又有假,不能全信。

"你们夫妻的事儿,我不好说三道四。可什么事儿就怕回头想,圆圆一定发现或者感觉到了你有异常,她就发难于你了,这也是情理中的事啊!"天禅边说边察看王子太脸上的表情,"圆圆多精明啊!她可能闻到了沾染在你身上的那股子香水气味了,女人的鼻子可灵呢,你瞒不了她的!"

"不可能,绝对不可能!我在辛利娜那里洗了澡才回家的,身上不会有辛利娜的香水味儿,崔圆圆的鼻子难道比狗鼻子还要灵?"王子太急忙辩解说。

郑天禅大笑:"你急什么,我又没有逼你,你干吗要不打自招啊?看来你已经病入膏肓、无可救药了,坦白交代了也好。"

"我……我……我……我这是怎么啦……"王子太一下子傻了，心想：我怎么一着急就不打自招了呢？真糊涂！太糊涂了啊！自己都招认了，还辩解什么呢。这可怎么办？眼下只能厚着脸皮求郑天禅帮忙了。

"你不用紧张，我又不是法官。你既然已经坦白了，何不详细说说。憋在肚子里，早晚是块病，怪难受的。"郑天禅笑着说。

"没有了，没有了。就这些，再没有了。"王子太想起辛利娜的叮嘱，觉得不能再说了，对辛利娜不能失信。王子太决心守住这最后一道防线，不再对任何人诉说这件事情。

郑天禅笑了，说道："既然没有了，你又何必这么惊慌呢？你的心虚已经写在脸上了，全都暴露了，藏不住的。即使你藏了起来，也不堪一击……"

"即便我知道，也不再告诉你，"王子太急了，"刚才我糊涂，心里乱糟糟的，自己都不知道自己说了些什么，反正我一概不承认。天禅，咱俩是要好的哥们，又是老同学，你不要这样对我。"

"我对你怎样啦？我是打你了，还是骂你了？你装疯卖傻，语无伦次，胡说八道，想骗谁呀？你那点儿鬼心眼，在你光着屁股挖泥巴的时候就已经挂在后脑勺了，怎么到如今还没掉啊？"郑天禅看透了王子太的心思，狠狠挖苦道。接着他板起了脸说："既然你不愿实情相告，我想救也救不了了。作为双方的老同学，我对崔圆圆只能实话实说了，还是让她来调教你吧。"

"别，别这样！天禅，你何苦要这样逼我呢！"王子太苦了脸说。

"我干吗要逼你？瞧你这熊样儿，好像受了多大委屈似的。我是在救你，知道吗？你好坏不分，你的心早被辛利娜吃掉啦。你呀，真的完了。我问你，你喝了她多少迷魂汤？"

"好，我说，我全说。但我有个条件，你一定要答应。"

"有条件？嘿嘿，真是天大的笑话，我帮你办事，你还要提条件？这是哪家的规矩？岂有此理！既然你对我都信不过，还说什么呢。算了，你不用说了，我也不想听，我走了。你好自为之吧。"郑天禅起身要走。

"天禅哥，别走。我说，我说就是了。"王子太急忙上前阻拦，苦苦哀求道，"刚才我是想说来着，可我若把真相全都告诉了你，你再告诉圆圆，那这家中还有我的立足之地吗？"

"我说过要告诉圆圆了吗？我既然救你，一定会救到底！"

"既然这样"王子太感激道，"那好，我说，我全说。我把所有的事情都告诉你。"

那天，王子太在家受了圆圆的气，心里别扭，一人开车去了明光寺，想走一走，散散心。进了寺院，王子太跟随人流，晃晃悠悠来到观世音菩萨像前烧了三炷香，磕了三个头，转身来到佛殿门口，从旁边一张条桌的签盒里随手抽一张纸签，交给了桌旁坐着的和尚。和尚看了他一眼，打开纸签，见纸签上有一首唐朝元稹的诗。

离思

曾经沧海难为水，除却巫山不是云。
取次花丛懒回顾，半缘修道半缘君。

和尚看完纸签上的诗，冲王子太笑笑说："施主，你心中若有烦恼和郁闷，可去寺院后山走走，散散心。曲径通幽处，雾浓竹林深。途中遇仙子，都是寻梦人。业海情缘，天意作合——施主，你有桃花运啊！去吧，去吧，不要错过了这美好时光！"

王子太掏出一张50元人民币给了那和尚，把纸签揣进兜里，怀着半信半疑的心态步出寺庙后门，穿过竹林丛中弯弯曲曲的石板小径，向山上爬去。爬到半山腰，看见一片平坦的空地，空地上有石桌、石鼓，可供游人坐着歇息。石桌前，王子太看见有一位背朝着他的年轻尼姑坐在那里，手中正拿着一只不锈钢热水瓶，向一次性纸杯中倒水。王子太感觉有点儿口渴，后悔没有买一瓶矿泉水带着，又觉得有点儿累，便向石桌、石鼓走了过去，想休息一会儿，然后再往山上爬。

"师父，打扰了，"王子太向坐着喝水的尼姑礼貌地打了一声招呼，而后指着尼姑侧面的一个石鼓问道，"这儿没人坐吧？我坐下歇息一会儿，可以吗?"

尼姑侧转头冲王子太嫣然一笑,说道:"看不出来,你还是个懂规矩、讲礼貌的文雅人。这荒山野岭的,哪来的人啊!你尽管坐下来歇息好了。这儿没人管。"说道这里,尼姑又冲他一笑:"渴了吧?喝杯水解解渴,然后再上山。"尼姑从包中另拿出一只纸杯,倒好了水,递给王子太。

王子太接过茶杯,道了一声:"谢谢。"

"不用谢,"尼姑笑着说,"正好,咱们两个可以做伴,一块儿爬山,途中说说话,既不寂寞,也不感觉累,你说好吗?"

王子太笑道:"好啊,原来你也是来爬山的?"

"不全是。昨夜我做了一个梦,今日我来此后山,想印证一下。看看是不是真的。"尼姑两眼笑眯眯地看着王子太说。

王子太被尼姑看得有点儿不好意思,把头别了过去。

"呀,一个大男人,还怕人家看啊!我就不怕你看。我虽然是个尼姑,但仍不失女人之美丽。不信,你可以大胆地、仔细地看上一看、品上一品我这个剃光了头的女人味儿。没关系的,你尽管看,尽管品,说好论坏我都不会怪你。"尼姑大大方方地把头上戴着的灰布做的尼姑帽摘了下来,笑着说。

王子太定睛仔细观看,吃了一惊:站立在他面前的尼姑,竟然是一个女人味十足的美娇娘!俏丽的脸蛋泛着红晕,还有一双水灵灵的多情的大眼睛,让人好欣赏。

"我美吗?"尼姑笑问道。

"你的确很美,女人味很足。"王子太赞道。

"是吗?"尼姑很高兴,"这儿荒山野岭的,没有旁人,今天我让你看个够!"说着,她宽解衣扣,紧缩双肩,褪下上身僧袍,露出薄纱内衣裹着的酥胸和肌体。两只嵌着樱桃的乳房在薄纱衣内奇峰突起,微微颤动,格外性感,分外美丽,让人看了心神荡漾、魂不附体……

而那尼姑,依然笑眯眯地亭亭玉立在王子太面前。王子太两眼发直,惊呆了。他心中感叹:啊,这尼姑真的是一位非常美丽的大美人啊!

"师父,你太美啦,犹如仙女一般。今天我真福气,有眼福啊!不好意思,你快把衣服穿上吧。若有杂人上山，看见了……"

"放心吧，荒山野岭，哪来的人啊！"尼姑穿好僧袍，笑着问，"你以前见过像我这样漂亮的尼姑吗？"

"没有。"

"真的吗？"

"我干吗骗你。倘若你蓄一头长发，会更美，更漂亮。年轻小伙见了，一个个都会拜倒在你的脚下。"

"真的呀"尼姑非常高兴，"这样吧，我带你去见一位更美丽、更漂亮的姑娘，感不感兴趣？"

"好呀！非常感兴趣，我跟你去。"王子太爽快地答应道。

王子太跟随尼姑一起下山。出了山门，来到明光寺停车场，尼姑请王子太站在停车场边稍等，不一会儿，一辆黑色奔驰吱的一声停在了王子太身边。王子太正在诧异，尼姑已推开副驾座的车门，招呼他上车。

王子太坐上副驾座，刚系好安全带，尼姑一踩油门，轿车便飞出了停车场，直奔高速公路，向远郊姚家花园驰去。王子太这才想起自己的车也在停车场，离开时没有跟存车处管理员打声招呼，如若过了钟点，肯定要罚款。接着，他又想起，这尼姑姓什么、叫什么、她的庵堂又在哪里，自己一概不知。在此种情况下，他色胆包天，居然就这么坐上了她的车，任由她拉着走了？虽说堂堂男子汉并无什么可怕的，可这也确实有点儿荒唐啊！

尼姑脸上透着微笑，驾车在高速路上飞驰，时不时地瞟王子太一眼，却不说话。

"师父，我忘记告诉你，我的车也在停车场呢。"王子太有点儿不好意思地说道。

"噢，不要紧，我这就给管理员打个招呼，他们认识我，不会罚你款的，放心吧。"随即她拿起手机，给停车场管理员打电话，说明了情况。"以后不要叫我师父，我有姓名。我姓辛，辛苦的辛，叫利娜。记住啦？"辛利娜冲王子太妩媚一笑，说道。

"记住了。"王子太说道。

"该由你向我汇报啦,"辛利娜诡秘一笑,"你姓什么?叫什么?什么职业?娶老婆了没有?老婆长得漂不漂亮?你在家中的地位如何?犯不犯'气管炎'?跪不跪搓衣板?凡是能说的,统统说给我听听,行吗?"

王子太心想,这尼姑太过分了,萍水相逢,交情不深,家中私事,尤其是我的隐私,怎可以随便对你说呢。

"我家私事,不能随便与人说的,请原谅。"王子太说。

"没关系,"辛利娜莞尔一笑,两眼依旧盯着前方,"我原是跟你说着玩的,你却认起真来了。"

"噢,辛小姐,"王子太改口称呼道,"我姓王,名子太。"

"王子太,这名儿叫得好!若把'太'字去了,你是'王子';若把'太'与'子'两个字交换一下位置,你就变成'王太子'了。左右你都是个王家之子。天下的姑娘还不都为了抢你这个'王太子'打破了头啊!"辛利娜大笑道。

"辛小姐真会挖苦人。依我看,如若哪个小伙能娶辛小姐为妻,那才是有福之人呢。"

王子太不明白,这样美丽、漂亮的辛利娜小姐为什么要出家?她真的是尼姑吗?王子太心中十分怀疑。

辛利娜见王子太在发呆,笑了:"王子太,你发什么呆呀?我讲的是真话,没有丝毫挖苦的意思,今天,你被我抢来了,别人抢不去了。你须做我一个星期的临时夫君。你可一定得像我的夫君啊!"

王子太听了特别惊讶,心想:辛利娜想男人想疯了,今天拿我充数来了。

辛利娜又说:"我是真尼姑,你不用怀疑。"

王子太心想:神了!她像我肚子里的蛔虫,我心里想什么她都能知道。可一旦圆圆知道我在外边胡闹,那就糟了!

"害怕了?家有娇妻难以割舍,是吧?"辛利娜一语点中了王子太的要害。

王子太点点头,不说话。

"你妻子美吗?"

"美!很美!"

"与我相比怎样?"

"比你美！比你骄横！比你厉害！"

"真的？"辛利娜一惊，马上又笑了，"我有点儿不相信，看如何相比了！"辛利娜显然不服气。

说话间，车子拐进了姚家花园，在一座红墙绿瓦的二层别墅小楼前面停了下来。

"到了，王太子请下车吧。"辛利娜笑着说。

"这里果真有比你更漂亮的美人儿？"下车后，王子太问道。

"我骗你干吗？待会儿让你见着就是了。怎么，你后悔了？"辛利娜两眼盯住了王子太看。

"没有，怎么可能呢！男子汉大丈夫，一言既出，驷马难追。"王子太哈哈大笑道。

"别蒙我了，你们男人，一丈之内皆丈夫，既懂礼，又尽孝。一丈之外便无礼也，一个个色胆包天……"辛利娜边说边将王子太领进了别墅。

穿戴别致的小保姆笑嘻嘻迎了出来，接过辛利娜手里的拎包。

"小姐回来啦，"小保姆招呼完辛利娜，又礼貌地向王子太问候，"先生，您好。"

"你好。"王子太回应道。

"沏两杯乌龙茶送到客厅。"辛利娜对小保姆说。

"嗯。"小保姆答应一声，去了。

辛利娜领着王子太进了一层的客厅。

"王子请坐。"辛利娜对王子太莞尔一笑，伸手示意道。

"喂，利娜小姐，进了你的家，你是主，我是客。主人待客之道，首先应该敬重客人。哪有主人拿客人寻开心的？"王子太微笑着在三人沙发上坐下，不客气地回敬了辛利娜。

辛利娜调转身，往后一倒，倒在了王子太身旁，把王子太吓一跳。她跷起双腿往下一压，紧挨着王子太坐好了。见王子太脸上依然挂着受惊的神态，笑道："这叫一回生，二回熟。从山上到山下，你坐上了我的车，又走了这么长的路，你心中的疑团该化解了吧？"

王子太摇摇头:"我是饱眼福来的,对你会有什么疑团呢?"其实王子太心中早有疑团,只是不承认罢了。

辛利娜瞧了他一眼,笑笑说:"你坐在这儿喝杯茶,稍稍休息一会儿,我上楼去,邀请我妹妹与你相见。但是,有个条件:见面时,你要守规矩!对我妹妹不准动手动脚,不能起淫心!"

"利娜小姐,你把我看成什么人了?"王子太很不高兴。

"自然你是男人、我是女人喽,"辛利娜大笑,起身说道,"别往心里去,我说着玩的。我知道,你心里痒痒,不就是为了一睹芳容吗?我理解。你在这儿稍等,我这就去请我妹妹下楼来与你相见。"

辛利娜笑着离开客厅,上楼去了。不大工夫,楼上下来了一位美丽少女,她袒露着酥胸,穿一身似蝉翼般薄透的黑纱连衣裙,长发乌亮,性感撩人!见了客人,她甜甜一笑,说道:"这位想必就是新来的贵客——王子了?"

王子太见来者是一位品貌出众、体态风骚的美丽少女,赶忙站起身,睁大双眼,盯着美少女观看,竟然忘记了答话。美少女倒也洒脱、大方,任由王子太贪婪地欣赏和观看。就这样,也不知道过了多长时间,美少女笑了,开口叫了一声:"王子先生!"

王子太这才如梦初醒,说道:"不好意思,小姐,你太美了!"接着,他又解释道:"我不是王子,我叫王子太,你姐姐向你介绍错了。"

"我姐姐对我说,昨夜她做了一个梦,观音菩萨要她今天去明光寺后山,迎接一位与她结下前缘的男人。那男人的名字中,有'太子'二字,想必就是你了。"

"错了。我既不是'太子',也不是'王子',我叫王子太,你姐姐介绍错了,"王子太又一次纠正道,而后又问,"你姐姐还说了些什么?"

"我姐说,这位'王子'进了寺庙,求得一签,签上写着'曾经沧海难为水,半缘修道半缘君'……呀!下面的话我记不得了……"

"又错了,应该是:曾经沧海难为水,除却巫山不是云。取次花丛懒回顾,半缘修道半缘君。"王子太背诵道。

"对对对,我姐姐还告诉我,观音菩萨说了:倘若二者对上了,他便是

第三篇　信仰危机

你要等待的郎君。你虽出了家,但与他有一夜的夫妻缘分,不可错过哟。"美人儿说。

"真的吗?"王子太不胜惊讶,可他并没有将纸签拿出来。

"当然是真的。这是我姐姐亲口对我说的,哪还有假。"美人儿说。

王子太听了,心里痒痒极了。他的眼睛依旧盯着美人儿,贪婪地看着。

美人儿见王子太如此贪色,笑问道:"我与姐姐相比,谁漂亮?"

"你姐姐也漂亮,她虽然剃去了乌发,可她的女人味儿依然十足,别有一番韵味和情调。与你姐姐相比,你更美些,更耐看些,更性感些,让男人心里更忐忑不安些、想入非非些……"王子太说。

"啊呀!王太子,你对女人可真能恭维啊!你的赞美都让我浑身发热了。"自称辛利娜妹妹的美女含笑说道。

"我对你们姐妹两个的赞美,可都出自真心哪!丝毫没有讨好与谄媚的意味。不过,辛小姐,我还是要再一次纠正你对我的称呼。我不叫王太子,我叫王子太。你姐姐也真是的,开我的玩笑还不够,又让她妹妹跟着来笑话我,可……可……"

"可……什么呀?快坐下,慢慢说。"美女觉得此时的王子太特别可笑,她知道王子太想说什么,但就是不说出来,便逼着他说出来。

王子太重又在沙发上坐了下来。

"说就说。不过,一个男士若要贬低自己心中喜爱的姑娘,总归不太好,还是不说的好。"王子太笑着说。

"噢,我知道,你爱上我姐姐了。可她是个尼姑呀。算啦,不谈她也罢。我问你,我姐姐还对你说什么了?"美女含情脉脉地问道。

"虽然有点儿不好意思说,可我还是可以告诉你。你姐说你长得比她漂亮,还警告我说见到了你要自重,不可以起淫心!"

"嗯,你又怎么回答她的呢?"美人笑着问。

"我当然不能自毁形象、贬低自己喽。"王子太含笑说。

"现在你见到我了,怎么想?心里痒痒吗?有没有想和我上床的意思啊?说心里话。"小美人紧盯着王子太问。

"这个……这个……我如何说呢，说不出口啊！"王子太心跳得厉害，脸也红了。

"有什么说不出口的呢？我非常喜欢你，从见到你那一刻起，就想跟你……唉，可这是我姐姐的地方，不方便。"美人说。

"真的呀？"王子太立刻从沙发座上跳了起来，扑向小美人。美人儿抬起双手，用力朝他胸口一推，王子太重又跌回到了沙发座中。

"急什么？老实一点坐着。看来，我姐没有说错，你色胆包天，大白天的就要对女人动手动脚，强人所难。"

"不，不不不，辛小姐，我只是想亲你一下，并无他求。"王子太无力地辩解道。

"有求也可以，但要看在什么地方，这儿不行。你跟我上楼去吧。"

王子太的心又开始忐忑不安起来。

美人儿对他嫣然一笑，说道："你不要胡思乱想嘛。你再仔细看看，这一次你可要看准了，不能后悔哟。你爱的到底是谁？是不是我啊？"突然，美人儿摘下假发，光着头。

"辛利娜！对，你是辛利娜！"眼前的剧变让王子太惊呆了。没想到，辛利娜的高超化装术未露丝毫破绽，骗过了他的双眼，让他信以为真。

辛利娜笑道："先前我是演员。刚才的表演不过雕虫小技，算不了什么。王子，跟我上楼去吧。"

"你叫我？"王子太还没有回过神来。

"当然！变卦啦？"

"噢，没有，哪能啊。"王子太似乎突然醒了过来，兴奋道。

王子太跟随辛利娜上楼，进了她的卧室。卧室面积约有50平方米，一码的淡粉颜色，显得恬静、素雅。房间内的陈设，除了一张宽大的双人席梦思床之外，另有配套的硬木家具、一台电脑、DVD机、电视机、梳妆台、双人皮沙发和茶几……挨着窗户，有一张精致的小圆桌，圆桌周边摆放着四张硬木椅子。东侧墙上，一扇雕花的硬木门与浴室相通。浴室宽敞明亮，舒适大方，卫生设施一应俱全；无疑，对于浴室的布置，房屋主人也给予了精心设计与安排。参观完了卧室,王子太心中开始窃喜,继而淫荡与遐想也油然而升:今晚,我要与小美人在如此漂亮的卧室一丝不挂、鸳鸯戏水了,真是一大美事啊……

王子太正在淫荡地遐想,辛利娜突然问他:"这房间,你可满意?"

王子太一愣,接着"啊"的一声,他的心差点儿从口中跳了出来。猛然间,他怀疑自己的耳朵是不是听错了,于是又慌忙回问道:"你在问我吗?"

辛利娜笑了:"我不问你,问谁呀?"

"噢,噢,满意!满意!满意!非常满意!"王子太高兴极了,说了一连串的满意。

"既然满意,那你就脱下脏衣服去浴室好好洗个澡,浑身脏兮兮的,如何上得了我的床啊!"辛利娜妩媚一笑,说道。

"那是!那是!"王子太宛如在梦中,喜出望外,连连答应。

"脱下的脏衣服放进浴室门口的存衣箱内。该换的衣裤,我都已经给你准备好了,放在了浴室的衣架上。去吧,你洗完了我再洗。"辛利娜笑吟吟地对王子太说。

王子太听辛利娜如此说,全身的骨头都酥了。他的心在怦怦乱跳,脑袋晕晕乎乎,不知道说什么好了……

遵照辛利娜的吩咐,王子太把身上脱下来的衣裤放入存衣箱内,走进了洗涤灵魂的浴室。

稍后,辛利娜便命小保姆把王子太的存衣箱从浴室门口挪去了另一个房间……

40分钟过后,王子太光着脚丫,穿一身中式的湖蓝色韩丝裤褂,笑嘻嘻从浴室走了出来。辛利娜招呼王子太在沙发坐定,顺手从茶几上端起一杯早已沏好的乌龙茶递了过去。王子太接过茶杯,喝了一口。

"水温合适吗?"

"合适。"

"洗个热水澡,舒不舒服?"

"舒服,舒服极了。"

"舒服就好。只要客人感到舒服,我才算尽到了地主之谊。"

"辛小姐,我的美人儿,你太过谦了。"王子太开始控制不住,伸手想摸辛利娜的脸蛋。可他的手刚刚伸出,就被辛利娜"啪"的一声打了回来。

"你这就开始轻浮起来了?是不是等不及了?刚沏的上等好茶,喝一杯休息休息,好好养养神。等我洗完了澡,还有话问你呢。"辛利娜和颜悦色地说道。

"嗯,好茶,确实是好茶。刚才我着急,没有喝出来。"王子太笑着说。

辛利娜笑了:"你呀,你刚才的心思并没有放在品茶上。口中喝的哪是茶呢?还是别的什么……"美人儿只是笑,不再往下说了。

王子太不傻,他点破了辛利娜的意思:"辛小姐,你又在挖苦我。你是不是想说:哪是茶呢?还是尿啊?是不是?"

"我觉得吧,什么事一旦说破了,就没意思了。王太子,你说呢?"辛利娜对王子太所问非所答。

"啊?我现在就想睡觉。怎么刚洗完澡,我就开始犯困了呢?"王子太瞄了辛利娜一眼,装得更像了。

"你哪里是困了?心里明明有许多只耗子在折腾,在抓挠,痒痒得慌倒是真的,"辛利娜笑道,"你呀,色迷心窍了!"

"辛小姐,你想多了。"王子太嘻嘻装傻。

"算啦,不跟你废话了,我该洗澡去了。"

辛利娜喊了声小保姆,小保姆答应一声,来到她跟前。

"小姐,什么事?"

"给澡盆消完毒、放好水了吗?"

"我都给您准备好了。小姐,您可以洗澡了。"小保姆说。

"噢。你站在浴室门口,不准走开。"辛利娜说。

"行。"小保姆点点头答应。

王子太看着辛利娜走进浴室,心中想着,怪痒痒的。这是干什么呀?让小保姆站在门口守着,不让我进去,说话就要上床了,水幕中的玉体还怕我偷看啊?害羞了?不会吧?真有意思。王子太手里端着茶杯,边品茶,边云山雾罩地胡思乱想……

　　约莫过了一个小时，辛利娜才沐浴完毕，披着长发，穿一件裸胸白纱连衣裙，光着一双玉足从浴室雕花门内冉冉走出，宛如仙女下凡，光彩夺目。王子太见了，只觉得自己的心脏在猛烈跳动，激动的情绪已经按捺不住。他从坐着的沙发中跳了起来，直扑辛利娜。他要拥抱她，亲她，他要……可他又一次被美女伸出的双手阻挡在了雷池边上，没有能够跨越……

　　"你这只馋猫，怎么总是急火火的，着什么急呀，该看的总会让你看，该吃的一定让你吃个饱。但如果你自己不争气，耽误了良宵……可不能怪我啊！"辛利娜甜甜地笑了说道。

　　"放心吧，不会的，绝对不会。"王子太笑着对辛利娜信心满满地说。

　　"那就好，若是耍无赖，佛祖也不会答应，"辛利娜说，"你跟我来，我带你参观参观我在家中的修行佛堂，这对你回家以后的修行大有好处。"

　　"回家之后，你要我修行？吃斋？供佛？念经？"王子太感到奇怪，问道。

　　"是啊！你若想与我心灵相通，百年和好，你就必须信佛修行，吃斋念经。时间久了，你就会脱胎换骨，羽化成仙，咱俩就能心神相交，融为一体。你不愿意？"

　　"愿意，当然愿意。"王子太心中怀疑，口中却连连答应。

　　辛利娜看在眼里，不加点破，任由他去，他爱怎么想就怎么想。

　　她把王子太领进佛堂。佛堂里供奉着一尊精美的瓷质观音菩萨像。菩萨像前有两支点燃了的红烛和一个青瓷香炉，炉内正冒着檀香的袅袅青烟，檀香香气随着弯弯曲曲的青烟，在屋中到处游荡……观音菩萨像前的地上，并排摆放着两个用丝绒包面的厚厚的蒲团，供信徒膜拜时用。整个佛堂檀香扑鼻，十分清静、典雅。

　　"感觉如何？"辛利娜问。

　　"我不太懂。你为何只供观音菩萨，不供佛祖或别的菩萨？"王子太问。

　　"观音是个女菩萨，我们都是女人，我想，她应该更能体谅我们女人的苦衷。"

　　"可在印度，观音是个男儿身，长胡子的，到中国他才变成了女人。按道理，她不过是个变性人,或者叫作变性菩萨。泰国把变性的男人叫人妖。那么,在佛界,是不是也该把变性的菩萨叫作菩萨妖啊?"王子太笑道。

"胡说!"辛利娜口啐唾沫,"呸!呸!呸!胡说!你在我的佛堂亵渎神灵,要遭报应的,赶紧啐唾沫!"

王子太只感到好笑,但又不敢违抗,只好跟着辛利娜啐了几口。

辛利娜打开佛堂中一个柜子的门,从里面拿出一个15厘米见方的木鱼和一个敲打木鱼用的小木槌,递给了王子太。

"这是我诚心诚意送给你的,你要好好保存。刚才我已经对你说了,你若爱我、喜欢我,那么,回家之后,你一定要好好供佛,念经,修行。你只要虔诚,总有一天,咱们两个会心神相会,融合在一起。你相信吗?"辛利娜一双多情的眼睛望着王子太。

"相信!我相信!我相信!"王子太不敢有片刻迟缓,立刻回答道,"你我死了之后,定能变成梁山伯与祝英台一样的蝴蝶夫妻,永永远远双飞双宿,到处采蜜,快快乐乐地过日子。"

"王子,我与你有一夜夫妻肌肤之亲。菩萨说,前世定的姻缘非同儿戏,知道不?"

"不知道。"王子太惊讶地看着辛利娜。

辛利娜说:"观音菩萨座下有一方字笺,是菩萨昨夜在我梦里说的,今天一早,我录在了纸上,压在菩萨座下。今日我在明光寺后山遇见你,只核对了你的名字,并未核对你求得的签语。可即使是这样,我依然相信不会有错。因为你压根儿就是一个好色之徒。瞧你的外表温文尔雅,其实你就是个伪君子。所以,这样的艳遇落在你身上,并不奇怪。"

"你瞎说,我不信。"

"你若不信,可以把观音座下的那方字笺取出来看一看,便知真假。"辛利娜对王子太娇艳地一笑,说道。

王子太也一反常态,双膝跪下,向观音菩萨磕了三个头,而后从菩萨座下取出字笺。字笺之上,果然写着:"曾经沧海难为水,除却巫山不是云。取次花丛懒回顾,半缘修道半缘君……明光寺后山见……一夜夫妻,前世

第三篇　信仰危机

缘……"

王子太信了：呀！真有此事，太奇怪了！原来观音菩萨在辛利娜梦中，真是如此说的啊……

"这下明白了吧，我没有骗你吧，"辛利娜笑着说，"你还可以往深处想一想，一男一女，以前并不相识，两个人在明光寺后山竹林相遇，本属行人路中的一次偶遇，没什么可奇怪的……然而，奇怪的事儿偏偏发生了。这位尼姑竟然主动为一个刚刚相遇而以前并不相识的男人献媚。她摘下僧帽，脱去僧袍，展示了她的美丽，以及她那性感而丰满的肌体，让一个不相识的男人尽情观赏。她要让这个男人知道'曾经沧海难为水，除却巫山不是云'是什么含义。她依仗着菩萨的指点，毫无顾忌地，非常高兴地去做。她很乐意让这位陌生男人知道她的美丽，赏识她的美丽，她一点儿都不惧怕。对她来说，这既是一个梦，又是一个谜，一个让人难以捉摸又难以破解的梦和谜。王太子，你觉得呢？"

"哦，嗯，对，这既是一个梦，又是一个谜。确实非常奇怪。利娜小姐，在梦中，观音菩萨还对你说了些什么？"

"菩萨说：'你凡心未灭，此等红尘中的姻缘，当在情理之中，正所谓半缘修道半缘君，就是这个道理。'今天，我在明光寺后山竹林里等候多时，才见你姗姗来迟。我认定你就是菩萨在梦中指点给我要见的那个人，所以我才壮了胆子，让你观赏我的玉体，跟你谈情说爱。"

"天下真有这等奇事。"此刻，王子太已经笃信无疑。

小保姆走进佛堂告诉辛利娜："小姐，酒菜已在您房中摆好，请小姐陪客人入席。"

"好的。这里没有你的事了，你去吧。"

小保姆非常听话，离开了佛堂。

"你肚子饿了没有？"辛利娜问王子太。

"还好。"王子太客气道。

"什么话呀，你不实在。我可饿了，今天我要与你一醉方休。"辛利娜笑道。不等王子太回答，拽了他就走。

辛利娜房中的小圆桌上摆满了各色下酒的荤素凉菜,没有热菜。辛利娜虽然已经出家做了尼姑,但她从不忌口,荤素全吃,既没有佛家的禁忌,也没有佛家的规矩……她说她是观音菩萨的光明使者,不受人间世俗左右。

辛利娜举杯对王子太说:"你可能觉得奇怪,作为出家人,应该了断红尘中的一切欲念,为何我不但不了断、反倒更加旺盛了呢?原因很简单,因为我是菩萨的光明使者,天马行空,任我纵横,没有忌讳。我不受约束。所以但凡红尘中的种种欲望我都有。有时候,我对欲望的渴求超乎寻常,强烈到了极致。尤其当我一个人打坐、静下来的时候,我的欲望常与佛经搅和在一起,让人心烦意乱。看外表,我犹如雕塑般的宁静,实则内心在翻江倒海,惊涛拍岸……我不想自欺欺人,我愿我心光明正大,温柔多情!因此,我将我手中的第一杯酒洒向大地,以敬天地。"说毕,辛利娜高高举起酒杯,慢慢将杯中的酒洒向地上。

王子太也站起身,应和道:"我赞同!我愿跟随仙子美女同敬天地。"王子太也高举酒杯,将杯中的酒洒向地上。

辛利娜与王子太推杯换盏,开怀畅饮,酒到半酣时,辛利娜对王子太说:"你知道我在哪个庵堂吗?"

"不知道,你又没有告诉我。"

"对,我没有告诉你。可你放心,我不会瞒你。"辛利娜用手比画着说。

"我相信,我非常相信。"王子太口中嚼着一块酱牛肉,笑着说。

"我是水月庵的尼姑。水月庵在明光寺东北向一座山的山坳里,二者相距三公里,交通十分方便,柏油马路直通到庵堂的山门前。我堂姐是水月庵住持,法号慧聪。我入空门,是堂姐亲自为我落的发。"

"好啊!那你什么时候为我剃度啊?"王子太醉意蒙眬地问道。

"你也想剃度?"辛利娜惊讶问道。

"是啊,有问题吗?"

"我出家的时候,向庵堂捐了钱的,你能吗?"

"不就是钱吗,没问题。我衣服兜里有一张银联卡,卡内有人民币现金165000元,我都捐了,够吗?"王子太舌头有点儿不灵活了,但他说话依旧很慷慨。

"行，你真的愿意？"辛利娜欣喜道。

"当然，那还有假。你若不信，我立刻写字据给你。"王子太说。

"不用，我信。我这里有打印好的捐款凭据，不用你写，你只需在上面签个字，写上年月日，按一个红指印就行了，"辛利娜笑着从梳妆台抽屉里拿出两份用电脑打印好的捐款凭据，平摊在梳妆台上，对王子太说，"王子，你过来，在这两张纸上签个字，按个指印吧。"

"好，我签。你都想到了，我也省事了。"王子太根本没有看辛利娜在两张纸上写了些什么，便大笔一挥签了字，写了年月日，按了个红指印。

王子太哪里知道，即使他不施舍、不捐款、不签字，他银联卡里的钱，照样都是辛利娜的……

辛利娜收好了王子太签字的两张凭证，继续与王子太碰杯痛饮。

"辛小姐，我的美人儿，我已不胜酒力，我若醉了，不……不……不就坏事了！"王子太似乎已经醉了，可他某个方面的神志依然清晰，没有糊涂。

辛利娜笑了："我知道，你念念不忘的，就是想骑压在我身上。你的欲念，你的贪婪，我早已经洞察。放心吧，我会满足你的要求的。其实，我也需要。"又一杯酒下肚，辛利娜接着说："你以为出家人，卸了粉妆，去了头发，就能心甘坚守戒律、抛弃一切欲念了？不能够，不会的！她们依旧有种种欲望。孤独的时间久了，她们对性的渴望会更迫切，更强烈！她们所谓的'了断'，是自欺欺人，都是假的。我是演员，曾经小有名气，红尘中的儿女之事我从未断绝。每当静谧之时，我会倍加思念，我对欲望的渴求无比强烈。我不但求性，而且喜钱，我对金钱来者不拒，多多益善。可我所获取的钱，都是那些跟我上过床的男人甘愿奉献的。人们议论：像我这样的人，到底是尼姑呢？还是演员？还是高级妓女？我也说不清楚。如若问你，你怎样回答？"她确实醉了。

"要我说啊，美人儿，我最喜欢你全都占了。啊！全都占了。我喜欢你都是！"王子太肯定醉了。他站起身，抱起辛利娜，把她放倒在席梦思床上。辛利娜瘫软了，此时的她已无心计，唯独渴望的，是她希望快活的梦境早些儿到来……

一夜狂风暴雨，雷电交加，辛利娜如仙似疯，如痴如梦，快活极了！王子太是个拼命三郎，他竭尽全力，使出浑身解数，苦苦奋战了一夜，累得腰酸背疼，已直不起腰了……

第二天，日高三竿，辛利娜才起床。辛利娜对王子太笑着说："昨夜你辛苦了，谢谢你。"她抱住王子太狠狠地亲了一口，让王子太受宠若惊。

辛利娜驾车送王子太到了明光寺。

王子太怀着忐忑不安的心情从存车处取了自己的车，带上辛利娜送给他的大木鱼，开车回了家。

王子太与辛利娜告别的时候恋恋不舍，心中很不是滋味。不知为什么，辛利娜嘱咐王子太：回家之后不要忘了诵经、修行，不要忘了他们两个的约定和一起许过的愿，期盼着来日再相会。

"整个情况就这些。"最后，王子太对郑天禅说。

"嗯，你说的，看来是实话。崔圆圆也没有冤枉你。"

"她怎么没有冤枉我？明明是她不让我进她的房间、不准我上她的床，她却编瞎话对人说是我不进她的房间、不上她的床，拽我上床我都不愿意……简直胡说八道。可你还信了。我这老婆太厉害了，我真的爱她不起了。她心中只有你，我还是把她还给你吧。"王子太哭丧着脸，垂头丧气地说。

郑天禅听了，火冒三丈，对王子太大声吼道："混账！你胡说些什么？你把我当什么人了？！又把崔圆圆当什么人了？！王子太，当心我把你捶扁了喂狗，信不信？想当初，你爱崔圆圆爱得死去活来，寻死觅活的，人都快疯了。你跪在地上，边磕头边哀求我说：'天禅哥，我知道我该死，我对不起你。但是，我爱圆圆，非常非常地爱她。我甘愿做她裙下的小绵羊，任她打，任她骂……天禅哥，你既然已经原谅了我，那就应该成全我。无论如何，你要成全我，我绝忘不了你成人之美的大恩大德！将来我即便当牛做马，也一定要报答你的大恩大德！'王子太，你说，当年你是不是这么求我的？"

"是。我是这么求你的，也是这么说的。天禅哥，你别发火，听我说好不好？"王子太哀求道。

"你还想说什么？现在你是不是又爱上小尼姑了？后悔了？是不是？看

来，我成人之美是错了啊！"郑天禅的火气依然未消。

"不是的,不是的呀！天禅哥,你别发火,听我说行不行？"王子太害怕了,"我知道你对我好，处处帮我，处处护着我。可我怕崔圆圆，真的，我既怕她，又爱她，非常怕，又非常爱。可她不爱我，她爱的是你。禅哥啊，我能有什么办法呢？我这是实话实说，你不要见怪。"王子太一下子变得可怜兮兮的。

"虽然她爱我，可我从来没有亲过她，连她一根毫毛我都没有碰到过。这是实情，不用我讲，你最清楚。可作为我的兄弟、我最要好的朋友，你不诚实，你搞阴谋，耍诡计，在酒里放春药，伤害了她，继而占有了她。当初，我恨不得宰了你！可我不能，我一忍再忍，最后我还是忍住了。我看在你我从小一起长大又一起读书、亲如兄弟的情分上，我既没有打你，也没有跟你翻脸，在你再三哀求的情况下，我成全了你。可你却昧着良心，到处放风，抛出了一系列鬼话，让崔圆圆相信'郑天禅为了梅琳抛弃了崔圆圆，而后又将崔圆圆做人情送了人，成全了他的铁哥们王子太'。你说，这等卑鄙龌龊的事，是不是你干的？"郑天禅发火道。

"是，是我干的。都是我干的，都是我的错，我不是人！我对不起你！"王子太哭丧着脸承认道。

郑天禅生气道："你应该知道，男女间的恋爱，即使在兄弟之间，或姐妹之间，或朋友之间，或同事之间，都有可能产生争执，甚至竞争，可……不说为了友谊谦让吧，可也不能像你这样，为达目的，不惜使用人所不耻的、鄙劣的、欺诈的手段。你是一个无情无义的痞子，简直不是人！我与梅琳相遇之前，你就已经玷污了崔圆圆。可我还是宽恕了你。我为了成人之美，为了你这个不成器的朋友，我不但宽恕了你，还为你承担了骂名。回顾往昔，我也是罪有应得啊！今天，我又因为你的行为不端，遭到了崔圆圆的责罚，你却还在这里说三道四，真是岂有此理……"

"天禅哥，都是我的不是。我不是人！我求求你别再发火了，别再生气了好不好。"王子太哀求道。

"我怎能不生气？我又怎能不发火？你说你爱她，可你一夜未归。第二天，你身上带着另一个女人的气味回到家里，被她发现了，她岂能容你！她还是很大度的，只轻轻地惩罚了你一下，意在让你向她服个软、认个错，夫妻间还是可以重归于好。可你却较劲，与她对着干。你一个人，吃住都在书房里，竟然还咽咽地敲起了大木鱼，念起了'阿弥陀佛'。我要是女人，也会生气！你说是不是？"郑天禅给王子太入情入理地分析说道。

"我哪知道她的鼻子这么灵敏，心思又那么深沉，我一个人躲在书房里敲木鱼，那也是没有办法的办法……换了你，又怎么办？"

"我又没去和尼姑一夜风流，也没挨老婆的罚，我咋知道怎么办啊？"郑天禅瞧着王子太的熊样，忍不住笑了。

"真没劲。"王子太低头嘟囔说。

"告诉你吧，女人的疑心病、妒忌心、虚荣心最厉害，男人比不了。女人的眼睛、鼻子更厉害，男人只要有丁点不轨行为，或者哪个女人对自己的丈夫有邪念了，她们立刻就会有反应，知不知道？"

"不知道，"王子太说，"唉，因为你从没有受过圆圆的虐待，不知道她的厉害。她对你说的是一套，对我实行的是另一套。我回家之后不敢惹她，原本想一人躲在书房里敲敲木鱼，让她消消气，或许过几天就好了。谁想，她立刻把我关在了书房里，将我软禁起来。并且立下规矩：未经她的许可，不准出屋。一天三顿，保姆送一个小馒头、一壶水，顿顿素炒油菜，缺盐少油，无滋无味，我眼睛都快吃绿了。为了向圆圆表示抗议，我本想不吃来着，可不吃又饿得慌。我只能硬着头皮吃。心想：吃到了有一天，她能可怜我，饶了我，也就熬到头了……可直到今天，她依旧无动于衷。不但如此，她还使出了杀手锏，她把我能到手的钱全都没收了；堵死了我的钱路，让我身无分文，一点零花钱都没有。她知道我身边有一张银联卡不见了，她不问，我也不说，我想她肯定猜着了。即便她猜着了，我也不承认。我不能说，绝对不能说啊……我这样的日子，如同一个在逃的杀人犯，怕她问我，怕她知道。我怕呀，天天紧张，天天心惊肉跳……"

"这都是你自找的，没人可怜。你还是好好琢磨我刚才对你说的话吧，别犯傻啦！另外，我问你，辛利娜又怎么认识邹涛的？"

"哦，一个星期后，我约辛利娜偷偷地见了一次面，在亨利咖啡馆遇见

第三篇　信仰危机

了邹涛。通过我的介绍，他俩认识了。谁知他俩有缘，发展飞快。"

"你……算了，"郑天禅想责怪王子太几句，话到嘴边又止住了，接着他问，"你能不能带我去一趟辛利娜家？"

"怎么？你想替尹秀英去辛利娜家兴师问罪？"王子太问。

"你甭管。你去不去？"郑天禅又问。

"你管她干什么？邹涛与尹秀英不和已经很久了。邹涛遇见辛利娜，如鱼得水，怎么可能听你的规劝。"王子太说。

"朋友夫妻间闹了矛盾，要说好不说坏，要劝和不说散，这是做人的原则，懂不懂？"郑天禅说。

"不懂。"

郑天禅气道："不懂你就学着点儿！你到底去不去？"

王子太见郑天禅生气了，有些害怕。怕他一怒之下又动手打他。郑天禅好动手，这在哥们当中是出了名的。别看他外表文质彬彬，只要他说不通又劝不听的，急了时，他就会用武力解决。郑天禅练过武，武功相当了得，哥们中谁都打不过他。因此，大家最怕的是他急了动手。王子太与郑天禅是铁哥们，可他最怕郑天禅揍他！说来也怪，越怕越挨揍，总的算起来，王子太挨郑天禅揍的次数最多。郑天禅一旦动了手，手下不留情，狠着呢！无论王子太怎么喊叫都不行，直到他打够了才罢手。自然，王子太也绝不是个省油的灯，喜欢耍小聪明，自吹自擂，自以为是。郑天禅最恨他这点了！当然，王子太也知道，郑天禅一般不轻易动手，除非他真生气了，发怒了。今天崔圆圆把郑天禅请过来，非同一般，一定有事。俗话说：听话听音，锣鼓听声。王子太觉得此刻苗头有点儿不对，于是他赶紧答应了。

"我去我去！你说怎样就怎样。"王子太爽快答应道。

"少废话，咱们这就走。坐我的车，你引路。"

"行，听你的。"

在王子太的引领下，郑天禅驾车直奔姚家花园。到达目的地，郑天禅将车停在了别墅旁边的水泥道上，让王子太前去叫门。不一会儿，一个胖胖的、挺着大肚皮的中年男人开门问道："你找谁？"

141

"辛利娜小姐在家吗？"王子太见是一位胖男人，似乎在哪里见过，先是一惊，然后问道。

"噢，你是问利娜小姐？"

"是啊。"

"她把别墅卖给了我，搬走了。"胖男人笑着回答说。

"你知道她搬哪儿了吗？"

"不知道，"胖男人想了想，又说，"你可以去水月庵问一问她堂姐慧聪师太，或许她知道利娜小姐去了哪里。"

郑天禅心中有了不祥的预兆：要出事儿。

王子太又领郑天禅开车奔向水月庵。水月庵接待他们的正是慧聪师太。

师太拿出一封信交给郑天禅说："辛利娜离开时，把这封信交给了我。说她走之后，定会有人前来寻找邹涛的下落，到时候让我把这封信交给前来寻找的人就可以了。说完她走了。"

郑天禅从师太手中接过信件，道了一声谢，急忙开车离开水月庵，返回圆圆家。进了圆圆家的客厅，见尹秀英她们三个仍在聊天，还没有离去，郑天禅忙把手中的信交给了尹秀英。

尹秀英接过信，见郑天禅脸上没有一丝笑容，知道事情不妙。她浑身瑟瑟发抖，问道："谁写的信？说了些什么？"

"不知道。你自己拆开信看吧。"郑天禅说。

尹秀英将信封拆开，信封里有两张复印件。

第一张复印件是捐款凭据。

捐款凭据

邹涛先生为观音菩萨佛事活动捐善款：现金人民币壹仟肆佰捌拾万元整

捐款人签字：邹涛（手印）
×年×月×日

第三篇 信仰危机

尹秀英生气道:"该天杀的!真有你的,把好端端一个建材商店全掏空了。"

尹秀英打开第二张复印件,复印的是一张《离婚书》。

离婚书(供法院判决)

我已削发为僧,随师出国,愿与妻子尹秀英离婚。即日起,我与尹秀英脱离夫妻关系。本人所余家产(包括企业和现金)归尹秀英所有。

邹涛签字(手印)

×年×月×日

尹秀英看完第二张复印件,脸色苍白,大声喊叫:"不可能!绝对不可能!两个大骗子,不得好死!邹——涛——你——不——得——好——死!"尹秀英昏厥了过去。这可把大家吓坏了,立刻将她送去医院进行抢救……

半年后的一天,崔圆圆在报纸上看到一则报道:有人在泰国曼谷街头看见一个疯疯癫癫的流浪汉伸手向人妖乞讨,人妖问他从哪里来,流浪汉看了看人妖,既不说话也不回答,缩回手转身走了。流浪汉裸露的左臂上,有一对樱桃般大小的血红色胎记特别惹眼。人们纷纷议论说,这个流浪汉来自中国大陆,他先前与一位漂亮姑娘(据说是假尼姑)鬼混在一起。后来他没钱了,漂亮姑娘抛弃了他,他的钱都让假尼姑骗走了。他不愿意回国,流浪曼谷街头,成了有国难回、无家可归的流浪汉。

崔圆圆拿着报纸找到尹秀英。

"秀英,我觉得泰国曼谷街头的那个流浪汉肯定是邹涛,你快把他接回来吧。一日夫妻百日恩,别再计较啦,去吧,去把他接回来。"同情的泪水在圆圆眼中直转悠,她为邹涛难过。

尹秀英冷冷说道:"这条消息我早看到了。他活该,他自找,他自作自受,没人可怜他。再说了,他回来了,我家中的小郎君怎么办?他能答应吗?我可舍不得让我家小郎君忍受丁点儿委屈。我得让他天天快活,他快活,我

情/殇

才快活……"

　　崔圆圆听了目瞪口呆,她简直不敢相信自己的耳朵。

　　这是真的?还是假的?

　　这世界确实变了,变得真快啊!

　　变得多么可怕!

　　变得谁也不认识谁了……

第四篇
醉酒

　　昨天晚上，钟伯乐听老艺人戏说了两个神话故事，觉得新颖、有趣，且耐人寻味。回到了家中，故事情节依旧在脑际萦绕，久久不能驱散，于是便翻箱倒柜，把《高唐赋》《神女赋》和《洛神赋》三篇古代名著统统找了出来，挑灯夜读。边阅读，边研究，边进行对比。他很想搞清楚两个故事的来龙去脉以及这三篇文章哪篇写得最好，可在研读过程中，他慢慢感觉到自己的古文底子有点薄。读到半夜，他头昏脑涨，疲惫不堪，快读不下去了，可三篇文章，谁高谁低，又该如何分辨、如何落笔点评呢？难度太大，力不从心……

　　三篇赋文，讲的都是爱情神话故事，故事情节娓娓动听，从古到今，文人墨客遐想颇多，少有挑剔……

　　不过，如若仔细琢磨，《高唐赋》与《神女赋》两篇的个别文字，仍有瑕疵可寻，些许情节还是可以探讨。除此之外，宋玉其人，也过于卖弄文墨，过于彰显他那拍马屁的高超才能了，锋芒太露。明眼人一看便知，他是想通过自己手中的笔，以虚构方式编写楚王与瑶姬（神女）的爱情故事，为楚王开疆拓土，歌功颂德，树碑立传，千古流芳……进而为他自己的日后高升打下基础。可惜，楚襄王不糊涂。

　　《洛神赋》虽然同属神话爱情故事，宓妃的结局可就悲惨多了。

　　据说曹植因为思念情嫂（宓妃），夜不能寐。一次路过洛水，梦中与洛神——情嫂宓妃重逢，二人相拥而泣，泪如雨注。曹植泣道："天长地久有时尽，此恨绵绵无绝期……嫂子啊……"

宓妃甄氏，先嫁袁熙，后被曹军俘虏，又嫁曹操之子曹丕。据说曹操也喜欢甄氏，可曹操不能与自己的儿子曹丕相争。曹植爱甄氏，甄氏年龄大他十岁，而她的美丽容貌，足可以十倍相抵，没有丝毫阻碍。可曹丕是他哥哥，是魏国的君王，他是臣子。君臣之间，不能逾越……

然而，世事难料，命运舛惨，一代美人最终因失宠而惨死！死时，宓妃以糠塞口，以发遮面，十分凄惨——虽然这都是传说，与《洛神赋》的文采并无关联，然而，钟伯乐却因此耿耿于怀，心中不悦……

钟伯乐一番感叹之后，觉得这样的事儿只能由专家和学问家去评说，不是人人都可以涉足的。更何况，其中的一些典故，尚需专家去研究与考证。倘若有些闲暇时间，倒不如听听老艺人的戏说，也蛮不错。何苦非要究根问底，弄个明白！我这是心血来潮，自寻烦恼。算啦，天都快亮了，关灯吧，上床睡觉……

第二天，太阳已经升得老高了，钟伯乐仍躺在床上，打着呼噜，做着美梦，突然，一块巨冰从天而降，向他脑门砸来，吓得他魂飞魄散，大声疾呼，一下子从睡梦中惊醒！吓出一身冷汗……

"太阳都晒屁股了，怎么还不起床啊？"周涛见钟伯乐醒了，笑着说。

钟伯乐虽已从睡梦中惊醒，脸上依然露着惊恐。看见站在床边的周涛手里拿着用冰水冰过的毛巾正对着他笑，他立刻醒悟：原来是周涛在犯坏趁他睡着时用冰水冰过的湿毛巾捂了他的前额……

钟伯乐不高兴了："今儿是星期天，睡会儿懒觉都不让啊？你是不是太霸道啦！"

"晚上不睡，早上不起，好心叫醒你，又怪我霸道。看样子是我多事了。你接着睡吧，再做一个美梦。我这就到客厅去对刘文静、高媛媛他们说：'你们请回吧，钟伯乐还没睡醒呢……'"周涛佯装生气的样子说道。

"啊……别，别，别，等等……呀！他们来了？我差点儿忘了……他们是刚刚到？还是早来了？"钟伯乐想起了老同学来访的事儿，慌忙问道。

原来，钟伯乐有四位发小，都是从小一起长大又一起读书的老乡、好朋友，

第四篇 醉酒

今天专门从无锡老家来看他。

"还说呢,他们早来啦,已经等你两个半小时了。"

"怎不早一点儿叫醒我呢!"伯乐埋怨道。

"昨夜你睡得晚,今早我见你睡得正香,不忍心把你叫醒,就在客厅陪他们四个说话聊天。谁知好心没好报,反招来了一身的不是。今后若再遇到这样的事,说什么我也不管了。"钟伯乐知道老婆的脾气,别瞧她平时温柔娴淑,关键时刻是个不吃亏的主儿。她有理不饶人,尤其对待自己的男人,绝不让步。当然,如果男人认了错,她就风平浪静、烟消云散了。时下周涛所以这么说,就因为钟伯乐刚才错怪了她,她要钟伯乐向她服个软、赔个不是。可她又不直说,非绕个弯儿说……

"好啦,好啦!我又说什么了你就生气,别生气啊!"伯乐穿好衣服下地,变了个鬼脸,一躬腰向周涛作了一个九十度的揖,笑道,"周涛小姐,小生这厢有礼了……"

周涛扑哧一声笑,她的目的达到了:"耍贫嘴!快漱口洗脸去吧。我这就去客厅告诉他们一声。"

周涛笑着走了。

伯乐赶忙洗脸漱口,生怕再一次怠慢了老同学。

好在大家都是从小一起长大的,没有一个怪罪他的。大家见了面,还是那么的高兴,那么的亲热,那么的兴奋……

光阴似箭,时间过得真快,一晃,大伙儿又三年没见了。上一次钟伯乐出差,路过无锡,哥儿几个聚了聚,算是见了一次面。之后,因为工作忙,相距又太远,脱不开身,再没有机会见面相聚了。况且,时下大家都已经有了自己的事业,有了自己的家,不可能像小时候那样常在一起淘气、一起玩耍、一起游戏……可小时候的那种心气没有变,小时候的那种情谊、那种哥们义气没有变!骨子里依旧保存着,没有变!伯乐觉得,哥们义气这东西即使到了入土的时候,怕也变不了了……

三年不见,高媛媛、孟庆元胖了,刘文静、黄洪泰还是那么瘦。伯乐心想:这两对吵吵闹闹的冤家,不知结婚了没有?看样子好像结婚了,否则他们四个不会结成两对儿，一起到滨城来玩。

　　孟庆元依旧爱开玩笑、爱逗乐，性格没有变。他握住钟伯乐的手，笑着问："老同学，昨晚上你是不是又加班了？"

　　"没有啊，"钟伯乐奇怪道，"我加哪门子班啊？不瞒你们说，昨晚上我心血来潮，读了一夜的古典名著，我本想读出点名堂来，不承想，三篇文章把我搞得两眼昏花、脑袋发涨，越读越糊涂，到最后也没读出个所以然来。唉！这样的蠢事，从今往后我再也不干了！"

　　"何必说瞎话，有什么不好意思的呢！刚才我们路过野山坡公园的时候，忽然觉得公园门前的那段柏油马路，比以往平坦多了、也光亮多了，心中好奇怪！经孟庆元这么一提醒，我才明白，原来你和周涛嫂子昨夜已经把这段马路碾压过了。你们两个劳累了一夜，着实辛苦！不过，野外的风光，胜过闺房！这样的辛苦，与其给你们两个带来的愉悦和享受相比较，还是值得的。咱们是老同学了，能理解，也能体谅，放心好了，我们不会跟外人随便乱说的……"高媛媛瞄了钟伯乐一眼，借着说笑乘机而入，刺了钟伯乐一针，逗得大家捧腹大笑。

　　"冤枉啊！高媛媛，你净想当然。昨晚上，我确实因为读"三赋"，睡晚了，今早怠慢了各位，我深表歉意，还请各位老同学多多包涵，多多原谅！"钟伯乐一躬到地，向大家深深作了一揖。

　　高媛媛笑了："一句玩笑话，你倒认起真来了。该认真的时候你不认真，真叫人生气！唉……"高媛媛瞪着两只火辣辣的眼睛，瞧着钟伯乐，像是生气，可又不像真生气。只见她叹了口气说道："都已经是过去了的事儿了，再也回不来了，记着它有什么用！"这些话，高媛媛更像是在说给她自己听的……接着她话锋一转："我知道，你喜欢读书，读书时喜爱猎奇。"三赋"文章中有两位绝代佳人，且又有各自的神话故事，能否说一个给我们听听？除此之外，钟伯乐，你能否如实告诉我：两位绝代佳人中，你喜欢哪一位？是巫山的瑶姬呢？还是洛水的宓妃？还是她们两位你都喜欢？"

　　"高媛媛，你这是哪儿跟哪儿呀？让我如何回答？"钟伯乐脸露难色。

　　"奇怪，你怎就不好回答了呢？一篇好文章读过之后，总会有点儿感受。

你把读后的感受说一说，不就结了。"高媛媛两眼盯住了钟伯乐，盯得钟伯乐浑身发热，好不自在。

"她们都是千年的古人，成了神仙了，凡夫俗子怎可以随便乱说？高媛媛，你这不是在难为我嘛！"

"少来啦。我难为你什么啦？你若不回答，今天我不会放过你！"高媛媛笑了。

钟伯乐也笑了："你这样缠住我，不怕孟庆元吃醋？"

高媛媛回过头，瞧了一眼孟庆元，说道："他吃哪门子醋啊？喂，钟伯乐，别打岔，快说，两位美女，你到底喜欢哪一位？是瑶姬？是宓妃？还是她们两个你都喜欢？"高媛媛犯了神经，缠着钟伯乐不放。

刘文静可不乐意了，她变着法儿帮钟伯乐解困："啊呀呀，高媛媛，你刚才不是说让钟伯乐给咱们说一个神话故事的吗？怎么一眨眼工夫，你就变了卦啦？跟钟伯乐打起哑谜来了？高媛媛，你呀别再瞎操心了，人家钟伯乐怎么会爱两个千古死人呢？有毛病啊！高媛媛，你难道真的瞧不出来？伯乐最爱、最喜欢的人是你呀，是你高媛媛啊！我这样回答，你满意了吧？好啦，高媛媛，你心里的那点事儿，我们都知道。别再拿神仙说事儿了……钟伯乐，快讲你的故事吧，别再跟她瞎搅和……"

高媛媛急了，生气道："等等！刘文静，我怎么你了？我跟钟伯乐说话，打什么哑谜啦？我又与他怎么啦？你给我说清楚，如若说不清楚，今天我跟你没有完！"

刘文静见高媛媛生气了，笑道："高媛媛，我不是这个意思，你非要往歪处想，这可怪不得我了。更何况故事就发生在无锡，发生在我们身边，有什么说不清楚、道不明白的。想当年，有位花容月貌、身材特别苗条、一笑两个酒窝的高媛媛小姐，她风情万种，风骚过人，小学四年级就开始谈情说爱了。她看上了跟她一起读书、一起长大的小帅哥——钟伯乐。她紧追不舍，一直追到高中。没料到，高中毕业，钟伯乐飞了，竟不知去向。钟伯乐的爸爸妈妈守口如瓶，什么都不告诉她。两位老人怕这位花容月貌、风流过人的高媛媛小姐，影响他们儿子的学业与前程。这可急坏了高媛媛，她蹬足大哭，赖在钟家不走了。可巧,钟家正缺一个女孩儿,老两口顺水推舟,便把赖着不走的高媛媛小姐留了下来,当女儿养……这样的美谈,一下子轰动了学校,轰动了社会,传遍了无锡市,成了当时的一大奇闻……"

这个故事还是钟伯乐第一次听说,以前家里人从没有对他说起过。时至今日,二老还在瞒他呢……此刻,钟伯乐的脸有点儿发烧。他感觉到一种愧疚,一种无法弥补的愧疚……

钟伯乐哪会知道,当初,高媛媛因为他差点儿疯了,幸好高媛媛最后醒悟了……命运弄人!高媛媛流着眼泪,吞下了自己酿造的这枚苦果。可她依旧深深地爱着钟伯乐,无怨无悔。她把爱的苦痛深深地埋在了心底……此刻,刘文静碰到了她的痛处,她心里特别难受。可这是钟伯乐的家,她必须顾及钟伯乐的颜面,不可以任性,再苦再痛都必须忍着,即便她心有不甘……

"喂,喂喂,你口中积点儿德好不好。"高媛媛缓过了神,说道。

"咦,是你让我说的呀!我若说不清楚,你不会饶我的呀!怎么?忘了?"刘文静不紧不慢地笑着说。

"好了好了,我服了你了。"高媛媛嘟囔道。

"这么说,你不再阻拦伯乐讲故事啦?"刘文静依旧笑着说。

"他讲什么,我管得了吗!"

钟伯乐也笑了:"好啦,我讲就是了。你们也别打嘴仗了好吗?"

高媛媛瞪了伯乐一眼,心说:还不都是因为你,才招来了这一通无情的诽议!

刘文静瞧着,心里自然开心,可她嘴里却催促道:"伯乐你磨蹭个什么呀,快讲吧!我们都等着听呢!"

"这就讲。"

之后,伯乐便把民间老艺人戏说瑶姬的那个故事,从头至尾学说了一遍。故事虽是戏说,却很精彩。等故事讲完了,再看高媛媛,她脸上已经挂满了泪珠儿。高媛媛觉察到钟伯乐在看她,抬起手,在脸上抹了一把,不好意思地问道:"讲完啦?"

钟伯乐笑笑:"是啊,讲完啦。"

第四篇　醉酒

高媛媛说:"故事虽然是戏说,却无意中拔高了楚襄王,贬低了楚怀王,神话中的一段爱情故事总算完整了,少了一段争论不休的乱伦往事,或者是'是非'吧。"

刘文静却叹了一口气说道:"故事虽美,可惜只是一个梦。如若情节再曲折些、手法再细腻些,故事就更美了。"

高媛媛笑道:"晚上回去,让孟庆元重讲一遍,肯定又长又细腻,而且更完美,你一定更爱听。"

刘文静羞得两颊绯红,狠狠白了高媛媛一眼。高媛媛捂住了嘴,咯咯地乐。

钟伯乐听后,惊疑地问道:"这么说,刘文静与孟庆元是一对儿?结婚了?是夫妻?那你又跟谁是一对儿啊?"

黄洪泰和孟庆元一旁咧着嘴笑,不言语。

高媛媛推了一把坐在身旁的黄洪泰,笑道:"我还能捡谁?只能拣人家挑剩下的,没人要了,我捡了来了。咱不图他什么,凑合着一起过吧。我的命不好,只能认命了。"

黄洪泰不高兴了:"得了便宜还卖乖。赚了我,还说什么'我的命不好,只能认命了',好像自己受了多大委屈似的。其实我的命才苦呢,苦透了……"

高媛媛朝黄洪泰呵斥道:"怎么,你有意见了还是不满意了?忘了当初你跪在地上寻死觅活地哭着求我的时候了?告诉你,你还别来劲!要不是你硬抱着我上床,让我见不得人,我才不嫁给你呢。天底下男人有的是,难道非你不可?算我倒霉,嫁了你这个没良心的汉子,不认命又能怎样?"

黄洪泰害怕老婆再说出一些出格的话,马上求和道:"好了,好了,我的好老婆,这可是伯乐家,不是咱们家,给我留点儿面子吧,行不行?"

高媛媛不以为然地笑道:"伯乐家又怎么啦?伯乐小时候也是穿着开裆裤和咱们一起长大的,在伯乐家就和在咱们自己家一样,怕什么?有什么可怕的?又有什么丑话不能说的?再说了,这些日子伯父伯母刚好都不在家,即使说话出了格也不怕!只要嫂子不嫌弃,多包涵就行啦!"高媛媛的话,一下子把周涛推到了风口浪尖。

周涛马上笑着说:"这又有什么呀!什么包涵不包涵的,太见外了!你们与伯乐既是老乡，又是同学，打小一起读书，一起长大，聚在一起，无拘无束的，多快乐、多幸福啊！我真为你们高兴！哪有嫌弃的道理！"接着，周涛对钟伯乐说："伯乐，时候不早了，我到马路对面的德丰酒楼招呼一声，让酒楼的服务员把饭菜送到家里来吃，好不好？"

伯乐听了非常高兴，应道："好啊，这个主意好！在家里饮酒、吃饭，比在酒楼自由、随意。你去酒楼多要几样菜。另外让服务台告诉厨师，菜的味道做清淡些。"

孟庆元忙说："嫂子，多要几瓶白酒，少要几样下酒菜。我们从无锡老家带来了好些菜呢，都是伯乐平时爱吃的菜。我们每人带了不少于四样菜，个个不重样，能摆一大桌子呢！今儿不全吃，带来的菜里边还有伯父伯母的一份呢。当然今天肯定要吃几样，让伯乐也好解解馋。其实酒我们也带了，花雕、女儿红，还有加饭酒，我们都带来了，就是没有白酒。女同胞喝花雕、女儿红，男同胞喝夹饭酒和白酒，我们不喝红酒，也不喝啤酒。另外，主食不要米饭，米饭凉了不好吃。不知酒楼有没有烧饼？"

周涛笑道："有。而且是江苏黄桥芝麻烧饼，有名！很好吃。"

孟庆元乐了，说道："呀，太好了。嫂子，你给咱们来100个。对，一个整数，100个。"

高媛媛惊讶道："疯啦！你是不是想开烧饼铺子啊？买这么多烧饼，吃得了吗？"

周涛说："没关系，酒楼的黄桥烧饼跟糕点一样，香脆可口，存放三四天不会坏，吃不完可以带着路上吃。大家又不是外人，无须客气。我这就去办，晚了怕酒楼的师傅们做不出来。"说完，周涛转身走了。

看着周涛离去的背影，孟庆元对高媛媛说："你急什么呀？我把晚上的量也打进去了，你觉得多吗？咱们是铁哥们，难得相聚，今晚不走啦，在伯乐这儿说说话，好好乐一乐。伯乐，你赞不赞成？"

孟庆元说完，钟伯乐连连点头："好啊，太好啦！我一百个赞成。原本我也有这个想法，还没等我开口呢，你先说了。这个主意好啊！咱们几个，自小在一起，既是街坊，又是同学，无论男孩、女孩，都亲亲热热地聚在一起，

第四篇 醉酒

无话不说，无恶不作。当然，那时候咱们还是小孩，小孩子淘气嘛。可高中毕业，就各奔东西了。今儿是难得大家有这么好的机会相聚在一起，这么美好的时光怎可以错过呢！再说，人生能有几回醉？酒中有神仙啊！今朝不醉，更待何时！今天咱们要一醉方休！"

大家拍手赞成："好啊！太好啦！"刹时间，客厅里沸腾了似的热闹起来。

"我这儿住的、吃的、喝的，样样都有。你们洗澡、洗衣样样齐全，极其方便。所差的就是没有各位的换洗衣服。这也不难，出门过马路，走不多远便是百货大楼，缺什么买什么，很方便。"

刘文静笑了："伯乐，你想得可真周到。和你的名字一样——百（伯）乐！只要听你说话，我们心里就乐，就高兴，不伤悲，不担心。你的名字是谁给你起的？真好！小伙子长得又这么帅，难怪高媛媛读小学的时候就爱上了你。她穷追不舍，最后落了个终身遗憾，遗憾哪！可惜了啊！现在想起来，依然让人伤心！钟伯乐，你想想，高媛媛舍命追你这些年，结果呢，你变了个小戏法，跑掉了……她好容易追上你了，可你又有了主了……高媛媛能不痛心疾首吗？这就是所谓的'天命'啊，能有什么法子呢……"

"刘文静，我招你惹你了？你怎么可以这样肆无忌惮地挖苦我！"钟伯乐有点儿生气。

刘文静笑了："伯乐，别生气。我丝毫没有攻击你的意思。相反，我很赏识高媛媛当初的眼光，以及你钟伯乐的为人。唉……"刘文静叹了口气。其实她心里也镌刻着钟伯乐，只嘴里不说罢了。时下，她借着说高媛媛的事儿，夹带着抒发自己心中的那份遗憾。"不说了……钟伯乐，谢谢你的操心。我们的换洗衣服都随身带着呢。不过，庆元，今儿若要在伯乐这儿过夜，须打个电话告诉周大妈一声，免得她老人家记挂。"

"对呀，周大妈知道咱们今天回来，假若回不去，她会惦记的。"高媛媛说。

"我这就给周大妈打电话，免得她老惦记。"孟庆元说。

钟伯乐奇怪了："到滨城来旅游，还怕没有房子住？你们怎么连房子都租好了呢？"

大家哈哈大笑。

钟伯乐见他们大笑，更加迷糊了。

高媛媛快人快语，她笑着说："真是的，大家尽顾着逗乐、说笑了，竟忘记把正事儿告诉伯乐了，差点儿闹出个大笑话。伯乐，我们到滨城不是来旅游的，我们是滨城开发区的打工仔，是来工作的。一年前，我们就跟随黄洪泰来到了滨城开发区，现在那里在建的科技馆和一大片厂房，都是我们公司在承建。"

"原来这样啊！那你们怎么才来我这里？为什么不早一点来呢？是不是把我给忘了？是不是？"伯乐很不高兴。

"说来话长，要不你这儿我们早来了！都是我不好！被我耽误了。"高媛媛既委屈，又惋惜："一年前，公司就有心把工地转移到滨城市开发区。大家也多次提醒我，叫我别忘了带你的住址和电话号码。我也怕因为工作繁杂，到时候真的忘记了，便早早地把你家的住址和电话号码都抄录在日记本上，锁进了我随身携带的旅行箱里。我想这样既保险，又可靠，万无一失！可谁知，到了滨城，日记本不见了。我翻遍旅行箱，就是找不到，活见鬼了！气得我差点儿要把旅行箱砸掉。没有地址，没有电话，急死了也没用啊！只能指望着有那么一天，我们在马路上，或者在公园里，或者在别的什么地方，能够意外地碰见你……

"可真的活见鬼了！快一年了，连你的影子我们都没有碰见……这次回老家，晚上睡觉，发现日记本在我的枕头边，我这才记起来：当时大家快要出发了，我打开旅行箱取身份证，箱里东西太多，一顺手把日记本从旅行箱里拿了出来，放在枕头边落下了，忘记回收了。"

刘文静一旁戳了高媛媛一下，说："还好意思说呢。伯乐，你没瞧见她那天的臭德行呢，她简直疯了！完完全全、彻彻底底就是一个疯女人！我这样说她，还是好听的呢。日记本丢在家里忘了带，本就是她的错，与黄洪泰没有丝毫关系。可那天，黄洪泰成了高媛媛的替罪羊、出气筒！倒了大霉了。她对他又是打，又是骂，又是踹，又是摔的。总之，什么都怪黄洪泰。怪他不帮她想着，怪他游手好闲，怪他专跟她捣乱，还怪他老往我的屋里钻。她发疯犯神经的时候，总也忘不了吃醋，要不怎就落下一个醋坛子的美名呢……

第四篇 醉酒

唉,你瞧啊,好不容易从无锡带来的酱排骨、四喜大肉丸、翡翠银鱼、酥鱼,被她摔得满屋、满地都是啊!她疯劲上来时,跟大街上脱光了衣服光着屁股疯跑、疯叫的疯婆娘一个样啊!当晚,她不吃、不喝、不洗,衣服也不脱,脏兮兮臭烘烘地就睡了。第二天起床之后,跟没事人一样,有说有笑的,昨晚的事儿全忘了。真让人哭笑不得,啼笑皆非……"

刘文静说着,笑着,可话里话外总也夹带着心疼黄洪泰,为黄洪泰抱不平。

黄洪泰不傻,他也听出来了,于是苦着脸说:"唉,命苦啊。我这个老婆,凶得像个母夜叉,家里家外,她出尽了洋相、丢尽了丑,我成了她的阶下囚、替罪羊和出气筒!像我这样的丈夫,也真够难为情的……"

高媛媛立刻绷起了脸,想吓唬吓唬黄洪泰。可她的脸没有绷住,扑哧一声笑散了:"黄洪泰,你别来劲!说我出尽了洋相,丢尽了丑;你喝醉了酒,丑态还少啊?你别瞎咋呼!待会儿,我把你的丑态一样样、一件件,跟伯乐学学舌,准能让伯乐和周涛笑破肚皮。"

"伯乐,别听她瞎说……你们都瞧见了,她哪像是我的老婆?活生生一个狼外婆!我真的是自作孽!自己给自己娶了一个拖着狼尾巴的老妈子,让她天天管着我。如若我不顺她的心、不听她的话,她一怒之下,能活剥了我的皮,生吃了我的肉。我真怕她呀!你们瞧见了吧,她说发脾气就发脾气,说骂人就骂人……伯乐啊,你知道吗?她骂我的时候,一旦骂累了,骂得唇干了舌燥了,伸出巴掌就开打啊!打我打得手疼了,觉得不划算,抬起脚对准了我的屁股就踹!踹累了,觉得不解恨,一撸胳膊把我摔倒在地,一撩大腿骑在我身上,把我当马骑!老同学,你想想,她那肥猪似的身子,三百多斤骑在我身上,我哪承受得住啊!高媛媛完全是个虐待狂!不把我当人看!伯乐,你说,我过的这叫什么日子?在公司,我出门办事,都有人前簇后拥,好风光,好神气,好精神!要场面有场面,要威风有威风。在公众眼里,我是一个堂堂正正的男子汉。可谁知晓,我回到家里,只能做孙子、当奴隶,不是被骂就是挨打。这样的日子,哪天是个头啊?我也想明白了,与其这样活着,倒不如死了的好。伯乐啊,帮我个忙吧,你家里有没有结实一点儿的粗麻绳?借一条给我。我就在你这儿,找一处合适的地方,上吊算了。省得回去之后，天天受洋罪。刚好，老同学今天都在，我死了之后，大家也好哭上几声。我听着哭声上黄泉，免得死在了家里，连个哭声都听不见……"

高媛媛一伸手，把腰间一条又长又宽的裙带抽了出来，生气道："好一个瘦猴精！你编排了我，恶心了我，最后还要拿死来威胁我！你不是想上吊吗？上吊寻死，没有绳子是吧？不用借，我这儿有，我给你。"高媛媛把腰间的裙带甩给了黄洪泰："我这条裙带又长又宽又结实，像你这样的瘦猴子，挂上三四个没问题，断不了。我在这儿看着你上吊。咱俩夫妻一场，你上吊死了，我一准给你披麻戴孝，哭着送你进火葬场，直哭到你烧成了灰为止。怎么样？该满意了吧？"

黄洪泰嘻嘻笑道："你还当真了！我这是给大家说着逗乐玩的，生什么气呀！"

"我没生气。刚才我听你这么一说，倒也觉得你是该死了，活着，确实有点儿多余，不如死了好。死了好啊，早死早超生，早死早快活。死吧，死吧，快死吧！免得活现眼，让人瞧不起……"

黄洪泰见高媛媛真生气了，赶忙起身，一揖到地，向高媛媛赔礼道歉："夫人大量，千万别生气。我是说着玩的，下次不敢了。饶了我吧。"

高媛媛使劲绷住了脸问道："下次真的不敢了？"

黄洪泰回道："真的不敢了！求夫人饶了小的吧，千万别生气。"

高媛媛见黄洪泰的熊样儿，再也绷不住了，扑哧一声，笑弯了腰："这还差不多。你这个没良心的，老婆再不好，也不能当着众人的面编排呀！让老婆出丑，好没面子。老婆没面子，老公又有什么可光彩的！"

刘文静抿嘴笑道："瞧你那股子凶劲儿，把黄洪泰都吓傻了。管教丈夫太厉害了吧！当心，你的腰别闪了……"

高媛媛马上刺刀见红，回说道："呀！心疼得都快掉眼泪了。对不起啊，我碰了你的心头肉了。孟庆元，文静在家也是这样疼你的吗？"

高媛媛虽说是玩笑话，可笑里藏的刀子扎得可不浅啊！刘文静绯红了脸，狠狠白了高媛媛一眼，没有说话。

孟庆元微笑说道："文静在家非常疼我，比你强百倍。她知道我爱吃甜食，

第四篇　醉酒

不爱吃酸的,就变着法儿给我做甜饼、熬甜粥吃。我家不吃醋,也从来不买醋。不像你,爱吃醋。你是生就的一个醋坛子,天天要吃醋。醋劲上来时,可以豁出命!当心别因为吃醋,把身上的骨头都吃酥了……哈哈……怎么?不高兴啦?"

高媛媛生气道:"不跟你说了,没正经的。"

刘文静红了脸说:"酸不溜丢的,顺着你说就正经了?伯乐,高媛媛什么都好,就是爱吃醋,浑身酸溜溜的,尽是醋味,难闻死了,讨人厌,让人有些受不了……"

高媛媛站起身,伸开双手向刘文静腰间胳肢过去,吓得刘文静团缩在沙发上,大声喊叫:"君子动口不动手,哪有像你这样的,一点儿肚量都没有……"

高媛媛不理她,继续伸手向刘文静的腰间、胸前抓挠。刘文静浑身都是痒痒肉,经不住别人的胳肢和抓挠,一胳肢便乐,一抓挠就笑,直喊救命!

"你有肚量,你们夫妻两个合起伙来气我是吧。我治不了孟庆元,还治不了你!说,是不是因为我夺了你的……你心中不平衡,一直怀恨在心,碰上机会,你就想报复?"高媛媛一边胳肢,一边小声审问刘文静。

刘文静回说:"不是的。"接着又求救道:"孟庆元,醋坛子可要我的命了,还不快来帮帮我。"

孟庆元笑着说:"女人家逗着玩儿,男人可没法管。高媛媛那么胖,你若有本事治住她不就结了。"

刘文静聪明,听明白了,立刻心生一计,口中嚷嚷:"好啊,你个大肉头,看着自己的老婆被人欺负也不管,我不活了!"

高媛媛听了一愣神,觉着不对劲儿。可就在高媛媛一愣神的当儿,刘文静一跃身子,站了起来,反手把胖胖的高媛媛推倒在沙发上。说时迟,那时快,刘文静用脑袋一下子顶住高媛媛的大肚子。高媛媛动弹不了了,傻眼了,肚子被头顶住,立刻感到呼吸困难,不得不放下身段求和。

"文静妹妹,别闹了。你用头这么一顶,我吃不消了!好了,别闹了。我求你了……"

这时候,刘文静却不依不饶。说道:"你太霸道!这会儿你服不服输?"

高媛媛笑道:"服输!服输!"

"以后你还欺不欺负我?"

"不欺负了。哦,不是的,其实我没有欺负你。今儿是高兴,我和你逗着玩的。"

"好吧,看在伯乐的面上,我饶你这一回。说好了,你起来之后,不准反悔。"

"放心,我不反悔。"

可当刘文静的脑袋刚刚离开高媛媛的肚子,高媛媛便一把又将刘文静搂进了怀里,吓得刘文静哇哇乱叫。高媛媛笑道:"这叫兵不厌诈,上当了吧?"接着却说:"不用害怕!我逗你玩呢。我不反悔。瞧你的体态,多苗条啊!嫉妒死我了……黄洪泰,你听着,从明天起,我可不再给你拨弄算盘珠子了。我要到工地去干活儿,干重活儿!我要减肥,我要变回读高中时候的体型!"

黄洪泰笑了:"高中时代的小美人已经羽化成仙,升了天了。她不再回人间了!你现在的模样,我已经看习惯了,暂时还不想换。想换时,我一准告诉你。等着吧。想减肥我赞成,去工地干活儿,我要好好考虑考虑。"

"考虑什么?"

"建筑工地的会计,不是人人都能够胜任的!必须经过严格筛选和审查,合格的才能上岗,不能乱来。你怎可以说不干就不干了呢?简直胡来!"

"我不管,就这么定了。"

"岂有此理!家里的事,我可以依你;公司的事儿,我说了算。你不能胡来。"黄洪泰发狠道。

"你!"高媛媛虎起了脸,怒目以对。

黄洪泰面对快要发火的妻子,寸步不让。

夫妻二人睁大了眼睛,怒视对方。可"你"字后面无文章,片刻之后,两人相视一笑,风平浪静,没事儿了。

伯乐见了,觉得挺可笑,心想:都已经结了婚成夫妻了,怎么跟小孩子过家家似的,一会儿吵,一会儿又好了。

可是,转念一想,觉得还是这样好!像这样的结合在一起,生活在一起,挺幸福,挺自由!无论谈笑风生,还是喜怒哀乐,都显得那么真切,那么真诚,那么纯真，那么自然。

周涛回来了。她身后跟着四位德丰酒楼的服务员，每人手里都拎着一个漆过的多层竹编的食盒。大家见了赶忙起身齐动手，把沙发移到一旁，架起了伯乐家聚餐时才用的大圆桌。德丰酒楼的服务员打开各自拎着的食盒，把食盒内装着的热气腾腾的菜蔬，一碟一碟，一盘一盘，一碗一碗，端了出来，按序摆放在大圆桌上。呀！冷、热、荤、蔬，26样，外加一个大砂锅——清炖龙鳖甲鱼汤，摆了满满一大桌。这时候，孟庆元把无锡老家带来的部分家乡菜也一齐摆了上来，大圆桌上摆满了各色菜肴，丰盛至极！

高媛媛走到桌旁，用胖手捏起一条翡翠银鱼，送到周涛嘴里边，让她吃。

"这是我特意请了无锡的名厨，专门为你们两个做的一道名菜——'翡翠银鱼'。好不好吃？"高媛媛问。

"嗯，好吃。"周涛吃了，满意地点点头。

瞧着这一桌子丰盛的酒宴菜肴，真让人馋涎欲滴，口水直流。黄洪泰、孟庆元两个未等主人开口，便各自拉开了座椅，无拘无束地落了座。

"你们两个，太心急了吧！"高媛媛拽了周涛和刘文静，也拉开椅子坐了下来，打趣道："今天，我能在年少时候的男同学家里，受到如此热情的招待，有如到了自己的家，心情特别好，特别舒畅，也特别愉快……如若伯乐今日你能把天上的李太白也请了来，那这酒席，这宴会，这场面，就更加热闹，更加开心了……"

"高媛媛，天上的太白金星，他是请不来的，他没有那个本事。不过，你若让伯乐在酒席宴上即兴吟几句诗，助助酒兴，或许能行。"周涛说。

"一个叫我上天请神仙，一个让我举杯把诗吟，你们说，这是不是把我放在火炉上烤，有意难为我！是不是？"钟伯乐苦着脸说。

"别装啦！你老婆是在暗中帮你！谁听不出来啊！"高媛媛笑道。

钟伯乐哧的一声笑了："真是天大的笑话，夫人长得漂亮，让人瞧着可爱，这是真的。若在这个当口要夫人帮夫君，就有些儿牵强了！你们哪知晓，夫人得理不让人，是个极爱恶作剧的人，尤其对上我，她更加厉害！这当口，夫人不整我，不落井下石，我就'阿弥陀佛'烧高香了！哪还指望她暗中帮我啊！"

　　周涛不加理睬，知道钟伯乐在说笑，逗着玩的。可虽是说笑，也少了些分寸，心说：我怎么"整"你了？什么时候我趁你之危，又"落井下石"了？一派胡言！可也恰恰提醒了我，今天我是应该对你稍加颜色，让你年少时候的情人瞧一瞧，看一看！让她知道：啊呀呀，钟伯乐的夫人，还真厉害……

　　钟伯乐见周涛没有说话，眯眯一笑，说道："今天这样的酒宴，老同学来了，饮酒吃饭，应该有点儿文化气息。吟诗助兴最雅！夫人，你觉得如何？"

　　周涛心说：钟伯乐，你坏吧！我早知道、早准备好了，就看你的了。

　　钟伯乐话锋一转，询问道："谁能自告奋勇，即兴开篇——慷慨献一首诗，助助酒兴！我这里向他作揖了。"钟伯乐抱拳拱手，面朝周涛笑着躬腰作揖，而后环顾四周。

　　"伯乐，你别冲我眯眯坏笑！若想求我，别不好意思，"周涛莞尔一笑，说道，"其实我早已经准备好了，不用你求。我只为了凑个热闹，吟首歪诗，给大家助助酒兴，不算什么事儿！别那么神秘兮兮的。"

　　"嫂子从来不神秘，凡事儿都公开！不过，今天伯乐他求也不要紧，伯乐已经怕嫂子三分了，如若嫂子再加上七分，不就凑够十分了吗！这样，伯乐见了您一准就害怕！我们都知道，嫂子是才华横溢的奇女子，伯乐压不住您！您不用客气，气死钟伯乐。"黄洪泰笑着胡说八道、挑拨离间。

　　"黄洪泰，你到底是哪一头的？怎么说叛变就叛变了呢？比变戏法还快！黄洪泰，你说话怎么总按照着你那怕老婆的习惯说啊！你不能见风就驶舵，见了牛粪就要扎猛子，吃饱了牛粪你就走不动道了！做人，要有点儿骨气！要有点儿傲骨！"黄洪泰本想寻寻钟伯乐的开心，出出风头，没想到反被钟伯乐挤兑扁了，闹了个大红脸，蔫了不说话了。大伙儿见了，哈哈大笑。

　　"周涛，以前，我可没见你写过诗啊？"钟伯乐说。

　　周涛笑了，心说：猫捉耗子假慈悲！刚挤兑完黄洪泰，又想起我了。我知道你的心思，怕也没有用。可她嘴里却说："你没见过的还多着呢。我不会写诗，难道念几句诗也不会？"

　　"钟伯乐，你是不是管得太宽了？嫂子，你吟你的诗，甭理他。"刘文静说。

第四篇　醉酒

"我吟。大家可不要笑话啊!"周涛又说。

"放心吧,嫂子,这里除了钟伯乐,没一个会笑话你的。再者说,谁敢笑话咱们的大才女啊!"刘文静说。

"客气了。大家稍等,有点小事儿,去去就来……"周涛转身去了钟伯乐的书房。不一会儿,她捧出了一只五彩梅瓶,对大家笑道:"这梅瓶里边装着杏花花瓣和将要成熟的青杏混在一起泡制的美酒,待会儿大家可以品尝品尝,味道相当不错!这瓶酒是我自作主张拿了出来奉献给大家的,假如事先告诉了钟伯乐,他舍不得的!他舍不得把这瓶杏花美酒拿出来招待大家、与大家共享的,他小气着呢!以往他只与杏仙两个藏在杏花园里对饮,从不邀请旁人。这瓶中的美酒,旁人是饮不到的。"

"是吗?嫂子,你也成旁人了?伯乐竟会做出这等样的事儿来?这也太新奇啦!"孟庆元无比兴奋。

"看不出来,伯乐还金屋藏娇!哈哈,哈哈……快说!快说说……"黄洪泰等到了机会,立即打趣道。

"呀!嫂子,你家还有一座杏花园哪!够阔气的啊!有多大?待会儿能不能带咱们去逛逛?"高媛媛用新奇的眼神瞧着钟伯乐,倍加兴奋。

"当然可以,"周涛笑道,"不过,你们见了会非常失望,说不定还会责怪我,说我欺骗了你们。"

"怎么会呢!"高媛媛不假思索地回答。

"因为我家的杏花园被钟伯乐浓缩了,眼下只有"杏花园"那块小匾还挂在门口,彰显着它过去的梦想!"周涛含笑说。

"怎么可能呢?我不信。"高媛媛有点儿奇怪。

"我也不信,"刘文静附和,"大不了,你家的杏花园比别人家的小一点儿。这又有什么呢!"

"如果我说杏花园就在我家书房的阳台上,你们会信吗?"周涛笑着问。

"嫂子,你家的阳台也太大啦!"黄洪泰大笑道。

钟伯乐一旁笑着说:"周涛,你就坏吧……唉,我求你了,别再往下说了行吗?你若继续往下说,我这张脸真的没处搁了。诸位,你们若真的想听,还是我来告诉大家吧……"

原来，钟伯乐的"杏花园"，是由三棵杏树老根桩培植起来的三个大盆景组合而成，坐落在他书房外边的阳台上，面积小得可怜，总共4.2平方米。三棵杏树老根桩似通人性，在钟伯乐的精心照料下，竟然青春勃发、枯木逢春，长出了新枝嫩芽。为报答主人，它们年年开花结果，果实香甜可口，伯乐十分喜爱。于是，他年年都要收集一些老树落在盆中的杏花花瓣，与适时摘采的青杏合在一起，泡一瓶酒喝。长此以往，忽然有一天，他请朋友为他刻制了一块"杏花园"硬木小匾，油漆之后挂在了阳台门口。从此，钟伯乐书房外边的小阳台，便成了钟家的"杏花园"。盆景杏树，成了钟伯乐的红颜知己。花前月下，钟伯乐与盆景中的花仙结下了不解之缘。周涛也常常借此来箝一箝钟伯乐，取取乐，逗着开心……

大家听后，捧腹大笑。

周涛见好就收，不让别人再发问。

"既然伯乐说出了真相，我的故事到此也结束了。下面，我有诗一首，送给大家，助助酒兴。大家听了，请多多包涵：

　　　　昨夜刮春风，伯乐笑开颜。
　　　　跣足迎花仙，笑谈有奇缘。
　　　　这次花仙来，专访杏花园。
　　　　欢聚千杯少，月下舞翩跹。
　　　　莫笑风流事，笑也春风闹。
　　　　一夜风和雨，五更犹缠绵。
　　　　朋友不知情，早早踏门来，
　　　　嘻嘻哈哈一通闹，惊了梦中人。

周涛吟罢，不再言语，坐在了一旁，脸上露着笑容，瞧着钟伯乐。

"啊呀呀！钟伯乐，你还有这等雅事？快说说，咱也好取取经……"孟庆元打趣说。

第四篇 醉酒

刘文静瞪了一眼孟庆元,赞美道:"好诗!这是一首鞭笞风流丈夫的好诗啊!"可刘文静的心里却另在说:周涛厉害!吟诗都忘不了收拾自己的丈夫!

钟伯乐早料到周涛会借题发挥、拿他开心,不过他并不在乎,咧嘴笑道:"刘文静,你真会夸人!周涛吟诗,含沙射影,拿自己丈夫开心,你还叫好、助长她的气焰,她不就更精神了!咱们是老同学,是铁哥们,像她这样的诗,再好也不能夸,只能贬,只能用红笔打叉,叉、叉、叉!今天是咱铁哥们的喜庆日子,诗,必须朗朗上口,句句喜兴,不能拿别人开涮、寻开心、调侃人家!诗从心出,心术要正,不能够歪了。下面,大家听听我吟的诗,那就不一样喽!"

钟伯乐清了清嗓子,双手叉腰,昂起首,吟了起来:

啊
好朋友
自远方来
不亦乐乎

兴冲冲
美滋滋
乐呵呵
满心欢喜
那是
喜上眉梢

江南诸弟子
别忘了
他日辛苦
谁短长

情 / 殇

可思量

人生苦短
切不可
醉生梦死
华年虚度

朋友啊
有缘
千里来相会
来，来，来
举起杯
干了这一杯

人生美梦多
见亲人
洒不尽的是
相思泪

今日里
哥们
欢聚在一堂
莫负了
这花样年华
赤子之心
让我们
高高地举起杯
干了这一杯

第四篇　醉酒

"啊，好诗！才思敏捷，不俗气，真的是一首好诗，"周涛拍手赞道，"不过，钟伯乐，你就是一条水中的泥鳅，滑不溜唧，太滑了……"

"我又哪里让夫人不满意了？"钟伯乐笑问。

"你心里自然清楚，不用问我……"

高媛媛笑道："娇妻利刀，刮（夸）丈夫，里外透亮，厉害！我在一旁也长了不少见识、增了不少学问。今日酒宴，能如此吟诗应景的，也只有他们夫妻了。我们四个有自知之明，不敢班门弄斧……事儿也凑巧，今儿聚会，让这家主子也喜上眉梢，不但忘记了自己的身份，也忘记念紧箍咒了，因而孙猴子如获大赦，喜从天降……"

钟伯乐打断高媛媛的话，装作生气的样子说："高媛媛，你不夸我也就罢了，为何还要攻击我、诽谤我啊？太不通人情了吧！"

"哪能够啊，钟伯乐，我是在夸你，"高媛媛笑着说，"我是在用另一种方式夸你啊！俗话说：老婆好，女相公的老公肯定也错不了啦！"

"高媛媛，你真会胡说八道。天底下哪有那么多的'俗话说'啊？你也不觉得累得慌！"

高媛媛与钟伯乐正说笑起兴的时候，黄洪泰横出了一杠子，责问钟伯乐夫妻道："钟伯乐，嫂子，你们买来的酒，是给人喝的呢？还是给人看的？"

钟伯乐笑了，心想：黄洪泰犯酒瘾了，他馋酒了。

"当然是给人喝的喽，怎么？等不及了？"

高媛媛瞪了黄洪泰一眼。一向惧内的黄洪泰马上意识到，因为馋酒，他搅了老婆与钟伯乐的调侃。让高媛媛生气了，于是赶忙解释："刚才我只问问而已，没别的意思。其实，我早已经戒酒了……"黄洪泰越解释越糟糕，一句实话都没有。他一向嗜酒如命，是个见了酒走不动道的主儿，怎么突然间就戒酒了呢？肯定在胡说。黄洪泰怕老婆是出了名的，尤其害怕老婆逼他喝碱面水……为了不被老婆罚、不喝碱面水，开始胡说八道，说他戒酒了。

孟庆元揭了黄洪泰的底，说："刚才大家没能瞧见，高媛媛狠狠地瞪了黄洪泰一眼，他害怕了，脸的颜色都变了！于是赶紧说自己戒酒了，全是屁话！一个大男人，怕老婆怕成了这样子，连句实话都不敢说了，太没出息啦！"

165

太熊啦！大不了，喝醉了酒再喝三大碗碱面汤，有什么可怕的……"

"去，去，去，你喝三大碗试试？不哭爹叫娘才怪哩！你不怕，我怕！"黄洪泰说。

钟伯乐大笑。黄洪泰的故事他知道一些，然而他不说。

这时候，钟伯乐含笑举起了手中的酒杯，说道："诸位老乡，诸位同学，诸位铁哥们，现在，我宣布，酒宴正式开始！大家起立，举起酒杯，为咱们久经考验的友谊干杯！"

"干杯！"

欢声笑语中，夹带着乡土气息和浓浓的同学之情。

大家频频举杯，碰杯！碰得杯响洒洒，满屋子飘着酒香……

钟伯乐再次举杯："我敬大家，先干为敬！"一仰脖，饮干了杯中酒。而后，翻展空杯，示意众人。

大家也同声齐喊："干杯！"

大厅里，喜气洋洋，笑声回荡。

正当大家一个个笑着把空杯翻转的时候，黄洪泰端起酒杯，只抿了一小口，就把酒杯放下了。他向大家拱拱手说："我不是说着玩的，我真的戒酒了。酒这玩意儿确实不错，是个好东西，饮上几杯就能让人晕晕乎乎、飘飘欲仙。以前，我非常喜欢喝酒。后来，我发现酒再好，对我已经不适合了，我常常因为贪杯丢了面子。不好，很不好。所以，我决心戒酒。请大家多多包涵，多多体谅。"

高媛媛听了非常生气，怒视黄洪泰，说道："屁话！你在骗谁呀？前天在家，你跟我爸碰杯碰得欢着呢！今天你怎么了？大家正高兴的时候，你假模假式说什么戒酒了。谁信哪？真扫兴！"

孟庆元瞥了黄洪泰一眼，说道："高媛媛揭得好啊！你小子尽说些不招人爱听的话！戒酒戒酒，你天天喊戒酒，可我从没见你少喝一口酒。伯乐，你知道吗？黄洪泰在家，是出了名的气管炎！他怕老婆怕得厉害，因为老婆凶、管得严，在外边他不敢贸然喝酒。有时候，我见他犯酒瘾，怪可怜的。哥们好心，在外边想办法，帮他瞒过高媛媛，偷偷陪他喝酒。当然，酒钱他要掏。

第四篇 醉酒

这种事,我从来不对人说。今天他装蒜,太拿堂、太让人生气了,要不我也不会说什么。伯乐,你瞧着,待一会儿,我让他三杯酒进肚,熊样就露出来了。黄洪泰经不住酒的诱惑,只要三杯酒进肚,你再问他姓什么、叫什么,他未必能答得上来。酒兴上来后更热闹,他会手舞足蹈,大喊大叫:'好酒!好酒啊!喝啊!干呀!'这时候若有一杯毒酒,你递给他,他都不会皱一皱眉头,义无反顾地一饮而尽!这是真的。待会儿你就瞧着乐吧……"

黄洪泰涨红了脸,极不高兴,他看着孟庆元:"孟庆元,你不说话,人家会把你当哑巴?说话连个把大门的都没有,像话吗!没一点儿正经,好好想想吧……伯乐,别听他的,尽胡说八道。"

钟伯乐笑了:"黄洪泰,别不好意思,没有关系。哥们弟兄难得聚在一起,最高兴了,百无禁忌。说句粗话,无论是男同胞、女同胞,咱们都是一块儿光着屁股长大的,有什么可笑话、可害臊的呢?今天大家聚在一起,一定要乐呵!一定要快乐!各位,你们如若有什么乐呵事儿,无论丑事儿还是怪事儿,只要是好听的故事,尽管讲来,大家一起听,一起乐呵乐呵……酒席散了,大家再把那些不该记的统统忘掉,谁也不准把故事带回家,说给老婆听。听说孟庆元、黄洪泰的故事最多,自己的故事也多……孟庆元,你先开个头,把你知道的故事讲一个给大家听听,让大家高兴高兴……"

话音刚落,钟伯乐就觉察到自己刚才一时高兴,口无遮拦,把话说过头了:谁能够把不该记的事儿统统忘掉啊?各自的老婆不都在场吗?我这不又是说话太离谱了吗?即便开玩笑,也不该如此说啊!钟伯乐后悔莫及,可话都已经说出口了,无法收回,只能这样了,再荒唐一次吧……好在此时人们的心思都落在了孟庆元身上。

孟庆元在刘文静耳边嘀咕了几句,举起酒杯笑着说:"我敬大家一杯。干了这一杯,我给大家讲一个非常有趣又非常真实的故事……"

"等等。"刘文静喊了一声。只见她端起酒杯,风情万种,来到了黄洪泰身边,妩媚一笑,轻轻地叫了一声:"洪泰哥,今儿高兴,又是好日子,妹妹敬你一杯。给妹子一个面子吧,咱俩碰杯好吗?不扫兴!"

黄洪泰笑眯眯地看着刘文静的漂亮脸蛋儿,琢磨起来:刘文静就这么突然走了过来向自己敬酒，有点儿奇怪，她这是要干什么？黄洪泰拿捏不准，捉摸不透，心中疑惑，笑问道："你敬我？"

刘文静喜欢依旧对他妩媚地笑着，越发地风情万种："我敬你，干！"

黄洪泰笑了，心想：即使有啥问题，我也认了！端起桌上的酒杯向刘文静手中的酒杯碰去："好！谢谢你，干！"一仰脖子，吱儿一声，一杯五粮液就入了肚。

"谢谢你洪泰哥，"刘文静又给黄洪泰斟满杯中酒，"洪泰哥，妹子敬酒要成双！不能单啊！"

黄洪泰听了，开心极了"谢谢，为敬酒成双，干杯！"

黄洪泰两杯酒下肚，感觉无比惬意，浑身上下无比轻松、无比舒坦，眼前犹似云开雾散、春暖花开，好似和刘文静又回到了从前的关系……

刘文静敬完了酒，笑眯眯地回到了自己的座位。

高媛媛见刘文静与黄洪泰当了她的面眉来眼去、把酒言欢、饮酒调情，嫉妒的怒火直冲脑门。那个气啊，差点儿把肚皮气炸！心想：好小子，你与刘文静依然藕断丝连啊这是。当了我的面，你竟然毫无顾忌、不知羞耻地与她调起了情……刘文静妩媚一笑，你骨头都酥了！酒也不戒了！你们两个，不但眉来眼去、把酒言欢，还要成双成对……呀，新鲜词儿一套一套的，说什么不能成单、定要成双，没错，成双成对的不孤独啊……我偏不让你成双，就让你成单，我这就给你敬一杯成单酒，看你喝不喝？想到这儿，高媛媛站起身，端起酒杯来到黄洪泰跟前："黄洪泰，我要敬你一杯不成双专成单的毒花酒，你喝不喝？"高媛媛两眼狠狠瞪着黄洪泰，不等黄洪泰回话，她把手中的酒杯塞给黄洪泰，命令道："你把这杯酒喝了！"

这可把心里头正美得迷迷糊糊的黄洪泰吓了一跳！吓得他犹如被人当头泼了一盆冰凉冰凉的凉水，从头凉到了脚……他意识到：不好了，大祸临头了！赶忙站起身，接过高媛媛手中的酒杯，什么话都没说，一仰脖把杯中的酒喝了个精光。

喝干了杯中酒，黄洪泰心里着了慌，嘴里直唠叨："完了！完了！母老虎吃醋了！完了！完了！母夜叉发怒了！该我倒霉了……"

第四篇 醉酒

可是，奇迹发生了！突然间，高媛媛似乎醒悟了过来，她瞄了刘文静一眼，醋意没有了。回到自己的座位，稳稳地坐着，再没有说话，也没有搭理黄洪泰。

黄洪泰如获大赦，心中的恐慌开始慢慢消散，浑身的筋骨也渐渐轻松起来……

钟伯乐心说：黄洪泰，你傻呀！中了孟庆元的美人计了，你怎么一点儿感觉都没有呢？可钟伯乐哪知道，这其中还夹杂了一个周瑜打黄盖的故事呢。

孟庆元见高媛媛回到座位，一声不吭，非常奇怪，笑了，继而高声喊道："好啊！好样的！给黄洪泰斟酒！斟满了！大家记住啦，从现在起，黄洪泰不戒酒了！可喜可贺！咱们为黄洪泰'不戒酒'干杯！"

哄堂大笑。

笑声中，大家又一次碰杯，碰得杯响洒洒，浓烈的酒香弥漫了整个厅堂。黄洪泰两眼放光，乐不可支，怪声怪调地喊叫起来："干啊！干哪！"他仰起脖子，一口干了杯中的酒。

"黄洪泰真棒！今天的酒喝得痛快，"钟伯乐兴奋道，"大家吃菜，喝了酒要多吃菜！品尝品尝德丰酒楼烧的菜，风味怎样？"

周涛边往大家碟中夹菜，边敲边鼓道："孟庆元，你的故事是不是该开场啦？"

"该开场了，"孟庆元笑道，"诸位，我可开场讲啦。请静下心，细细听。"说着，孟庆元拉开了说书人的架势，没有惊堂木，便举筷击桌，只听得桌面"啪"的一声响，孟庆元开讲了："话说，我们从无锡来到滨城开发区，摸爬滚打一个多月，对周边的情况已经熟悉，了如指掌。就在某个星期五的中午，我和黄洪泰来到一家餐馆，离工地不远。进了餐馆，老板娘笑口相迎，非常热情。听口音，老板娘是无锡人，是老乡。她男人原本也是开发区建筑工地的一个小包工头儿，一次工伤事故，不幸去世了。老板娘因为餐馆生意好，又没有别的营生，男人死后便留了下来，没有回去，继续在这里经营着这家餐馆。没想到，我们两个去她餐馆吃饭，无意中认识了她。她对我们格外热情，老乡见老乡、两眼泪汪汪嘛！从此，我们两个常到她餐馆喝酒、吃饭，渐渐地成了她的常客。

"这天,我们点了几样菜,要了两碗饭,没有要酒。因为黄洪泰自己带来了酒——两瓶还没有开封的精装高级茅台酒。这酒据说已经有年头了,黄洪泰在我跟前不知炫耀过多少回了,可他总也舍不得喝,馋得我直流口水,心里怪痒痒的。这天不知哪根神经牵动了他的心,高兴了,拿着两瓶精装的茅台酒要与我共享。我高兴啊,心想:今儿是什么日子?我怎么会有这样的口福?能喝上黄洪泰的高级茅台酒,是一件非常幸运的大喜事!我拍拍自己的脑门,问自己:这是真的吗?是真的。眼前的一切,都是真的。

"我接过黄洪泰递过来的一杯茅台酒,犹如琼浆玉液!挨近鼻子,闭上眼睛,细细地闻,啊!香甜香甜的,好闻极了。可当我睁开眼睛时,黄洪泰已经三杯茅台入肚了。他怕我抢他的酒喝,空着肚子连喝了三杯。我见他这个德行,笑道:'你既然请我喝酒,就别这么小气。黄洪泰,放心,我只喝你一杯,绝不多喝。'他瞧着我,大着舌头疑问道:'真的?'我说:'谁骗你!骗你是小狗。我知道你的心思,你舍不得让我喝。可是不让我喝吧,哥们之间又不好意思……不过,你听好了,我今儿沾了你的光,下次我一准还你!别这么小气。'他大着舌头,僵硬地说:'谁……谁……谁要你还啦?'我对他说:'好酒须慢慢喝,不能空着肚子喝,空着肚子喝猛酒,容易醉!快吃饭吧,别管我。我这杯酒要慢慢品,慢慢喝……'他听我这么说,放心了。他怕自己真的醉了,于是开始闷头吃饭。不一会儿工夫,多半盘肉外加半碗米饭,都进了他的肚子。他见我一小口一小口,慢慢悠悠地边喝边品尝美酒的滋味,心里怪痒痒的。他推开饭碗,又给自己酒杯斟满了酒,学着我的样,一小口一小口慢慢喝,细细品。可他是个急性子,根本学不来,没喝几口,一杯酒又喝光了。一生气,不学了,自顾自地喝了起来。我不理他,他爱怎么喝就怎么喝。我依旧按照我自己的方式,一小口一小口慢慢喝,细细品,回味口中的酒香,而后吃菜。说句心里话:茅台酒可真香!味道真美!天下难找……我手中这杯酒,就这样,一点儿一点儿,喝干了。我端起饭碗,准备吃饭,却不见了黄洪泰。我以为他去厕所了。可当我把碗中米饭吃完,仍不见他回来,就觉得有点儿不对劲。心想:他喝醉了?要不他会去哪里呢?我问老板娘。老板娘告诉我:'先前见他摇摇晃晃去了后院。你去瞧瞧,或

第四篇 醉酒

许他上厕所了。'我刚跨进后院,就听见黄洪泰在后院嘿嘿地笑,他边笑边嚷嚷道:'高媛媛,别亲了,大白天的,亲什么嘴啊!怪痒痒的……去去去,别亲了!'我心想:高媛媛什么时候来的?我怎么没看见呢?可也真是的,大白天的跑到餐馆后院来,搂住了老公亲嘴,也不觉得害臊!小两口怎么就在这儿风流浪漫上了呢?万一被熟人撞见,还不闹出笑话来啊!回家去亲多好。在家里搂住老公,想怎么亲,就怎么亲,谁也管不着……"

高媛媛忍不住笑着插嘴道:"孟庆元,谁去风流啦?你小子,别糟践人……"

"别打岔,听我说,"孟庆元接着说,"我心里正在这么想呢,忽听得黄洪泰又嚷嚷道:'高媛媛,你走不走?你不走是吧?我可咬你啦……'听见一声狗叫,我急忙走了过去。只见黄洪泰醉倒在煤堆后面的麦草堆上,呕吐得一塌糊涂,脸上、头上、胸脯上都沾满了他呕吐的污秽之物。他闭着眼睛,双手在空中乱划弄,一会儿笑,一会儿又嚷嚷道:'我要咬你啦!高媛媛,咬疼了吧?怎么,你又来了!还要亲我啊,我可真的咬你啦……'原来是老板娘养的一条看门大黄狗,它相中了黄洪泰呕吐的一堆污秽酒食,正在他的脸上、嘴上一点儿一点儿舔食呢。我心想:此刻醉在梦乡的黄洪泰,没准把大黄狗当成了自己的媳妇呢,以为高媛媛在跟他甜甜美美、快快乐乐地亲嘴玩呢。哈哈……哈哈……此情此景,我是现场的见证人……我不忍心把大黄狗立刻赶走,这样做有点儿缺乏人情味儿。你想呀,人家好不容易才配成了对、成了恩爱夫妻,怎么能说散就散了呢!我不能这么做,不能拆散他们!我应该成全他们。等大黄狗把黄洪泰脸上、嘴上、头上、脖子上以及胸脯上的污秽之物统统舔食干净了,我才把大黄狗赶走。向老板娘讨来了一碗凉水,喷在了黄洪泰的脸上。黄洪泰在凉水的刺激下,慢慢苏醒了过来……"

大家听了,捧腹大笑。

高媛媛边笑边指着孟庆元骂道:"孟庆元,你真不是东西!讲故事怎把你大姐也给编排了进去?我招你惹你了?你就这样作践人!你等着,待会儿,我把你的丑态也抖落出来!"

孟庆元笑道:"高媛媛,别嚷嚷,我还没有讲完呢。"

"好,我让你接着讲,看你还能不能讲出一朵花儿来!"

孟庆元端起酒杯，边饮酒边笑道："花儿是讲不出来的。但我能讲出一个见了'鬼'喊救命的白白胖胖的女人来！"

高媛媛立刻羞红了脸，嚷嚷道："要死了！孟庆元，你缺德吧！可别把大姐惹翻了，回去跟你算账！文静，你也不管管他。"

刘文静笑道："你们两个都比我厉害，我能管得了谁呀？"

高媛媛嗔笑道："刘文静，你真坏！孟庆元编排我、出我的丑，你在一旁看笑话，你们夫妻两个比着坏，这笔账，咱俩回去算！"

"高媛媛，讲故事只为逗个乐，生这么大气干什么？气坏了身子骨，划不来。"孟庆元在往自己酒杯里斟酒的时候，瞭了一眼黄洪泰，见黄洪泰正狠狠地瞪着两眼瞧他呢。他佯作没看见，不去理会，伸出手中筷子夹了一块酱牛肉塞进嘴里，边咀嚼边笑道："看来，今天我是得罪人了、招人恨了！伯乐，这都是你让我讲的啊！你说一句话，下面的故事，我还讲不讲？"

黄洪泰抢先说："孟庆元，别卖关子，你尽管讲，我不怕。你作践别人、寻开心，算什么本事！况且你自己又比别人好多少？甭着急，待会儿我也揭你的丑，咱俩互相揭，看谁丑过谁。让伯乐和周涛瞧热闹，做评判，看笑话。"

钟伯乐笑了："黄洪泰吃不消了，打趴了。孟庆元，你手下留情，别再说了，以免伤了和气。"

黄洪泰听了，大声回答："孟庆元，你尽管讲，我不怕！伯乐，你也不用激我，我不会打趴。"

孟庆元大笑："黄洪泰，你真小心眼。今天大家高兴，我讲'醉酒'故事，只是凑凑热闹、逗逗乐而已。黄洪泰，不要太认真……下边我接着讲，嗯，刚才我讲到哪里了？"

周涛含笑说："你刚才讲到向老板娘讨来了一碗凉水，喷在黄洪泰的脸上。黄洪泰在凉水的刺激下，慢慢苏醒过来……"

"对,黄洪泰慢慢苏醒过来,"孟庆元接着讲,"可谁想到,黄洪泰会因为'醉酒'一事，怨恨起我来了。"

"怎么会呢？不会的。黄洪泰没那么小气，他的心胸也没你想的那么狭窄！我不信，你肯定误会他了。"钟伯乐说。

第四篇 醉酒

"我干吗骗你!这是真的。说来真巧,这天,黄洪泰在家受了高媛媛的气,心里憋闷,跑到我家来要酒喝。喝得醉醺醺,打开了话匣子,他问我:'那天在寡妇餐馆里喝酒,为什么我醉了,你没有醉?你让我一人出丑,什么意思?你居的什么心?'奇怪,这事儿都已经过去好几天了,他还记着,而且耿耿于怀。没错,那天他醉了我没醉,他吐了我没吐……细想起来,他把刚刚喝进肚子里的茅台酒一股脑儿全吐了,等于没喝。既受了洋罪,又出了大丑。我呢,因为没有醉,反而赢得了美酒的滋润和享受。他心里不平衡!嘴上没说,可心里在责怪我——为什么不跟他一起醉、一起受洋罪、一起出丑!大家别笑,这是真的。当时黄洪泰就是这么想的,所以黄洪泰是天底下最不讲理、也是最浑的大混蛋!那天我倒想醉呢,可他的茅台酒舍得让我喝吗?瞧他的德行,他那么小气,我能喝上一杯,已经很不错了。如若我想再多喝一杯他舍不得的。若不是他酒后吐真言,我恐怕至今都不会晓得他会因为一杯酒怨恨我。正因为黄洪泰心中有这样的怨恨,第二天傍晚,他揣上了那瓶没有开封的茅台酒,从我家门前经过时连声招呼都没打,独自一人去了寡妇餐馆。

"我们两家的房子紧挨着,都是租住当地老百姓的房子。两家的窗户和大门临街,房屋格局与式样,基本一样,没多大差别。我见他低头门前过,不理睬我,我也佯装没瞧见,不与他计较。前半夜平安无事,可到了凌晨两三点钟,隔壁屋里突然传来了高媛媛恐怖的尖叫声,把我从睡梦中惊醒。'有鬼啊!救命啊!有鬼啊!救命啊……'高媛媛凄厉而吓人的呼叫声传到了我家。我猛推了一下刘文静:'快起来!隔壁出事了!'我与刘文静慌忙穿好衣服,推开高媛媛家的大门,顺手打开了屋里的照明灯。看见高媛媛床前站着一个浑身漆黑、鬼一般模样却又好似人的样儿的东西直立在那里,怪吓人的!此刻,只见高媛媛穿一条三角裤衩、小背心,被吓得龟缩在床旮旯里直发抖。我一眼认出那黑色动物就是黄洪泰,心想:黄洪泰怎变成了这般模样啊!难怪高媛媛见了,吓得大喊大叫!

"为了显示我的一身正气,也为了震慑眼前这位妖魔鬼怪,我必须装模作样,厉害一点儿!于是乎,我摆好了架势,一拍桌子,厉声喝道:'你是何方妖怪,敢到这儿来兴风作浪、吓唬人!'

"'我不是妖怪,我是黄洪泰。你们一个个都怎么啦?……'

"站在床前的黄洪泰,不但浑身漆黑,脸蛋儿也是漆黑漆黑的。当他转过身子冲着我们说话的时候,黑黑的脸上,两只眼睛一闪一闪,透着古灵精怪,怪吓人的。

"这时候,高媛媛已经认出他是黄洪泰,不是妖怪。盛怒之下,她也顾不得害臊,光着脚丫从床上蹦到地上,抡开巴掌向黄洪泰劈头盖脸地打了过去,破口大骂:'你这混蛋,快把我吓死了!真的,快把我吓死了!'接着,高媛媛大哭起来。她一边哭一边用手在脸上抹眼泪。可刚才她刚打了黄洪泰几巴掌,手掌上沾满了煤粉,白白嫩嫩的脸蛋经她手掌一抹,即刻变成了大花脸。就在我们要笑还没笑出来的时候,高媛媛又闻到了手上的尿骚味,她又尖叫了起来:'这臭烘烘、骚臭骚臭的是什么?是尿啊!对,是尿!'她转身从墙角拿起一根大木棍,对黄洪泰大声吼道:'跪下!你给我跪下!'高媛媛举起大棍棒,看样子,她要责打老公了。黄洪泰吓得浑身哆嗦,双膝一软,扑通一声跪在了地上。

"'我问你,你身上哪来的尿?你身上、头上全都骚臭骚臭的,恐怕连你的嘴里也有臭尿味!这到底是怎么回事?老实交代,快说!'高媛媛两眼喷火,愤怒至极,好像要生剥活吞了黄洪泰,'今天你若说不清楚,我就打断你两条腿!你说不说!'

"黄洪泰吓得浑身发抖,抖得上牙嗑下牙,连话都说不清楚了。他掐头去尾、哆哆嗦嗦、断断续续地说:'是……寡妇……老板娘……蹲在我头上……尿的……尿……'

"高媛媛听了,立刻暴跳起来,两眼泛红、流着眼泪问道:'什么?你跟她上床啦?'"

这时候,孟庆元卖上了关子,故意停顿下来,端起酒杯,喝起酒来了……满屋哄堂大笑。

高媛媛羞红了脸,笑嗔道:"孟庆元,今儿你就这样当着钟伯乐和周涛的面编排大姐,让你大姐出丑!当心我报复你。"

孟庆元笑着说:"今天高兴,说溜了嘴,我也顾不得了。日后你要报复,

第四篇 醉酒

我也只能听天由命了。诸位,听我接着讲。话说高媛媛一股醋劲上来之后,也不顾体面不体面了,光着脚丫、露着两条雪白的大腿在地上直尥蹶!砸得地面嘭嘭直响,那模样怪吓人的!哎呀呀!疼死我了……"孟庆元突然尥着蹶跳了起来,喊叫着。

原来,高媛媛听到这里,再也忍不住了,趁孟庆元得意忘形之时一伸手,狠狠拧住他胳膊上的肉旋转了一圈,疼得孟庆元玩命地喊叫着蹶跳了起来。

高媛媛笑道:"我让你编排大姐!你这个坏东西,不怀好心,深更半夜不帮大姐审问黄洪泰,偷偷瞧我的大腿干什么?你说呀……"

孟庆元抚摸着胳膊上被拧疼了的肉辩解道:"那是你让我看的呀!我可没有偷着看啊!文静,你也在场,你说是不是?"

刘文静原本脸皮薄,孟庆元偏偏问到她,她的脸马上红起来,嗔道:"那是特殊场合,见了就见了,瞎说什么呀。喝了两口尿就疯了!"

孟庆元挨了老婆几句责怪,并没有往心里去。他瞟了高媛媛一眼,嘻嘻一笑,继续讲道:"还是我家文静心细,帮着高媛媛追问黄洪泰,劝他静下心来,仔细想想到底是怎么回事,而后从头至尾陈叙一遍,想好了再说,不要乱说。黄洪泰这才慢慢地想了起来。他酒喝多了,喘不过气,憋得难受,到后院想透透气,没想到醉倒在煤堆上,睡着了。夜晚天气冷,醉梦中,他往身上使劲地拽被子,发现被子破了,就抓棉花往身堆,晕晕乎乎的他把黑煤粉当成了碎棉花……就这样,一把一把地抓黑煤粉往自己身上堆,结果把自己埋进煤粉堆里了……黄洪泰在煤粉堆里睡得正香,忽然觉得有人向他嘴里倒热茶,他正口渴着呢,暖暖和和的茶水来得正是时候。他张开大嘴喝了起来,可喝了几口,觉得不是味儿。另外,倒茶水的人也太不懂规矩了,怎么直往他脸上、脖子里洒呢?他大为光火,一巴掌打了过去,刚巧打在了寡妇的屁股上。原来,老板娘就住在餐馆里,夜里内急,摸黑起床,在餐馆后院的煤堆旁就近找了个合适的地方,蹲下就尿。住宿在餐馆里的女人,也夜夜如此,既省事又方便。恰巧,这天黄洪泰醉倒在后院,睡在了煤堆旁,夜深了,黑咕隆咚的什么都看不清。老板娘尿尿,刚好尿在了黄洪泰的嘴里。黄洪泰醉梦中迷迷糊糊地把尿当茶喝了。女人尿尿方向性差,所以,老板娘的尿,大部分被王洪泰张着嘴喝了，小部分洒落在了黄洪泰脸上、脖子里和衣服上。黄洪泰在醉梦中误以为倒茶水的服务员瞎乱倒、不懂规矩，一怒之下打了他一巴掌，把寡妇老板娘极富弹性的、性感十足的、又肥肥大大的白屁股蛋变成了黑屁股，外加兜了她一裤裆的黑煤粉……吓得老板娘提了裤子在后院大声喊叫，惊动了餐馆的女工。大家以为来了贼了呢，后来辨认出来是黄洪泰。老板娘见他喝醉了，才不好意思地让他回了家……

"我和刘文静听了，抿着嘴乐。可高媛媛听了，差点儿疯了！她扔掉手中的木棍，揪住黄洪泰的耳朵骂道：'你丢人现眼！堂堂一个七尺男子汉，喝人家寡妇的尿，真恶心！这样的事，如果传了出去，你如何见人？我又如何见人？如何见人哪！你说，你说说！真的气死人了……黄洪泰，你小子简直不是人。你记住了，从今往后，不准你上我的床，不准你亲我的嘴，我嫌你恶心。'黄洪泰像只小羔羊，老老实实答应道：'行！从今往后，我不上你的床，不亲你的嘴。'高媛媛又说：'不准你上别的女人的床，也不准你亲别的女人的嘴。''行！我上别的女人的床，亲别的女人的嘴。'黄洪泰晕了头了，乱说一气。'混蛋！谁让你上别的女人的床啦？又谁让你亲别的女人的嘴啦？'高媛媛发疯似的对准黄洪泰的后背一巴掌打了过去。'你又打我。不是你说的吗！'黄洪泰委屈地回答道。'你这混蛋，真气死我了。我什么时候说过让你上别的女人床了？又什么时候允许你去亲别的女人啦？'高媛媛气得嘴唇直哆嗦。'其实，我没想上别人家女人的床，也没想亲别人家女人的嘴。家中有母老虎管着呢，我哪敢啊？刚才是你说的，这会儿又赖在我头上了。'明白是黄洪泰把话听岔了，高媛媛也不与他较劲，重申道：'我不跟你较劲。这回你听好了记住了：我不准你上别人家女人的床，也不准你亲别人家女人的嘴。听清楚了没有？''听清楚了。不准我上别人家女人的床，也不准我亲别人家女人的嘴。'黄洪泰哭丧着脸又回答了一遍。

"都这时候了，高媛媛依旧忘不了吃醋。要不她消化怎么会这么好呢？长得白胖白胖的……"

没等孟庆元把故事讲完，大家都已经笑得直不起腰了。

钟伯乐端了杯酒与高媛媛、黄洪泰碰杯，笑道："黄洪泰，真有你的。

第四篇 醉酒

如若这笑话传到了工地，你这经理可怎么当啊？太没面子啦！高媛媛，你确实厉害！把丈夫整治得服服帖帖，熊得他竟然不敢吱声，有本事！有能耐！不过，高媛媛，我在想，那一夜你一准没有好睡，给黄洪泰洗呀涮的，肯定有好几盆黑煤汤。衣服能洗，肉身能洗，可黄洪泰的臭嘴、臭胃、臭肠子，那又怎么洗呀？"

黄洪泰几杯酒下肚，脸色红通通的。他站起身，一改刚才佯装戒酒的熊样，拍拍钟伯乐的肩膀笑道："好啊钟伯乐，绕来绕去，原来你也在变着法儿笑话我、挤兑我。高媛媛，别听他花言巧语，他在套你话呢。"

高媛媛笑道："我倒想天天听钟伯乐的花言巧语，天天让钟伯乐来套我的话呢，可我哪有那个福分啊！伯乐，说实话，那天我真的气他不过，想起来我就想哭。孟庆元他们两口子，不但不帮我，还变着法儿气我，看我的笑话……"

刘文静不爱听了，说道："你昧着良心说瞎话。那天是谁帮你又洗又涮、一夜不睡觉陪着你的？"

高媛媛说："好，算你帮了我。可当我刚要扒光黄洪泰的衣服责罚他时，你怎么就偷偷溜走了？是不是怪我责罚黄洪泰太狠，你心疼了？"

刘文静大笑："你在说什么呀！我能看着你扒光黄洪泰的衣服吗？即使我脸皮厚，不在乎、不害臊，可你这个出了名的醋坛子一旦醒过味来了，还不跟我闹翻了天啊！还有，你在气头上，非逼着孟庆元陪你去找寡妇老板娘算账，想当面责问老板娘：'深更半夜的，干吗非要去煤堆撒尿？怎么那么巧，一泡尿全都尿在了黄洪泰的嘴里了呢？女人撒尿都是蹲着的，怎么会那么巧呢？'当时你那不讲理的劲儿，真少见……孟庆元耐着性子劝导你：'高媛媛，你这样责怪人家合适吗？老板娘夜半尿急，蹲在煤堆旁撒泡尿，怎么就不行呢？餐馆老板娘又没有蹲在你家床上撒尿。至于碰巧尿在黄洪泰的嘴里了，是他活该！这和人家撒尿有什么关系？再说，黄洪泰用黑黑的手打了人家肥肥的白屁股一巴掌，又弄了人家一裤裆黑煤粉，这又该怎么说呀？老板娘总算是个开明人士，自己反倒认了错、认倒霉了！没有跟黄洪泰计较，已经是烧了高香了。高媛媛，你不想想，寡妇那肥肥白白的屁股是随便打得的？

如果寡妇老板娘讹上了你家黄洪泰、非要嫁他不可，你那宝贝老公不就白白地丢啦！'你听了，这才点头称是，哈哈大笑道：'一巴掌把一个白屁股打成了黑屁股，还兜了一裤裆的黑煤粉，够老板娘洗一阵子的……'高媛媛，不是我说你，有时候，你想的跟别人想的就是不一样，有点儿稀奇古怪……"

高媛媛笑了，说道："嗯，没错，是这样的。这不能怪我，我当时被黄洪泰气糊涂了。伯乐，我跟你说，我可没有饶恕黄洪泰，我必须治治他。他既然能喝寡妇娘们尿的尿，也就能喝我给他沏的碱面水。我逼着他喝了整整三大碗的碱面水，又强迫他用碱水一遍又一遍地洗刷他的臭嘴！"

钟伯乐皱起了眉头，惊叹道："你太厉害了，简直是位女暴君！"

高媛媛笑道："不厉害点儿行吗？不行！碱水确实不好喝。他硬着头皮喝了一大碗，跪在地上哀求道：'我叫你一声娘，好了吧。下次我再也不敢了。你就饶了我吧。'不行！我哪能饶了他。狗改不了吃屎，酒鬼改不了喝酒。他嗜酒如命，见了酒比见着老婆还亲呢，一见酒两条腿就发软，路都走不动了。当时我心想：这回，我定要把他爱喝酒的毛病治过来……他双手捧着碱水碗直发抖，哭丧着脸不愿喝。我顾不得许多了，他不喝，我就灌！硬把两大碗碱面水灌进了他的肚子。他眼泪汪汪，叫苦不迭，可我不心疼他，也不可怜他。自那以后，他安静了好几个月，不喝酒了，我当时心里真高兴。谁知天冷了，滨城各家餐馆的羊肉火锅又红火了起来，他老毛病又犯了……"

钟伯乐吃惊道："怎么，又去喝寡妇的尿了？"一句调侃的玩笑话，逗得大家直乐。

黄洪泰厚了脸皮笑着说："伯乐，咱哪能总去喝寡妇老板娘的尿啊！再者说，她的尿也不是随便喝的呀。能喝上寡妇老板娘的尿，那也是有福之人。只有和她相好的，才喝得上啊。哈哈……"

高媛媛听了，一巴掌打过去，笑骂道："死不要脸，知不知道害臊两个字是怎么写的？还有脸说呢！"

黄洪泰脸皮厚，挨了老婆一巴掌也不在乎，继续笑着说："哎，高媛媛，我是你亲爱的老公啊！你怎么说打就打啊？若是打坏了，你可是要倒霉的呀……"

第四篇　醉酒

"倒霉我也认了!"高媛媛对准黄洪泰的后背又是一巴掌。

"喂,你怎么还打啊!"黄洪泰嚷嚷道。

"我就打!打你这个既不知羞耻又不要脸的东西!"高媛媛举起了巴掌,又放下了,笑了笑。

"喂,打呀!舍不得了吧!"黄洪泰冲高媛媛笑着说。

"伯乐,你听我说,"黄洪泰接着高媛媛刚才的话讲,"高媛媛说我老毛病又犯了!其实,我没有犯病……天气渐渐冷了,滨城各家餐馆火锅里的羊肉香味儿,都蹿到大街上来了,让走在街上的人闻了都流口水。每当路过寡妇餐馆门前的时候,我总想进去喝一杯。可一想起家中的母老虎,我心里就害怕,不寒而栗啊!我告诫自己,还是忍着点儿吧,千万别犯规,寡妇餐馆绝对进不得。一旦舌尖沾了餐馆的酒,黄洪泰啊,你就再也站不起来了……

"那段日子,刘文静对孟庆元管得也特别严,不敢来找我喝酒。有一天,我俩路过寡妇餐馆,恰巧碰见老板娘站在餐馆门前招揽生意,一见我们两个,她便开口笑道:'你们两个可有些日子没来我这里喝酒吃饭了!是不是有点儿不好意思啊?我都不在意了,你一个大男人还怕个啥呀?是不是挨老婆说啦?不碍事的,男人的脸皮要厚一点儿、糙一点儿才好!不能太薄了。进屋吧。'老板娘说着,一伸手撩开了门帘,笑嘻嘻地让我们进屋:'我这里有上好的内蒙古小肥羊,鲜嫩鲜嫩的,涮上一锅;我再亲自下厨给你们炒两盘家乡菜,好好喝上一杯,热乎乎的不美吗?'我正犹豫着呢,孟庆元一把拽住我的胳膊就往屋里拉。寡妇忙着张罗,又端火锅又递酒。我们先要了四斤小肥羊,外加两瓶北京二锅头。不一会儿工夫,老板娘端上了一大盘清炒鳝鱼丝和一盘五香豆腐干炒香芹,地道的江南无锡菜。老板娘放下菜,红着脸,拍了一下我的肩膀说:'老乡啊,那天半夜我不是故意的。后院黑咕隆咚,什么都看不清,我小肚子逼得急,等不及了,于是乎就……真不好意思。你走了之后,我那个洗呀,洗了好几盆墨黑墨黑的黑煤汤。说句不知羞的话,那藏在难洗的地方,怎么洗也洗不干净。第二天白天,我一人躲在房间里,一边对着小镜子看,一边擦洗,又擦洗了两三遍,才算洗干净了……这两盘菜,算我向你赔个不是——白送的,请不要见怪。二位吃好喝好,我忙去啦……'

老板娘走了，又忙着去张罗别的生意了。孟庆元眯起了眼睛笑道：'她的尿你没有白喝，说不定她已经看上你这个小白脸了！当心被高媛媛知道了，你又该喝碱面水了。'孟庆元这小子，他哪壶不开提哪壶，说得我心惊肉跳的。可桌上的好酒、好菜着实吸引我，一阵犹豫之后，也就顾不了许多了。反正人都坐下了，吃了、喝了再说吧。好久没有喝酒，快逼死人啦！我夹了一筷子鳝鱼丝送进嘴里，呷一口酒，酒不错！接着，我又呷了一口，啊！好酒！北京二锅头真香，好酒，好酒！北京二锅头跟茅台酒一样好喝。奇怪，以前我怎么没有发现呢？我忽然想起了电视连续剧《宰相刘罗锅》的最后一幕——贪官和珅临死前喝着刘墉给他的送终酒，不就是北京二锅头吗？和珅喝得那个香啊，连连夸赞二锅头好喝。真是一点不假，二锅头又便宜又好喝。可无锡怎么就没有卖的呢？我和孟庆元一人举一瓶，嘴对着瓶口吹喇叭，一会儿工夫，我俩各自就消灭了多半瓶。多半瓶二锅头喝进了肚，浑身感觉舒坦极了，也兴奋极了。我向老板娘又要了四斤小肥羊、两瓶二锅头。老板娘笑道，'你们两个要的肉，太多了！酒也多了！可别再喝醉了啊！'孟庆元说：'即使醉了，上回的那一幕也不会再重演。有我在，老板娘你就放心吧。'从那以后，我与孟庆元就摽在了一起，把家中老婆的话统统丢在了脑后……

"小肥羊的肉真嫩，越吃越香。八斤羊肉，四瓶二锅头，我们两个吃了个精光，一点儿没剩。突然间我感觉到头有点儿晕，心想：不好！可别又醉倒在这里！我向孟庆元提议赶紧回家。其实孟庆元已经醉了，可他逞能，硬说没醉。老板娘也走过来帮着劝，劝我们两个别再喝了快回家……我结了账，拽着孟庆元往回走。可当我们两个路过园林局大门口时，孟庆元相中了园林局门口的两只石狮子，说什么都不再走了。他非要陪石狮子睡觉。我非常生气。当时我心里清楚，非常清楚，一点儿不糊涂，我必须马上回家，否则高媛媛又要逼我喝碱面水了。大家别笑，真的，这是真的。我丢下孟庆元一人往家走。说实话，我哪是走啊，我是加快了脚步在往家跑啊！跑到了家门口，我这才松了一口气。推开家门，喊了一声'我回来啦'，便直接奔向床铺，鞋都没有脱上床了……可又被人一脚从床上踹了下来。我坐在地上，生气地嚷嚷道：'高媛媛，你这是干什么？又不是我要去的，是孟庆元拉着我去的。''你

第四篇 醉酒

睁开眼睛瞧瞧，我是谁？'这时候，我醉眼迷蒙，看人看不太清楚，可听声音，好像是刘文静。这可把我吓了一跳，忙问：'你怎么来啦？高媛媛呢？要是让她知道了，醋坛子会闹翻天的呀……'刘文静打了我一巴掌，笑道：'你再瞧瞧，你进了谁家的门？上了谁的床、混账东西，这是我的床！高媛媛要是知道你上了我的床，不活扒了你的皮，生吃了你的肉，那才怪了呢！起来！还不快起来！你家在隔壁，你怎么又醉成了这个样子？快起来，我送你回家……'"

刘文静打断了黄洪泰的话，笑道："这东西，嚼舌根还真行，说得一点儿都不差。下面还是我来说吧，免得他嚼错了舌根，再挨高媛媛的打。"

"这时候，黄洪泰坐在地上，两眼木呆呆地瞧着我，咧嘴傻笑，赖着就是不起来了。我下地一把把他拽了起来，连推带拉把他送回了家。高媛媛正坐在沙发上，一边嗑瓜子儿一边看电视。她见我推拉着黄洪泰进门，赶忙站起身，嘴里骂道：'没出息的东西，又跟谁喝酒喝醉了？'黄洪泰看见高媛媛，如同耗子见了猫，害怕至极，浑身打哆嗦，可还忘不了抵赖和说谎，把喝酒的责任推给了孟庆元。他大着舌头说：'不是我要去的，是孟庆元拉我去的。我没醉，没醉！'高媛媛一听就火了！吼道：'你舌头僵得连话都说不清楚了，还抵赖说你没醉！跪下！'黄洪泰听高媛媛一声吼，两腿一软，扑通一声跪在了地上。'你给我说说，醉是什么样？今晚你若是说不清楚，就在这地上跪着，一直跪到天亮！'高媛媛管教老公真叫狠！可既然我看见了，能不劝劝吗？至少也得帮黄洪泰说几句好话圆圆场吧。这是必须的，也是应该的。我对高媛媛说：'算啦，你消消气，别发火。回来就好，回来就好啊。你的规矩他还是记着的，没有忘掉。只是他好这口，管不住自己罢了。犯了错想赖账，说个谎把责任推给别人，很正常。他和孟庆元是哥们，不往他身上推，推给谁呀？推给你高媛媛？挨不上啊！你说是吧？算啦，听我一句劝，能回来就好。我家的到现在还没回来呢。黄洪泰，别傻跪着啦，快起来吧。'高媛媛听了我的话，没有再阻拦。我问黄洪泰：'孟庆元怎么没和你一起回来呀？'他告诉我，孟庆元相中了园林局门前的两只石狮子，不愿意回来。他躺下陪石狮子睡觉了。我和高媛媛虽然都在气头上，可听了黄洪泰的醉话也笑了。这时候，我见黄洪泰要吐，赶忙拿过一只洗脸盆去接。各位，你们可没看见黄洪泰呕吐时候的那个丑态，现在想起来都还叫人恶心！他哇哇地吐，刚刚吞进肚子里的羊肉像无数条半长不长的肉虫子，全都从他肚子里一股脑儿地蹿了出来。他不但从口中往外吐，还从鼻孔里往外流，啊！好多好多，足足吐了多半脸盆，弄得整个屋子酒气熏天、恶臭恶臭，难闻极了。高媛媛生气道：'黄洪泰，你瞧好了，明天我非让你把这些吐出来的羊肉再吃进肚子里。'可高媛媛说的话，黄洪泰听不见了，他已经睡着了，彻底醉了。

"高媛媛打来一盆热水，我帮着高媛媛给黄洪泰擦洗和清除沾在他嘴上、脸上的污垢。等一切都收拾完了，高媛媛又拿来一只用竹丝编织的淘米筐放进水池里，而后把黄洪泰呕吐出来的污秽之物一股脑儿倒了进去，打开水龙头，用自来水哗哗地冲洗。我好奇地问：'高媛媛，你真的想叫黄洪泰把吐出来的羊肉再吃进肚子里去啊？'高媛媛回道：'那还有假！别着急。一会儿我陪你去找孟庆元。他要是吐了，也这么办。若不狠狠地治治这两个东西，他们永远不会把咱俩的话当话听。'冲洗好了，高媛媛对我说：'明天我给他们两个炒葱爆羊肉，再赏他们半瓶酒。先不要点穿，等他们吃完了喝完了、休息三四十分钟之后再告诉他们真相，让他们两个越想越恶心、越想心里越翻腾，让他们既没有法儿、也没有招儿，干着急打转转，那才叫绝呢！'

"我们两个把烂醉如泥的黄洪泰安置好了之后，出门寻找孟庆元。孟庆元果真躺在园林局大门口两头石狮子旁边，已醉得不省人事。我和高媛媛费了九牛二虎之力，抬死猪似的把他抬回了家。或许屋里的气温比外边高，不多一会儿，孟庆元也哇哇地吐了……

"第二天中午，他们两个醒了。高媛媛把葱爆羊肉炒出了锅，装了尖尖满满的三大盘。她笑嘻嘻走过来招呼孟庆元：'庆元，你和黄洪泰昨晚醉酒有功，今天大姐炒了三大盘葱爆羊肉，外加半瓶白酒，犒劳你们两个。请吧！'孟庆元用疑惑的眼光看着高媛媛，说道：'真的？今天的太阳怎么从西边出来了？'高媛媛不动声色道：'是真是假，你去隔壁屋里看一眼不就知道了！再者说，我骗你干什么？'孟庆元笑道：'好事儿。有肉吃，有酒喝，干吗不去！我去！'孟庆元进门，看见桌上确实摆着三大盘葱爆羊肉和多半瓶白酒。心想：

第四篇　醉酒

不假，是真的！再没有多想，拉了黄洪泰一起坐下，便欢天喜地地吃喝起来。一边吃，一边还时不时地唠叨着：'好香！只是爆炒的时候，羊肉里面洒酒洒得太多了些，酒味儿浓了些！不过羊肉挺嫩，不错。'他们两个真好胃口，不一会儿工夫，不但半瓶白酒见了底，三大盘羊肉也吃了个精光……接着，高媛媛又耍了一个花招，发配他们两个去菜市场买六棵大白菜。要求他们两个必须走着去、走着回来、不准骑车，不准打的。他们两个倒也听话，二话没说，都乖乖地执行了。我问高媛媛：'你为什么要这样折腾他们？'她笑了，说道：'我让他们两个运动运动、消消食，待会儿让他们两个想吐吐不出来，干恶心，干着急！那才要劲呢！够味吧！'大家知道了吧？同样是女人，高媛媛真够坏的，啊呀！天哪！啊！疼死我了……"

突然，高媛媛用力掐了刘文静一把，疼得刘文静尖叫起来。

"我好心好意帮你，你不但不领情，反当着大家的面诽谤我，真是个不知好歹的白眼狼，"高媛媛笑道，"再往下还是我来说吧，不劳刘文静的驾了……"

"大约40分钟后，孟庆元、黄洪泰两个一人抱了三棵大白菜回来了。我们两家，一家三棵。我问孟庆元和黄洪泰：'今儿我炒的葱爆羊肉香不香？'

"孟庆元说：'香！不过，酒味太浓了些。'

"黄洪泰笑道：'老婆炒的葱爆羊肉，以前是醋多，今儿是酒多。爆炒的时候，只需向羊肉里面洒少许料酒就可以，可你在羊肉里面洒的酒太多了！据说，回民爆炒羊肉是不放酒的……嘿嘿，我说得对吗？'

"我把脸一沉，当即光火道：'对，对你娘的屁！这羊肉，外加羊肉里面太多太多的酒，都是你们两个昨晚在寡妇餐馆里花钱买来的。你们两个把酒和羊肉吃进肚子里，在肚子里面打了一个转儿就吐了出来，如果我把你们两个吐出来的羊肉统统扔进茅厕或者喂狗，太可惜、太浪费了！我和刘文静商量过了，觉得还是让你们两个把吐出来的羊肉和烂菜再吃进肚子里比较好。于是我剥了两根葱，切了切，再与你们两个呕吐出来的臭肉、烂菜搅拌在一起，倒进铁锅，用旺火翻炒了几下，重又让你们两个吃进了肚子里。你们两个胃口蛮好的嘛，吃得挺香！'孟庆元听了，立刻嚷嚷道：'我说呢，今天的太阳怎么从西边升起来了呢！又请吃肉又请喝酒，原来你在变着法儿恶心我们、惩治我们啊！呕哇，呕！哇……好一个胖婆娘，你真够坏的。坏透了。呕！哇……你坏透了，恶心我，可又吐不出来……'孟庆元越想越恶心，想吐又吐不出来，急得直尥蹶。黄洪泰更难受，他从心底里往外翻腾，又恶心，又难受！干呕了好几次，就是吐不出来。黄洪泰急红了眼，说道：'我一边吃，一边心里还在琢磨：葱爆羊肉，怎会有鳝鱼丝的呢？心想这或许是高媛媛的创新，河鲜与羊肉炒菜，我还没吃过，今儿尝尝鲜。不过炒肉的时候，酒洒得太多了，炒出来的肉酒味太重！另外淀粉也多，裹在羊肉外面，太黏糊……谁料想，这胖女人真坏！太坏啦！原来羊肉外面裹的那一层黏黏糊糊的东西，不是淀粉，而是我们肠胃里面的黏液。她将我们呕吐出来的羊肉和鳝鱼丝炒了，重又让我们吃进了肚子，想想真恶心！越想越恶心！你……你……好一个胖婆娘，你就坏吧！呕！呕呕！啊！你坏透了……'我推了一把刘文静，说道：'快把你老公领回去，别让他总在我面前晃悠，让我生气。'刘文静猜到我要教训黄洪泰了，只好把孟庆元拽走。我把门关好，上了插销，问黄洪泰：'喝酒的滋味美不美？'这时候的黄洪泰因为恶心，吐不出来，心里好难受。突然，他暴跳起来，发火道：'你这婆娘，我……'他居然举起手想打我，简直反了，我勃然大怒！上前一把把他双手反剪到了后背，一使劲将他拎起来，摔倒在了床上。我让他脸朝下，背朝天，然后一屁股坐在了他的脊背上，让他动弹不得……"

刘文静瞟了黄洪泰一眼，笑着说："黄洪泰，你个傻瓜蛋！这时候你还不赶快讨饶！说软话求饶啊！"

黄洪泰说："我能那么傻吗？我立马就讨饶啦。她那么胖，坐在我脊背上，压得我连气都喘不过来，我还狠得了吗？狠不起来啦！我赶紧说软话向她求饶，可她不理我，只对我笑。后来，时间久了，见我还在不断地哀求。她笑着将右手一伸，叉开了中间的三个手指头，说道：'就这个条件！你答不答应？'"

刘文静伸出右手，看着中间叉开的三个手指头，想了想，笑道："三个手指头，组成了两个'V'字，表示高媛媛两次都胜利了，而你失败了。这有什么呀，承认就是了。"

黄洪泰叹气道："她若是这个意思，我早答应了。可她不是这个意思啊！我心里知道，只要她对着我笑，不发脾气了，准不怀好意！"

孟庆元大概已经猜到了，却明知故问道："奇怪啦！高媛媛对你又怎么不怀好意了？"

黄洪泰苦着脸说："大白天的，她要那个，而且一出手就三个手指头，谁受得了啊！"

刘文静明白了，红了脸抿着嘴笑。周涛捂住了嘴，也在一旁不出声地偷着乐。

孟庆元最坏了，其实他早明白了，却装作不明白，故意问道："什么这个那个的，让人听着更不明白了、更加糊涂了。黄洪泰，你说的到底是什么呀？"

高媛媛红了脸羞涩道："孟庆元，你这个坏小子问得也太多了吧！黄洪泰，哎呀呀！你又喝多了。口无遮拦，尽胡说些什么呀！"

黄洪泰急了："我胡说什么啦？你非要我来三次，我不愿意。你说：'你不愿意，我愿意！'我说：'我累了。'你说：'你累，我不累！你累也是应该的。'我生气道：'哪有大白天的，让人瞧见了多难为情啊！'你说：'我已经把门关了，上了插销，谁看得见呀！即便看见了，又怎么啦？咱俩是夫妻，又不是逛窑子！'像她这样的人，真不讲理……"

黄洪泰几杯酒进肚，忘乎所以，把他们夫妻两个的隐私和秘密一股脑儿地全都抖落了出来，逗得大家直乐，气得高媛媛直跺脚……

孟庆元那坏小子真的坏透心了，紧追不舍问道："结果怎样了呢？妥协了？"

刘文静瞄了一下高媛媛，也趁火打劫道："那是自然，黄洪泰能有什么办法？只能乖乖地答应。高媛媛那么年轻，精力又那么旺盛，绝不会放过黄洪泰。黄洪泰是她的笼中鸟，想怎么着，就怎么着！还不都由她说了算，一切听她的摆布。"

黄洪泰笑道："不是的。高媛媛最后还是放了我一马，她饶了我了。她是疼我的，她狠狠地亲了我一下，也就结束了。"

孟庆元叹气道:"就这么结束了?没劲,太没劲啦!"

钟伯乐听了,笑道:"黄洪泰,你能娶到这样的好老婆,有福气啊!你要珍惜,要好好待她!千万不要辜负了高媛媛对你的一片真情。"

高媛媛苦笑说道:"我是一个女人,总希望自己能有一个孩子。可他从不知道爱惜自己。第二天,外面天寒地冻的,还飘着小雪花,已经深夜两三点钟了,仍不见他和孟庆元两个回家。我和刘文静只好拿了手电筒,朝寡妇开的餐馆找去。半路上,我俩发现他们两个喝醉了酒,面对面地抱着水泥电线杆子睡着了,人也冻僵了。万般无奈,我们两个深更半夜跑到工地,找来一辆平板三轮,把他们两个拉回了家。这一次,他们两个病了半个多月……"

"作为妻子,总希望自己的丈夫能好自为之。可这世界是个万花筒,事事难强求,伯乐,我难哪……"高媛媛的眼圈红了,眼泪哗哗地往外流,过了好一会儿泪水才止住。她掏出手绢,擦了擦泪眼,笑道:"对不起,刚才触碰到伤心处了……其实,人活着的时候,快乐的日子并不多。咱们今天能在伯乐家相聚,是缘分,应该高兴!我扫了大家的兴,真对不起……"

高媛媛恢复了常态,说:"伯乐刚才说,今天大家要一醉方休。这个提议好啊!人生能有几回醉?今儿不醉,更待何时?我高媛媛能在伯乐这儿醉一回,即便出尽洋相、出尽了丑,也是值得的!诸位,我提议为了咱们的友谊,为了今天的相聚,干杯!"大家伙儿跟着高媛媛,又一次举起酒杯,呼喊着一饮而尽……

高媛媛的一席话,让钟伯乐感觉到,她的生活,并不如想象中的那么快乐。她的笑容,她的咋呼,她的强悍,都带着让人捉摸不透的苦涩、忧伤和痛苦……

酒过三巡,周涛提议撤去酒席,改为品茶,叙叙家常,谈谈往事,谈谈友谊,扩大交往,增加了解。没想到钟伯乐的几个老同学都非常赞同这个提议……

第五篇
蝴蝶坟

瑛瑛在半山腰砍柴,忽然瞧见两只美丽的花蝴蝶紧挨在一起,死在了小树下。昨天,她还看见这两只花蝴蝶在小树的花丛中一起嬉戏、一起飞舞着采蜜呢。瑛瑛是天天见的!今天怎么就双双死在了小树下了呢?瑛瑛不胜伤悲,心里十分难过……她在小树旁挖了一个小坑,将两只花蝴蝶埋葬在坑里,用泥土和石子儿为两只花蝴蝶垒起了一座小坟。在小坟的坟头上盖了片花布,那是瑛瑛刚从花布衫上撕下来的。在小坟四周,瑛瑛又移栽了一些山花和野草。瑛瑛心想:蝴蝶爱花,它们是要采蜜的……

"我该走了!我该去砍柴了,奶奶一人在家等我呢,"瑛瑛临别时,对着花蝴蝶的小坟说,"我会常来看你们的。我走啦……"

瑛瑛站起身往前走,走了几步,回过头,又看看花蝴蝶的小坟。这时候,瑛瑛的脸上已经挂满了泪珠……

第六篇
鲜花店

"姑娘,我买六枝红玫瑰,送人的。姑娘,麻烦你帮我挑鲜艳些的,好吗?"在花店柜台前,我微笑着对卖花姑娘说。

姑娘笑了。笑得那么美丽,那么甜蜜:"我猜,你准是送给心上人的。"

"没错。你猜对了。"我回答。

"你要给姑娘送最好的、最鲜艳的是不是?姑娘一定高兴!我这些玫瑰花都是新到的。你进柜台里边来,自己挑,随便挑,挑最好的,最鲜艳的。"姑娘站起身对我说。

"这……合适吗?你帮我挑一挑就行了。"我有点儿不好意思,犹豫不前。

"这有什么呢?我这是成人之美,做好事啊!快进来挑选吧,没关系的,"姑娘笑着说,"哦,我忘记告诉你了,我是个睁眼瞎,空有漂亮的脸蛋和一双水灵灵的眼睛,可我什么都看不见。"顷刻间,姑娘美丽的脸蛋上布满了愁云和悲伤……

"呀!姑娘,事前我不知道,真抱歉。得罪了啊!请你多原谅。"

"没关系。不知者不为过。我已经习惯了。家里人夸我长得水灵,长得漂亮,可这有什么用?都是假的,骗人的!我开鲜花店卖鲜花,花儿既鲜灵又美丽,不能假!这弥补了我的容貌与人生的不足。我请你进来挑花,一是为了成人之美,做件好事、善事;二是也为了让你知道,我的鲜花货真价实,既鲜灵又美丽,没有假!懂吗?"

"姑娘,我懂……你的善良、你的真诚,最金贵!"

第七篇
温情

秋风乍起,姑娘送出两件礼物:一片枫叶寄情,一条围巾送暖。
"先生,两样礼物,你要哪件?任你挑选。"远方有个声音在说。
"两样我都要,不可或缺!"先生回答道。
"你贪心!"远方的声音似乎不高兴了。
"心如泰山,情似海,姑娘的温情,你怎可以将其拆开!"
停了一会儿,远方的声音笑了。
先生也笑了。